1

JN103310

給食のおばちゃん異世界を行く

豆田麦
Illustration しろ46

目次

夕食有無の連絡は五時までに……10
召喚にはR指定の導入を要望します……49
銀の杯……88
どんなことでも重ね続けりゃ日常になる……126

きみは地上におりた最後の天使……158
それはありふれすぎた身勝手な絶望……204
失ったことすらなかったことにするほどの……247
愛も願いも呪いとなって……290
勇者たちのマーチ……328
不枯の花【書きおろし閑話】……355
あとがき……366
イラストレーターあとがき……370

夕食有無の連絡は五時までに

さほど奥に入り込んだわけでもないのに密集した枝葉は日差しを遮り、森の中の沼地を薄暗く陰鬱にしている。

青々とした広葉に捻れ伸びた太い幹は、日本で言えば南の方の植生に近いだろうか。けれど沼地にもかかわらず蒸すような湿気はなく、風ひとつない空気はからりとして過ごしやすい。

少しばかりくたびれたバレーボールシューズは、ゴムの靴底で地上三メートルほどの高さにある枝をしっかりと捉えている。召喚された時点で履いていたものだ。根で泥を鷲掴む樹から力強く伸びている枝はびくともしない。同様に他の木の枝に乗るがっちりした騎士たちでさえ葉ずれも起こさせていないのだから、身長百四十センチ弱と、まあ多少、ほんの少し小柄な私が乗ったところで揺らぐはずもなく。

ぽかりと木々の間が開いたそこには、岩のようなイボを並べた背が密集して浮かんでいる。浮かぶというか這っているのか。揺れる水面はゆっくりと輪をいくつも描く。のったりと歩むそれはワニにとてもよく似ているけどきっちり魔物だ。どう見ても足は六本あるし、くわっとあくびをする口は十字の切込みで四つに開いた。ずらりと隙間なく並んだ歯の鋭さやばい。

狩りは三度目となる私たちの指導役である騎士が送るハンドジェスチャーを確認し、私とペアを組んだ幸宏（ゆきひろ）さんと視線を交わした。せーの、と声を出さずに息を合わせて膝をため。

「Ｇｏ！」

幸宏さんが突き出した拳に装備されたクロスボウ・ガントレットから光の矢が無数に放たれ、ワニモドキ――ソウケペチの群れの向こう半円を囲うように撃ち込まれていった。

同時に枝を蹴った私は、中空からゆらり顕現した巨大なハンマーの柄（え）を握りしめ。

「うーーりゃ！」

真下にいたソウケペチの頭を叩き潰し。

景気よく噴き上がる水しぶきを浴びながら、棒高跳びの要領で向かいの枝に飛び移り。

「さあ来いぃぃいい！」

見失わせないように、けれど追いつかれないように。

わざと派手に揺らしながら枝から枝へと。

仲間を無残に潰されたソウケペチは、囮（おとり）役の私へと頭を一斉に向けて駆け出し――え!?

「えぇぇ!?　そういう感じ!?」

ワニって這って走るんじゃないの!?　トカゲっぽいアレじゃないの!?　いやワニでもトカゲでもないけど！

「犬じゃん！　犬の走りじゃん！　すっげぇええ！」

げらげらと響き渡る笑い声は幸宏さんのものだ。それでも危なげない足取りで、同じく枝渡りをしながら騎士たちとともに魔物の群れに並走している。

真っ黒な大波となって押し寄せるソウケペチを引き連れて、一気に森を駆け抜けた先に広がる草原。

ハチの巣模様に張りめぐらされた淡く光る障壁（グラスウォール）と、大盾を構え並ぶ騎士たち。

「岩壁（ストーンウォール）！」

騎士団長のザザさんの指揮で岩壁（ストーンウォール）が草地を割って隆起した。森から放水のようにあふれ出た群れが左右二方向へ分かれていく。脇に逸（そ）れかけた個体は幸宏さんが光の矢で牽制（けんせい）して列に戻した。

右の支流の先では翔太（しょうた）君の操る長い鎖につながるとげのある鉄球が、たどり着いた獲物を地面ごとえぐり。

正面後方では、あやめさんがいくつもの光球を浮遊させながら回復役として待機している。

私は岩壁（ストーンウォール）の上を駆け抜けて左本流の先に降り立った。

馬鹿正直に突撃してきた最初のソウケペチの頭を蹴り上げれば、それは腹を見せながら後ろの数匹を巻き込んで。

転がる同胞を丸太のように乗り越えてわらわらと私に向かってくる姿は、虫の死骸にたかる蟻（あり）のよう。

飛びかかってきた鼻先を裏拳で張り倒し。

その勢いのままひねった身体のばねで繰り出す回し蹴りで二匹まとめて薙（な）ぎ。

軸足を狙ってきた奴はすんでで跳び躱（かわ）して。

「礼(れい)くん！」

「はい！」

風切り音をたてて襲ってきたそれだけで私の身の丈ほどもある太い尾の先をひっつかんで、礼くんが大剣を構えている方向へと放り投げ。

着実に魔物の首を一太刀で落とす礼くんを横目で見ながら、殴り、蹴り倒し、踏み台にしては、また放り投げて。そしてまた礼くんがそれを切り捨てて。

流れ作業のように繰り返されるうち、ソウケペチは私という餌を追って同胞を下敷きにしながらどんどん山となるほど積み上がっていく。

うん。礼くんはちゃんと訓練通りに落ち着いて討伐をこなせている。

――では、ここらで一気に。

「殲滅(せんめつ)だぁ！」

高く高く飛び上がり、右手に顕現させたハンマーを力任せに密集する魔物の群れの中心に叩き込んだ。

「さあみなさん！　ワニはささみの味がするそうですよ！」

私の獲物はすべて潰れているけれど、他のみんなが狩ったやつは綺麗だからね！　唐揚げ照り焼きつくねなんかもいいんじゃないかな！

この世界に召喚(よ)ばれたのはほんの一月(ひとつき)ばかり前のことだった。そう、お呼ばれされた。

異世界召喚ってよくあるでしょう？　いや、よくありはしないけども小説とかで。

私もね、ほらネットでよく読めるじゃないですか。無料で。ちょいちょい読んでたんですよね。正直楽しんでた。いい年して。だってこんなに楽しいものが好きなだけ読めるなんて、しかも無料でなんて、いい時代になったよねって思ってた。自分の好きな小説買うなんて、もうずっとできてなかった。置き場所もないし、なんというかこう本を読むのはまとまった時間を確保しなきゃって気になってしまって。その点、スマホで空き時間にちょっと読んでってのが気軽にできるのが実によかった。

でもねー、まさか自分がねー……召喚されるなんてねーないわー、これって年齢制限とかあったんじゃないの？　って思うじゃない。普通。私、小清水和葉(こしみずかずは)。四十五歳。前の晩、普通にパジャマ代わりのジャージで寝たはずだった。目が覚めたら異世界でした。

大理石のようだけど大理石よりも柔らかな光を映すクリーム色の床には、魔法陣らしき円や模様を描く赤い石が埋め込まれていた。見上げれば青、赤、黄、緑と色とりどりのステンドグラスがはめ込まれた半球状の天井。後から聞いたらガラスではなく、薄く削った石だとのこと。なんか特別な石。

降り注ぐ陽光には塵（ちり）が静かに泳いでいて、光が届かない壁際は薄暗く、けれど豪奢（ごうしゃ）な蔦模様（つたもよう）が彫り込まれているのがわかる。

私たちがぼんやり突っ立っている魔法陣を囲むのは、ローブ姿のいかにも魔法使いっぽい人たちが八人。

その人たちよりもちょっと格上な魔法使いな感じの五十代くらいの女性と、どっからどう見ても王様なビロードマントの五十代男性が並んでいて、その一歩後ろにフルプレートアーマー姿で兜（かぶと）を外して脇に抱えた騎士がいた。

さてこの異世界。文化は中世ヨーロッパ風味。魔物といったフレーズからもわかるように剣と魔法の世界。獣人、エルフ、ドワーフも普通に闊歩（かっぽ）している。城内にも入り乱れてる。

大陸は中央を分断するように大国が三つ並び、南に小国がたくさん。そして魔物ひしめく大山脈地帯を挟んだ向こうの北に魔族の国。私たちを召喚したこの国は三つの大国のうちのひとつ。東側に位置するカザルナ王国。

敵は魔族の国、魔王。対抗勢力として私たちが召喚されたと。

何故（なぜ）召喚したのか。異世界を渡るとき、世界のはざまを越えるために身体は一度分解され再構築される。その再構築されるときになにやら加護だか恩恵だかがくっつくそうで。この世界に生きる者よりはるかに高い戦闘力が身につき勇者と呼ばれるほどの存在になる、と。分解て。どうなの。

なにしてくれてんの。

格上っぽい魔法使いはエルネス神官長。彼女は召喚の理由をそう説明した後、帰還方法はないと告げる。

ビロードマントな男性がカザルナ国王で、彼はすまないと頭を下げた。服装こそ王様っぽいけれど、それ以外は王様らしくなく、むしろそのマントがなかったら給食室出入りの営業さんぽいと思ってしまったくらい。小柄な体つきが似ていたから。

それでも王が頭を下げる姿に、エルネス神官長さんはきゅっと唇を引き結び、他の魔法使いさんたちは「あっ、あっ」と小さく声をあげ両手をふわふわとさまよわせて、フルプレートアーマーのザザ騎士団長さんはより深く頭を下げた。きっととても慕われている王様なのだろう。

「本来世界はその世界だけで完結すべきだと私は思う。我らの住む世界を守りたいのは我らが今生きているから、生きている世界だからだ。勇者様たちにはあずかり知らぬこと。自らが生きる世界を差し置いて、縁もゆかりもない世界のために戦えなどと傲慢でしかなかろう」

ですよね。と内心頷(うなず)く。口には出さなかったけど。

「魔族は数こそ我らより少ないが、その身体能力も魔力も高い。我らは数を頼みに国境線を維持するだけで精一杯の戦いを数百年続けている。戦いを強制はできぬ。戦わずとも勇者様たちの生活は当然保障する。だが伏して願う。どうかその異界渡りで得た力を貸してはもらえぬだろうか」

えー、無理ーとか誰か言わないだろうかと、そっと他の人の様子を窺(うかが)う。

「なるほど」

スーツ姿にきっちりと整えた髪でこれからまさに出勤な風情の会社員は力強く頷いた。

「魔法ってわたしにも使えるってことね？」

若さと華やかさにあふれた大学生くらいの女性は、がっちりとカールしたまつ毛の下の瞳をきらきらとさせ。

「うは、無双？　無双が約束されてるってこと？」

だぼっとしたジーンズを腰ではいた今時な青年は、隠す気もないわくわくした顔で隣の男子高校生を肘でつつく。

「得た力ってどんなものなのか、まずは知りたいです」

少しふくよかな体より大きめの制服を着た高校生は実直な意気込みをみせた。十五歳くらいかしら。

なに？　乗り気？　みんな乗り気？

若い男の子たちはまあ、そうかもしれない。でも、会社員、納得しちゃうの？　そんな仕事一筋みたいなルックスなのに？　絶対女子大生は「えー無理ー」って言ってくれると期待してたのに!?

いやでも私は無理。どう考えても無理。だってみんな若いじゃない。会社員はちょっとこっち寄りではあるけど全然若者じゃない。私に比べりゃ色々漲(みなぎ)ってる年頃じゃない。てか、なんで全員お出かけスタイル？　みなさん前の晩は普通に寝て、起きたらこうなっていたという話なのに何故私だけジャージなのか。しかも娘の中学時代の学校ジャージ。

勝手に裏切られた気分になったのを押し隠しつつ、ここは冷静に「あの、私、職場に休みの連絡してないんで……」と辞退するべく一歩踏み出した。うん、見栄(みえ)張りました。正直多分冷静ではあまりなかったかもしれない。

……おや？


勇気をためようと一度うつむいて踏み出す足元を確かめた、が、違和感がある。

どこにって、自分の体に。

なんか軽い。

踏み出した足を元に戻し、改めて自分の体を見おろす。けしてね、太ってはいなかった。でも若い頃に比べたらほら重力って逆らえなくなるわけで。自然腰回りとかね、ほら。ジャージですからそんなに体の線が出てるわけでもないけれど、それでも確かに毎晩ため息をつきたくなるほど見慣れた下半身とは違ってて。

手のひらをじっと見直す。裏返して手の甲。……これは、と、周囲を見回した。

カザルナ王の立つ位置の向かい側、私の背のほう、この広い部屋から出るための扉側の壁は一面の鏡張り。そこに映るのは。

あずき色の学校ジャージがよく似合う、中学生の頃の私だった。はぁ？

ひとまずは落ち着いてほしいと用意された部屋にそれぞれ案内され、優雅な一礼でメイドさんが退室した後。十九世紀あたりの時代感の割りにやたらぴかぴかと磨き抜かれた姿見に飛びつけば――なんということでしょう。

なにを試しても開いていた毛穴はきゅっと引き締まり、油断すると粉を吹いていたカサカサ部分はなりを潜め。頬にも赤みがさしている。貧血知らずの健康色。これファンデの色、一段階明るくしてもいいんじゃない？　ひょっとして販売員さんに「二段階明るくしてもいいくらいですぅ」とかお薦めされるんじゃない？　ファンデ今持ってないし、この世界でどれだけ化粧品のラインナップがあるのか知らないけど。

顎のラインが若干シャープなのは頬が持ち上がっているから。頬が重力に負けてないから！　これは今ここで使うべきでしょう。今使わないでどうする。一度は言ってみたかったこのセリフ。

「これが……私？」

ふへ、とにやつきながらつぶやいて、鏡の中の笑顔は瞬時に真顔に戻る。私ですよ。

いやまあ、言うて顔の造作そのものは変わってないですからね。別に美人になったわけじゃない。もうちょっとこう親の良質な遺伝子を受け継ぐことが何故できなかったのかと、しょんぼりしてた中学生の頃の私がいるだけだ。

でもね、やっぱり当時の私に詰め寄りたいね。この肌は、若さは、造作を三割増しさせていたんだと。ゆうべまでのしょんぼりなツラと今のしょんぼりなツラ。どう考えたって若い分だけ三割増しにちゃんとなってる。確かに三割増しでもモブ顔なのは変わりはないんだけど！

召喚された翌日、私たちは異界渡りだかで得た能力の確認をした。剣と魔法の世界なので当然戦闘にはそれらがつきものではあるけど、勇者だけに現れやすい能力があるそうで。

武器召喚というのか武器顕現というのか、念じるとそれぞれ自分専用の武器がふわっと宙に生みだされる。ふわっと。びっくりした。

このやり方は魔力を練るのと近いらしく、エルネスさんがコツを教えてくれる。なんでも過去の勇者たちの経験談やらがまとまった書物があるらしい。マニュアルといったところだろうか。

「わっ！　できた！」

一番最初にコツを掴んだのは、結城あやめさん。女子大生の彼女だ。ゆらりと空気が歪み、その歪みが象ったのは映画でもよくみる魔法使いの杖。メイス、こん棒に分類されるそれは武器としてももちろん使えるのだけど、どちらかといえばやはり魔法への適性が高く、あやめさんはそちらを重点的に訓練することになった。

次に顕現させたのはチャラそうだった青年。こちらの世界の服も同じように着崩した上総幸宏さんは手の甲に装着するタイプの弓。クロスボウ・ガントレットというらしい。矢は魔力でつくるから補充とかいらないって、それもう弓なのかな、なにか違う武器カテゴリーじゃないのかなって思う。すごいテンションになってた。

高校生の巽翔太さんは長い鎖の片端にとげとげの鉄球、反対側には三日月のような鎌がついた武器。フレイルの亜種ってきいたけどそもそもフレイルってものを知らないので、ほほぅ、と言うにとどめておいた。バスケットボールほどもあるそれを軽々と旋回させられる自分にびっくりしてるようだった。

会社員風だった長谷礼さんは大剣。これは私にもわかる。一番勇者っぽいって思ってたら同じことを幸宏さんが言っていて、礼さんはちょっとはにかんだ笑顔を見せていた。

……私も一応顕現できた。なんかすごい大きなトンカチというかハンマー。あ、これ知ってるわ。大昔にアニメで観たわ。百トンとか書いてあるやつ。宙から浮かび上がってそのまま地響きとともに落ちたそれを呆然として見ちゃったよね。

あやめさんの杖は丁寧に磨かれて上品かつ高級そうだし、幸宏さんのだってネジ頭らしき部分に小さな宝石みたいな装飾がいくつもついてるし、礼さんの大剣はもうほんと勇者のソレで剣自体が若干発光してるし。翔太さんのこそ無骨な感じはするけど、鎌と鎖の継ぎ目には紫水晶みたいなのがはまってる。ワンポイントか。

対するわたしのハンマー、めっちゃ木製っていうか形は違うけど質感はまさに杵って感じだし、こう、そこはかとなく漂う庶民感というか、生活に根差した道具感半端ない。

「えっと……これ、あれですよね。杭打つときに使うやつですよね。武器ですかね。これ」

百トンハンマーというネタ臭漂う喩えも出せずに無難な表現に変えて問うと、ザザさんは微妙な表情を慌ててしまいこみつつ、フォローに回らなくてはという使命感をにじませて答えてくれる。

「い、いや武器ですよ！　ちゃんと武器になります！　使いこなせる人材は限られますが……持てます？」

「ど、どうでしょうね」

石畳をいくつか割ってめり込んでいるハンマーの持ち手を両手で掴んで引いてみる。……腰をためてもう一度。うん。なんかすごく注目浴びてて視線が痛い。気まずい。

「……どうです？」

「……動きませんね。全く動く気配がありません」

結局騎士団一の力持ちという人でも、ハンマーをびくとも動かせなかった。それはもうエクスカリバー並みに。ハンマーだけど。

「ごちそーさまでしたぁああ！」
廊下とこちらをつなぐカウンターから響く甲高くたどたどしい声に「はぁあーぁいぃ」と抑揚をつけて応じる。
高学年になると照れが出てくるのか、かけてくれる声も少し小さくなるから返事も抑えてあげるが、こんだけ元気にごちそうさましてくれればそりゃ張り切って応えてあげなきゃって気になるというもの。
最近の学校給食といえば給食センターとかの外注が多いようだけれども、うちの市は結構力を入れているらしく、小学校には昔ながらの給食のおばちゃんがいる。私もその一人だった。
　料理が好きなわけではない。ただ労働条件が都合よかった。特に子ども好きなわけでもない。けど、まあ、にっこにこで美味（おい）しかったと伝えてくれるような子どもは実にかわいらしい。生活のために働いている私には仕事に生きがいとかうすら寒いノリは全くないけど、その子どもたちの顔がほんのちょっとしたご褒美に思えるくらいには、この仕事は気に入っていた。

　今、私の足元はリノリウムの床ではない。水はけもあまりよくない的な？　衛生環境？　なにそれ美味しいの？　的な土間というのかなんというのか中途半端に石畳が敷かれている床。なんなら石が欠けた隙間に雑草が顔を覗（のぞ）かせている。一応室内の括（くく）りなのになんでなのと思いつつ、一抱えもある大きな木の桶（おけ）いっぱいの芋っぽいなにかの皮をむき続けてる。昼食時間のラッシュは過ぎて、今は夜の分の仕込みだ。

「ごっそーさん」

　もっさりとした声が届く。声変わりの時期なんてもう忘れたんだろうなという年頃の声。かわいくない。全くかわいくはないけども、荒事にまみれた男たちばかりのとこなので仕方がない。ファーストフードチェーン店でたまに見かける、食べ終わった食器を投げるかのように下げる輩（やから）よりよっぽどよい。なので、顔を上げて下膳口へ応じた。

「はあ「なんでまたそこにいるんですかあああああ！」」

　騎士団長のザザさんが野太い悲鳴で打ち消して、私を厨房（ちゅうぼう）から引きずり出し食堂のテーブルを挟

んで嘆く。

「そりゃね、わかります。こちらの都合で勝手に呼び出されてさあ戦えなんてね、ないですよね。僕らは国を守ると自ら誓ってこうしてるわけですけども、勇者様たちの世界は平和だったそうですしね」

ザザさんの口調は、その勇ましい肩書に似つかわしくなく柔らかい。

「あ、私たちの国がたまたま戦争してないだけで、世界規模でいうならそうでもないですよ。そりゃ魔物とか魔王とかいませんけど」

「……魔物がいないとなると、敵は人間だけですか」

「そうなりますかね……といいますか、なんで私たちの国の人間ばかり呼んじゃったんでしょう……他の国ならこう、戦闘力高い人もっといましたよ。きっと」

「……あいにく異世界の国際事情は把握できず……」

「ああ……ですよね」

「でもですね、だからうちの王はちゃんと言ったじゃないですか。戦わなくても生活は保障するって。勇者様たちは客人です。こちらの事情で拐(かどわ)かした挙句、思い通りにならなかったら放り出すなんて不義理するわけないじゃないですか。戦わなくても、蝶よ花よと崇(あが)められていてくださっていいんです。それがなんで！　なんで食堂で僕らの食事つくってんですか……っ！」

召喚されて一週間ほどたった。私以外の四人はみんなそれぞれ訓練を受けている。剣術や体術は騎士団の人から、魔法は神官たちから指導されているらしい。

「うわ！　身体やらかいっ！」

学校のグランド四つ分ほどもある訓練場の端。振り返ると走り込み中だったらしい礼さんが、その足を止めて私を見てた。縦開脚したまま、両手で地面を押して上半身の向きを変える。礼さんは城で用意された長袖シャツと膝までの半ズボンを着ていた。初日こそ三十代前半くらいかと思えたけど、こうしてみるともうちょっと若いかもしれない。

「昔ね、バレエやってたんですよ」

「踊るほう？」

「そうそう」

話しながら横開脚に切り替えると、彼はおもむろに座り込んで同じように足を広げた。

「……っ！　無理っっ」

百度ちょっとくらいといったところか。

「礼さんくらいの年の男性でそれだけ開くのもなかなかだと思いますよ」

「そうなのかなぁ」

「本格的にスポーツしてる人くらいじゃないですかね。それに男性って股関節が女性とは違うつくりなので開脚はもともとやりづらいらしいです」

「へぇ。こっちに来て身体能力？　上がったんだから、これもできそうなのになぁ」

「毎日やってればすぐにできるようになるんじゃないですか？　毎日の訓練でさらにすごいことになってるって、ザザさんが言ってましたよ」

「ザザさんが？　ぼくのこと褒めてくれてた？」

「ええ、礼さんもみなさんもめきめきと上達してるって。剣術も体術も」

「……えへへ」

くすぐったそうな笑顔を小さく見せる礼さんは、最初のクールっぽい印象からかけ離れていた。

「みんな頑張ってますもんねぇ」

「和葉ちゃんも今日は訓練するの？」

ちゃん付けなんてどれだけぶりか。召喚されてからそれなりに勇者陣と交流を深めつつあるなか、実年齢はいまだ言えずにいた。礼さんは年長組なので、幼く見える私になにかしら気遣って親しげに振舞ってくれてるのかもしれない。

「いやぁ、私はやっぱり戦闘は向いてないと思いますしね。今日はただ、たまには運動したいかなって」

「えっと……」

「あ、いや私もともと辞退するつもりでしたし。自分が顕現させた武器すら持ち上げられないって、戦えないちょうどいい理由にもなりました」

　埋まったハンマーは次の日の朝には消えていた。勇者の武器は自在に顕現させたり消したりできるそうなのでそういうものなんだろう。さすが魔法の世界。

「……やっぱり戦いってのはよくないんでしょうか」

　なにか思うことがあるのか、礼さんは私の柔軟の真似をしながら神妙な顔をつくる。この人、妙に子犬キャラなところがあるなぁ。召喚されたときの第一印象はきりっと落ち着いたデキる男って感じだったんだけど。

「あ、別に善悪とかで辞退しようとか思ってたわけじゃないですよ。単に適性の話です」

「そうなの？」

「だって良いとか悪いとか、世界が違えば変わるものでしょう？」

「……そうかぁ」

「そうですよ」

　とはいえこの世界の戦いとやらはピンとこないけどね、と思うことは黙っておく。勇者として振舞うことを決めた人たちに水を差すこともないだろう。

　訓練場に幸宏さんたちやザザさんら騎士団の人たちも集まりはじめ、じゃあ、とそちらへ向かう礼さんに手を振って見送る。

　戦いの歴史は聞いた。魔王がこちら側の国にとってどれだけの脅威なのかも聞いた。けれども、何故魔王は敵なのか。説明はしてもらったけどよくわからなかったのだ。

国境線が大きく崩れたことはないそうで、押されては押し返しをずっと続けているらしい。勇者の召喚があるとはいえ戦力差はかなりありそうなものなのに、ある程度以上、魔王軍はこちら側にその領土を広げようとはしない。

そして戦いの終わり、目標は魔王の討伐なのかと問えば、「え？　だって魔王ですよ。それは無理でしょう」とザザさんに返された。……勇者のメイン業務、討伐じゃなかった？

つまりお互いに自分の領土を侵されなければそれでいい……？

だったらお互いちょっかい出さなきゃそれでいいのでは……？

戦争とは少なくともどちらかがなにかを得るために、征服欲であったり経済的なものであったり細かい理由なら様々ではあろうけど、要するに一方から一方へなにかを奪うためにもしくは奪われないために起こるもの。私はそう思っていた。

私たちの世界とは価値観もなにもかも違うのだろうけれども、まだこの世界をよく知らない私には、この戦争の勝利条件、終わり方が見えてこなかった。こちら側はまだわかる。自分たちと共存できない強いものには恐怖を感じるだろう。わからないものに恐怖を感じるのは生存本能なのだからこれはもうどうしようもない。けれど、何故魔王軍はこちら側を攻撃しているのか。

ん、んんん――？　って思うじゃない。

戦わないことを選んだ私に、王様もザザさんもエルネスさんもなにも言わなかった。城を自由に歩き回らせてくれ、欲しいものがあればなんでも言ってくれといい、城で働く人たちは明るく親切に接してくれる。城を出て暮らしたいのであれば、そのために人をつけてくれるとまで言っていた。

言葉こそ通じるけれど文字も読めず風習もわからずでは、不自由な暮らししかできないだろうからと。

召喚されて三日目には城中を見て歩き食堂の存在を知った。王族や貴族、私たち勇者の食事はまた別の厨房でつくられているが、そこは城で働く者たちのための食堂だった。

籠に山盛りの芋やら、捌く前のサイズが想像もつかない大きさの塊肉やら、力強く叩き込まれ続ける一抱えもある練った小麦。大鍋をかき回しながら、リズミカルに菜を刻みながら、オーブンを開けて大量のパンの焼き加減を見ながら、私と同年代の女性が大半を占める厨房はあけすけな噂話と笑い声とで満たされていて。

——気がつけば人参らしき赤い根菜の皮をむいていた。

速攻ザザさんに見つかり嘆かれること数回。毎日ではないけど、こう、……仕方なくないです？上げ膳据え膳、人様のつくったご飯が一番美味しいってのが信条ですが、それが何日も続くと落ち着かなくなることこのうえないんですよ。文字やこの世界のことを教えてもらったりしているけれど、それでも暇なの。どうしようもなく無心に大量の食材を捌きたくなるの。

嘆くザザさんには申し訳ないけれど、掃除や洗濯をやりはじめないだけマシだと思ってほしい。掃除も洗濯も前から好きじゃないだけなんだけど。

「料理も別に好きってわけじゃないんだけどね……っと」

柔軟を終え、はずみをつけて立ち上がる。やっぱり体がすごく軽い。目覚めても体が強張ってない朝とかほんと素晴らしい。

訓練場では勇者と神官や騎士たちが、それぞれ三つのグループに分かれて模擬戦を始めていた。

……なんだこれ。

火の玉や石礫（いしつぶて）を放ちながら、メイスをラケットのように振り回して神官二人の魔法を打ち消すあやめさんのグループ。なにも見えないのに地面が弾けるのは風魔法だろうか。太い火柱や礫の集中攻撃にはひらりと鮮やかに身を翻す。やだかっこいい……。

そして幸宏さんは盾を構えた大柄な騎士とザザさんを相手に、子どもの頃に大流行りしたカンフー映画ばりのアクションを繰り広げている。組み合い、振り下ろされたロングソードを撥（は）ねのけ、次の瞬間には間合いを広げて攻守が入れ替わって繰り出される足技。

翔太さんと礼さんに至っては、もうなにやってるのかよくわからない。縦横無尽に地面を削っているのは鉄球なんだろう。鉄の蛇と化した鎖が礼さんの大剣に防がれる。自在に旋回する鉄球の軌道に、垂直に、平行に、二人の打ち合いも円運動の軌道を重ねていく。それはあまりにも物騒なのに、優雅な踊りのようだった。

響き渡る銅鑼の音に飛び上がる。私が。

終わりの合図らしいことに気づいて、詰めてた息を吐いた。全員がぴたりと止めるその動きにまたうっとりする。慣性の法則がありますからね。勢いづいた動きをぴたりと止めるのはさらに技量が必要となるものです。夢中で拍手喝采する私に、照れ笑いしながらみんな歩み寄ってきてくれた。

「みなさん、武道してらしたんですか……？　剣豪ですか達人ですか」

登場からすでに場違いっぷりを連発しているので今更なんとも思わないけど、私以外は全員武道家とか、ここまでくると私そもそも勇者としてじゃなくて勇者のお世話係として召喚されたんじゃないかって気がしてくる。厨房に入り込むのも本来の役割でアリなのではないだろうか。

「ぼくはサッカーならしてたけど格闘技は全然」と礼さんが言うと、翔太さんも「同じく、という か運動は全くダメだった」と頷いた。

「そんな汗臭いことするわけないじゃない」と、まとめていた髪をほぐしながらあやめさんも続く。髪キレイですね。私もね、若返って艶とハリと量が戻ったんですけど、元値が違うんでしょうね。シャンプーのコマーシャルみたいです。

「あー、自分は一応経験者だけど、さすがにこんな風に動けなかったっすよ」

「経験者！　あれですよね。私見てて思い出したんですけど、映画であういうの見たことあります。なんでしたっけ。そう！　バリカタ！」

「それ博多ラーメンね！　ガン＝カタのことかな!?　もしかして！」

惜しい。カタカナってほんと年々覚えられなくなるから駄目……。

幸宏さんは剣道と空手の有段者とのことだった。チャラそうだったのに、がっつり体育会系。でもほかの三人と同じく、こちらに来てから身体能力が上がった故の戦闘力らしい。

「そりゃ慣れるのはいくらか早かったかもしれないけど、我ながらこのレベルだともう元の世界での経験って関係ないいんじゃないかなぁ」

ちょっと砕けた感じになった幸宏さんに他の三人も同意していた。

……なるほど？　すると、ですよ？

ここは深夜の訓練場。

一人でこそこそやってきました。別にこそこそしなくていいけどなんとなく。

柔軟は部屋で毎日していた。正確には三日目から。昔のように体が柔らかくなっていることに気づいてからずっと。与えられた部屋は元の家の敷地より広かったけど、やたら高級そうな家具や天蓋付きダブルベッドが幅をきかせ、置かれた花瓶やらなんやら割れたらどうしようぃや多分怒られはしないけど悲しそうにされるかもしれないと思うと、ヒヤヒヤして存分に体を伸ばすことができなかった。だからこそ今日の昼に訓練場を覗いてみたのだけれど。

全くの未経験者があそこまで自在に体を動かせるようになったのならば、ですよ？

昼間やった柔軟をもう一度。じっくりと筋を伸ばしほぐして関節が温まることを確認する。

左の踵を右のつま先に添え。

私のつむじから、天に向かって細い糸が伸びているイメージを描く。その糸に引かれるように、曲げた膝をゆっくりと伸ばす。

重心はそのままに、左のつま先を真横に滑らせ。その足に同期させ左腕を開く。

肘も手首も緩く毛布を抱くように柔らかく。

左脚を腰の高さまで上げ、伸びたつま先で円を描くよう前方へ回してからそっと地面に下ろす。

訓練場は深い森に囲まれている。

左手側の夜空に溶け込むその暗い影と月明かりの狭間、大きく紅い、ひときわ明るく輝く星に視点を定めて。

左脚をもう一度、横に滑らせ、今度はそのまま重心をのせた。

私を吊り上げる糸が緩むことなく、くるりと私を回転させる。

視点はそのまま残し回転する身体から一拍遅れて、視点を戻し。

星を目指して、くるり、くるり、回転は加速する。

ふふっと息が漏れた。

バレリーナを目指すほどではなかった。年に一度発表会を身内で行う程度の緩いバレエ教室に、四歳から結婚前の二十歳まで通っていた。親の仕事の都合で引っ越しが多くとも、行く先々で教室に通ってたけど本当にお稽古レベル。けれども。だいそれた夢を見るほどではなかったけれども、踊ることは大好きだった。

トウシューズはもちろんなく、バレエシューズの代わりになるような靴底が柔らかい革の靴をメイドさんに頼んで手に入れてもらった。足の指をしっかりと開いて大地を摑めれば充分。


降り注いでくるような星。

次に目指すあの緑の星に左の指先を重ねてグランジュテ。

着地しても勢いは緩まない。くるり、くるりと鋭くピルエットとフェッテを繰り返し。

ジュテ。ジュテ。アントルラセ。ジュテ。

星は私を追って流れる。

風は私を押さえつけることなくその身にのせてくれる。

重力はもう、私の管理下にある。


最後のグランジュテで着地の足がぶれた。崩れた重心を取り戻そうと体が勝手に動くのがわかる。

地についた左手を軸に側転。これはバレエじゃないな。ぐらついてしまったのは、ついこの間まで慣れ親しんだ重心と今の重心が変わってしまったからだ。体型、変わったからね。慣れちゃえばどうってことはなくなるだろう。体がそう言っている。何せ昔はこの体で踊っていた。

「ふふっ、ふっ、あはっ……く、くくくくっ」

しゃがみこんで、両手を口に当てて笑いを抑える。

この世界に来て二度目の「なんということでしょう」だ!!


「何者!」

「ひぃやぁあああああああああああ!!」

背後からの鋭い声に悲鳴をあげて飛び上がった。振り向きざまに照らしつけられた真っ白な強い光が目に刺さる。

「……カズハ様？」

「ちょっ！　目！　目がっ目が！　いたっ」

「え、あ、申し訳ない。今火を抑えます」

　某大佐ばりに両手で目をふさいで悶えていると、光が少し和らいだのがわかった。涙がにじんだ目をしばしばさせつつ、ランタンの向こうを見上げるとそこにはザザさんの戸惑い顔。炎はもう柔らかなオレンジ色を灯(とも)してる。電気のないこの世界、光源は当然火なのだけど、その強弱は魔力をもって加減することができるそうだ。

　……訓練場の暗がりでうずくまって笑ってるのがいればそりゃ不審者ですね。光を強くして誰何(すいか)もしますよね。

「――」

　ザザさんは無言で私の隣に座り込んだ。

「……えっと、ザザ、さん？　こんな時間までお仕事ですか？」

「あ、いえ、えー、まあそうです。これからこの先の宿舎に帰るとこだったんですよ」

　最初目印にした星から少し東側の方角の建物を指さす。四階建てレンガ造りのそれは、昼に見たときには蔦が美しく壁を飾っていた。

「あれは宿舎だったんですね。騎士団の方たちはみなさんあそこに？」

「若いひとりもんはそうですね。階級が上がったり、家庭を持ったりすると城下に家を構える者が多いです」

疑問が顔に浮かんでしまったみたいで、ザザさんが軽く苦笑いをした。

「本当は僕みたいに役職が上の人間も出ていくべきなんでしょうけど、近くて便利なんですよ。若い者には息苦しくさせちゃってるかもしれません。幸い受け入れてもらえているとは思ってますけど」

「便利って、毎日こんなに遅くまでのお仕事なんですか？　言ってはなんですが体力勝負のお仕事なのにきつすぎませんか？」

あまりに私たちへの待遇がよくて、この国福利厚生手厚いわぁって思ってたけど、ここにきてまさかの身内にはブラック説が浮上するんだろうか。

「いえいえいえ、ここ最近たまたまです。上司が休まないと部下も休みにくいでしょう？　その辺は王の意向でしっかり休むのも仕事のうちってされてるんです。……だから内緒ですよ？　数日中には落ち着く予定ですし、残ってるのが続いてるのばれると怒られちゃいます」

人差し指を口元に立てるジェスチャーってこっちでも同じなのねぇなんて思う。私も人差し指を立てて笑った。てか、あの王様ほんといい上司だなぁ。営業マンぽいのに。

ためらいで口の中の言葉を何度もかみしめるように、ザザさんは私の目を覗きこんだ。ハシバミ色の瞳にランタンの赤い炎がちらちらと浮かぶ。細面で優し気な顔立ちをしているザザさんだけど、意外に目力が強い。

「僕はですね、割りと仕事好きなんですよ。騎士団員はみんなこの仕事を誇りにしてるんで、気持ちは同じではあるんですけど、僕はちょっと入れ込みすぎるっていうか、夢中で任務をこなしていたらいつの間にかこの年になっちゃってて。気づいたら団の独身者最年長でした」

「……おいくつになるんですか？」

聞いていいのかどうなのか、いやこれはフリだよねと思いつつ問う。というかこの流れ、この空気って。これはイイ雰囲気と呼べる感じではないだろうか。

「四十二になります。すっかりおっさんですよ」

そっかああああ、ちょっと年下だけど、四十越えちゃったらあんまし年の差なんて関係なくなるよね？　どうしよう、これときめいちゃっていい流れかしらどうなのかしら。わぁ、経験もさほどない上にはるか彼方の記憶すぎてワンチャンなのかそうじゃないのかわからない。いやないよ？ないとは思うけどさ。

「カズハ様」

「様はそろそろ勘弁してもらえないでしょうか」

「……殿？」

「もう一声。なんなら呼び捨てでも」

「や、それはまずいです。いくらなんでも。えー、では、カズハさん？」

「はい。なんでしょう」

落ち着いて。大人の女として取り乱さないで。

「僕はこの通り、家庭も持ってない未熟者です。親の気持ちなんて想像でしかわかりません。それでも一応カズハさんの父親くらいの年齢の人間として」

……？　あ、私の実年齢は誰にも言ってないんだった。この世界の適齢期ってどのくらいなんだろう。成人年齢は平和の目安と聞いたことがある。

「は、はい」

「それなりに経験を積んできたつもりです。娘を守る父親の真似事をできるくらいには、です」

ん、んん―――ん？

「不安だと思います。当然です。そちらの世界ではわかりませんが、こちらではカズハさんくらいの年頃の娘はまだ親元にいます。代わりにはとてもならないでしょうが、それでも、こんなところで一人泣くくらいなら」

え、は……？　な、泣くってさっきのまぶしくて涙目になったやつ？　え？

「頼ってください。なんでも聞きます。僕にできることならなんでも。僕でだめなら、エルネス神官長だっています。だから、子どもが声を殺して、こんなところで泣いたりしちゃいけませせ」

「いや！　待って待って！　ほんとごめんなさい違うの！　違うんです！　違うの!!」

ああ、なんてこの世界は優しいのか！　己の身体能力に酔いしれて笑ってたなんて、どう説明できるのか！　しなきゃいけないのか!?　なにその羞恥プレイ!!

「……えーっと、つまりカズハさんは見た目通りの年齢ではない、と」

「ですねぇ」

子どもの強がりをなだめるような表情から微妙なものへ変えつつ、ザザさんは納得してくれた。

「確かに過去の事例にあったようななかったような……女性に聞くのは憚られますが、あの……」

「四十五です」

「それはまた……戸惑ったことでしょう」

ほんと優しいね……。若返ってよかったとかのフォローをしないあたりもまた素晴らしく紳士だ。お互い体育座りで星空見上げつつ微妙な空気醸してるけど。その微妙さはそのままながらも、ザザさんは言葉を続けた。

「このことは隠しておいたほうがよいですか？」

「あー、隠してるというか、言いにくかっただけなんですよね。国王陛下に報告したほうがよいならお任せします」

「ありがとうございます。そのほうがきっと色々と行き届いた配慮ができると思うので。僕では多分気の回らないこともあるでしょうし」

王城の中でしか過ごしていないけど、この世界の人たちはみんなこんなに優しいんだろうか。

「もしかして厨房で働きたいというのも、前の世界での仕事と関係ありますか」

「特に調理が好きとかってわけじゃないんですが、小学校の給食室で働いてたんです。ここの厨房とね、空気が似てるんですよ。同年代の女性たちばかりですしね」

「学校に給食？」

「あ、こっちではないですか？　六歳から十二歳まで通う学校で、昼食は学校が用意するんです」

「こちらでは弁当ですね」

「元々はね、国が貧しかった頃、子どもたちになんとか栄養をとらせるために始まったそうです」

「ほほお……」

「もう国全体としては貧しくはないのですけど、家庭ってそれぞれ事情があるでしょう。毎日お弁当を用意するのが難しい環境の子もいます。私の住んでる地域は特に子どもの食事を重視する方針でして」

「子どもは宝ですからね。なるほど。いい制度です」

「細かな問題とか色々ないわけではないのでしょうけどね」

「陛下に報告してみます」

「へ？」

いきなりそんな国のトップが出てくるとかどう？　そりゃうろたえもするし間抜けな声も出る。

「勇者様たちの文化は、こちらの世界をも豊かにすると言われてるんですよ。どの国でも積極的に取り入れてきてるんです。これまでも」

意外だ。こちらの世界のほうがはるかに人権意識は高く見えるのに。というか、もしかして戦わなくても優遇してくれるのってそのせいもあるんだろうか。やだどうしよう。すごい庶民文化しかわからない。内心ちょっと焦ってきてると、ザザさんはまた少し考え込んでから顔を上げた。

「……あの、ご家族って」

「ああ、息子と娘がいます。一応夫も」

ザザさんは深いため息をついて肩を落とす。

「――僕たちは本当に罪深いです。なんといったらいいのか」

本当に真摯すぎて、かえって罪悪感すらわいてくる。正直に言ってもいいものか。私はこの世界にとって異物すぎるのではないだろうか。異世界人なんだから異物このうえないことは今更だけど。

「子どもたちは二人とも成人して手が離れてますので。夫は、ほら、まあ、ねぇ、いつまでも仲睦まじい夫婦ばかりではないでしょう?」

それともこの世界の夫婦はおしどり夫婦ばかりなんだろうか。

「それは、まあ、色々と聞きはしますが」

あ、よかった。その辺りはやっぱり同じなんだ。そうよね、と厨房の奥様たちの会話を思い出す。際立って険悪な夫婦だったわけでもない、と思う。多分、まあ、どこの夫婦も多かれ少なかれお互いに不満は抱えてるものでしょう、くらい、だと、思う。そりゃあ困ってるかもしれない。心配もしてるかもしれない。けど。

私という『おかあさん』は福神漬けみたいなものだなと、時折思ってた。あればカレーがとても引き立って美味しい。そのくらいの自負はある。だけど、なくてもカレーは美味しい。なくてもカレーは成立する。そしてカレーの鍋が空っぽになっても福神漬けは余るんだ。これが。で、他の料理にはあまり合わない。素材として使いまわせるメニューも、これといってさほどあるわけでもない。

崩壊した家庭だったわけじゃない。極々標準的な家庭だと、それなりに築いてきていたはず。それなりに築いてきたから、多分もう私が抜けてもひどい崩壊はしないいんじゃないかなと思うのだ。

——どちらにせよ親なんて子どもより先に死ぬのだから。

「ちなみに、今の姿がカズハさんの子どもの頃の姿ですか？」

「ええ、十四歳くらいですかね」

「……え？」

「……成長するのが遅かったんですよね。十五歳くらいで身長十五センチ伸びて標準に追いついたんです」

そう、中学生の頃の私だとわかったのはそれがあったから。女の子は大体八歳から十二歳くらいで第二次性徴が始まるものだけど、私は遅かった。そしてやっときた成長期は、毎週踊っていても重心の変化に慣れが追いつかないほど急激だった。

後は胸のサイズ。せっかく標準サイズにまで育ったのに、非常に心もとないものに戻っている。かろうじて、かろうじて板ではないくらいのこれは、確かに十四歳くらいの頃の私だ。

「あ、あー、そ、それで。い、いやほら、随分ぴったりと年齢特定できるなって驚いたというか、ほら」

「いくつくらいに見えました？」

「——十歳くらい、かと……なんか、すみません」

「こう……若く見られて嬉しくないのが久しぶりで新鮮です……」

「しっかりしてるなぁとは思ってたんですよね……そりゃそうですよね、うわぁ、僕恥ずかしいです。あんな偉そうなこと言っちゃって」

顔を背けて片手で口を押さえてるザザさんの耳の赤さに、つい吹き出した。素敵な人だ。こんなに素敵なのにねぇ、私の今の姿では……完全に対象外でしょう。対象内だったら後ずさっちゃうよね。恥ずかしいのはこっちだわ。なにがワンチャンだ。

「あんまり笑わないでくださいよ……って、そうだ。踊ってたんですよね!?　見せていただくわけには」

「やめて！　その話に戻さないで！」

夕食の仕込み分の芋の皮を黙々とむき続ける。厨房に紛れ込みはじめた当初は、結構遠巻きというか勇者様という肩書にびびられてたけど、さすがのマダムたちは順応が早い。わかる。

「私もあと十歳ほど若けりゃねぇ」

「あんた十歳程度で追いつくと思ってんのかい！」

「そりゃあんたは二十じゃ足りないだろうさ」

「なにしれっと倍にしてんの!?　同じ年でしょ！」

今日も厨房はげらげらと下品一歩手前の笑い声で賑やかだ。出入りの若い商人を品定めしている。多分あと五分ほどでその一歩を踏み抜くだろう。

――落ち着くわぁ。

厨房には気が向いたときに出入りしてもいいことになった。作業の前と後は料理長に声だけかけてくれ、働いてもらった分給料を出すとまで言ってくれた。生活の面倒全部見てもらってるのにそれはちょっとと言えば、それはそれ、これはこれ、労働には対価を、なんだそうだ。やっぱこっちの世界のほうが文化レベル高いと思うんですよね……。

「ほんとにいた！　和葉ちゃん！　和葉ちゃん！」

下膳口から顔を出す礼さん。そんな窮屈そうなとこに頭突っ込ませなくても隣に扉あるのに。

「ひゃあああああ！　ゆ、勇者様!?」

マダムたちの悲鳴にたじろいだ礼さんは下膳口天井に頭を打ちつけた。すごい音したわ。今。

「……大丈夫ですか。天井」

「ひどっ」

「だって私らの体、かなり丈夫でしょ」

「確かに」

礼さんは上半身をひねって天井を撫で、「だいじょぶそうです」と生真面目に確かめた。でも下膳口から頭は抜かずに中腰のまま私を見返す。

「カ、カズハさま、ここはもう大丈夫ですから」

二十歳ばかり若返ったマダムたちの歓声の中、料理長が気をきかせてくれた。

「お仕事の邪魔しちゃった……？」

礼さんは食堂のテーブルについてからその長身を少し縮める。うーん、子犬感増す。下膳口から頭を抜くときにまたぶつけてたけど、車幅わかんない系なんだろうか。いや訓練のときはそんな感じしなかったし、うっかりさんなのかな。

「勇者の特権ですね。自由にさせてもらってます」

セルフ用に置かれているポットから、陶器のマグカップにお茶を注ぐ。私と礼さんの二人分。このポットも保温性高いんだよねぇ。一見ただの陶器なんだけど、魔法だか魔石だかでなにやらしてるらしい。すごいエコ。私らの文化の必要性がますますわからない。

「お昼ご飯、一緒じゃなかったでしょ。午後の訓練のときに騎士団の人が、和葉ちゃんはここでご飯つくってるって言ってて」

「今日はお昼前から手伝ってて、昼食は厨房の人たちと一緒に賄いを食べたんですよ」

「料理、好きなの？　すごいね。料理できるなんて……ちっちゃいのに」

う、うん。ザザさん、勇者陣には伝えてないんだね……どうしたものか。いいんだけど、いいんだけども、ただでさえ場違い感強いのにさらに平均年齢上げてそれを加速させるのもなんだかなぁって思うのよねぇ。

「えーと、ほら、私訓練してないし、暇なんでね……」

「騎士団の人たち、美味しかったって言ってた」

「それは思い込みだね！　お昼は材料刻んでただけよ！」

こんなところにまで勇者補正すごい。

「そ、そなんだ……あのね」

　やっぱり二十代半ば、いっても三十くらいかなぁ。育ちがいいのだろうか。もじもじっぷりが幼くてなおのこと若く見える。黙ってたらきりっとしてるし、他の人と話しているときはもうちょっと落ち着いてる感じがするんだけど。

「料理、なんでもつくれる？」

「うーん、家庭料理なら大抵はつくれますよ。味は保証できませんけどね。大量につくるのに慣れてるだけなんで」

「こっちの世界のご飯さ、美味しいんだけど、毎日立派でさ」

　あー、勇者陣のご飯は別の厨房でつくってるからねぇ。フルコースなわけではないけど家庭料理でもないよね。

　建物や服装もそうだけど、食文化もどちらかといえば西洋風だ。前回の勇者召喚が百五十年前で、そのとき持ちこまれたものが色濃く残ってるらしい。呼ばれたのが西洋の人だったんだろう。

　召喚は五十年ごと、三大国持ち回りで行う。儀式をすれば呼べるってものでもなく、前回、前々回は外れ、たまたま二連続でこのカザルナ王国が召喚に成功したと昨夜ザザさんが言ってた。

　ただ、それよりも以前に東洋から召喚されたこともあったのか、調味料には醤油や味噌らしきものもあるんだよね。最初は見た目洋食なのに、味は色々混じってるなとは思ったんだ。とても美味しい。けど、家庭料理ではないんだな。王様たちと一緒の食事だし。平民な日本人にはこっちの食堂のほうが気楽だとは思う。メニューも雰囲気も。

「和食が恋しかったり？」

「……オムライス食べたい」

そっちかーそっかー。トマトっぽいソースはあるけどケチャップはないんだよなあ。まあ、煮詰めればつくれるか。

「ちょっと時間かかるけどいい？」

「いいの!?　できる!?」

「食材や調味料は少しずつあちらと違うから、期待通りってわけにはいかないかもだけど。とろとろ卵のほう？　それとも薄い卵焼きで包むほう？」

「えっと、えっと、夜ご飯いりませんってザザさんに言ってきます！　あ！　卵で包むほう！」

ガタタッと勢いよく立ち上がる音で注目されたことにも気づかず、礼さんは駆けていった。

もちろんザザさんがご飯支度してるわけじゃないけど、まあ、向こうの厨房には伝わるしね……というか、なに、育ちがよいってああいうことなの？　うわぁ……うちの息子なんて夜ご飯いるかどうかの連絡してきたことない！　どれだけ言っても！　どれだけ言ってもだ！

召喚にはR指定の導入を要望します

ザザさんはオムライスの件を聞いて「食べたがる人が増えてしまいますから」とこぢんまりした部屋を用意してくれた。

そうはいっても家具はシンプルながら高級感を損なっていないし、大き目の丸テーブルに真新しいテーブルクロス。華奢で優美なラインの椅子が四脚、テーブルを囲んでる。部屋の端にはゆったりとしたソファ、サイドチェストの上の花瓶にはガーベラみたいな黄色い花と白い小花が活けられていて。

王城には用途が決まってない部屋なんて数えきれないほどあるわけで、ここも使ってない空き部屋だって言ってたんだけど。花やテーブルクロスは使うから用意してくれたんだとしても、使っていないどの部屋にもこんなに調度品が置かれてるんだろうか。置かれてるんだろうな。

テーブルにオムライス、ポテトサラダ、コンソメスープと並べていく。私と礼さんとザザさんの三人分。「勇者様付きの特権です」と悪戯っぽく笑うザザさんにちょっとときめいた。なかなかやりおる。

厨房の隅っこ借りてつくってるのを料理長も見てたから、今夜の厨房の賄いは同じメニューなんだけどね。ポテトサラダ用につくったマヨネーズも評判良かった。

ケチャップもマヨネーズも久しぶりの自作だ。子どもたちが小さかった頃の一時だけ、自作調味料に凝った経験が活きましたね。市販の物にはやっぱりかなわないし時間がもったいないという結論に達した後はやめてたんだけど、まあ、我ながら上出来だと思う。

「トマトルソースですか？」

「そうですそうです。分けてもらったトマトルソースをさらに煮詰めて、色々調味料足した感じですね。ケチャップっていいます」

「厨房で普段使ってるトマトルソースが元なんですか！　へぇ……お、これは」

二人とも無言でスプーンを口元に運び出した。うん。気に入ってくれたようで、時々頷きながらも食べるスピードは落ちない。美味しいと思うと真剣さがあふれる食べ方になる男の人って、ぐっときますよね……。

よし、私も、と食べはじめたとたん、ずずっと洟(はな)をすする音がした。

礼さんが食べるスピードは落ちてないのに、ぽろぽろと涙をこぼしてる。

「……え、え？　礼さ、ん？　なにか辛いところとかあった？　いやそんなはず」

ぱっとザザさんを見ると、ザザさんも焦った顔で「大丈夫！　美味い！」と叫んだ。敬語が取っ払われる程度にうろたえてるらしい。

「……ぐず……だ、いじょぶ……お、おいじいで、す」

えーっと。えー……。

礼さんは時々ハンカチで鼻をかみながら、ふぅと息をついては黙々とオムライスを食べ続けた。

ホームシック、か、な？　いやでもこの年齢の男性がこうもだだ漏れにするものだろうか。

（……ザザさん、今日の訓練きつかったりしてません？）

（えっ普段と同じで、す、よ……？）

「――ごめ、なさ、っだいじょ」

声をひそめたけどやっぱりこぢんまりした部屋ゆえに、どうしたって私とザザさんの動揺とやりとりは聞こえてしまうわけで。涙が落ちる速度はますます上がってしまった。

「き、きっと故郷の味なんですよね!?　優しい、懐かしい味しますし！　僕だって初めて食べるのにそう思いますから！」

明るい声を努めてあげようとするザザさん。だけど礼さんはもう、スプーンを握りしめたまま両手で目を覆ってしまった。声もたてずに。ただぽろぽろと大きな拳からしずくが落ち続ける。

う、うーーーーーん。

勘といえば勘でしかないのだけども。席を立ち、礼さんの隣にひざまずいて顔を見上げる。きつく押し当てた拳で目は見えないけども。

「――礼くん、本当の年はいくつ？」

「……っ……じゅ、じゅっさい、こ、ないだ、なった」

そうよね、見た目と年齢が違うなんて、私だけとは限らなかったんだ。

礼さん、いや礼くんの大きな背中に右腕を回して抱え、もう一方の手で膝に置かれた左手の甲をそっとさする。とん、とん、と。子どもたちを寝かしつけたときのように。元のサイズなら中腰でつらいところだけど、今の私なら普通に立っててちょうどいい位置だ。若干背伸びはしてるけど。

「和葉ちゃんはしっかりしてるのに……ぼく」

おさまりかけたように思えた涙がまたあふれはじめた。

「いや！　礼くん！　私も見た目と年が違うの！　ね！　ザザさん！」

「そ、そうなんだよ！　カズハさんすっごい年上だよ！」

すっごいいうな。すっごいだけど。

「ほんと……？」

「ほんと！　よんじゅうご！　ね!?　だから料理もできるし、しっかりしてるの！」

「……ママ、三十二歳だった。ママよりおとななんだね」

ぐはっ。

そりゃうちの子どもが成人してるわけだし当然なんだけど、見た目三十近い男性にママより年上とか言われるとわかっててもダメージがくるわこれ。ザザさんもなのか心臓を拳で押さえてる。

「そっか……和葉ちゃん、同じ年くらいかなって思ってた」

「う、うん」

ザザさんのほうから、ぶほってなんか爆発したような音聞こえたんだけど。

なに肩震わせてるんだ。というか、あれね。礼くんが親し気だったのは年が一番近く見えたからか。本当なら最年少のはずだったんだものね。最年長の私が最年少に見えて、最年少の礼くんが最年長に見えてた、と。

　ザザさんは私にこちらの世界ではまだ親元にいる年頃だと言っていたけど、それは私たちの世界でも当然同じで。礼くんは夜ご飯はおうちで食べるのが当たり前の年だ。そりゃあ、ご飯の連絡もちゃんとする。おともだちや親せきの家でご馳走になるなら必ずそう言われるしね。

　整髪料もついてない柔らかな髪を梳くように撫でて頬を寄せる。初日こそ整えられていた髪は、翌日から洗いざらしだったはず。十歳じゃ寝癖すら気にしない年だ。

　私だって重心の変化にまだ慣れていない。礼くんが下膳口に頭ぶつけたりしてたのも、車幅わからない性質なんじゃなくて、まだ自分のサイズに慣れていないからなんだろう。訓練中は気を張っていても、油断してるときには本来の自分のサイズ感で動いてしまうと。

　召喚されて一週間以上。

　唐突に親元から引き離されて、誰も子ども扱いはしてくれていない。この世界の人たちは優しい人たちばかりだけども、大人に対する優しさと子どもに対する優しさは当然違うものだ。そういえば、初日の夜にメイドさんが「お一人で眠れますか?」と気遣ってくれた。よければ眠るまでおそばについてますよ、と。

　それは本当なら礼くんに向けられなくてはいけないものだったろうに。

「……オムライス、食べる」

「そうね。うん。一緒に食べようか」

ザザさんと視線を交わしてから席に戻って食事を続ける。

きっと食べたかったオムライスは、ママがつくったオムライスだろう。子どもが喜ぶ人気メニューだものね。せめて少しでも近い味であることを祈ってしまう。


「ごちそうさまでした。すごくおいしかった」

「はい、お粗末様です」

え？　と訝し気なザザさんに「私らの国の挨拶ですよ。料理をつくった人間が返す言葉です」と説明する。

「それはまた否定しなきゃいけない気になる挨拶ですね。全くもって粗末どころか」

「本気で粗末だなんて思ってないですって。自信満々に出してますもの」

と軽く冗談めかして笑うと、礼くんも少し笑った。

「ほんとにおいしかった。また、つくってくれる？」

「今度はなににしようか。ハンバーグは好き？」

「だいすき！」

「僕も是非またご一緒したいです！」

「わかります。ふふふ、二人とも私に夢中ですね」

ひゃーっと肩をすくめて笑う礼くんは、十歳の頃の息子がだぶって見えた。

「最初ね、パパみたいになれてうれしかったんだ」

ソファに体を深く沈める礼くんは、長い足を持て余し気味に放り出している。私は肩が触れるくらいに身を寄せて隣に座り、ザザさんはテーブルのほうから椅子を引き寄せて向かい合っていた。

「あのスーツはお父さんの？」

「うん。パパのと同じだった。かっこいいんだよ。パパ。ザザさんとおんなじくらい」

いきなり引き合いに出されて目を丸くするザザさんは微笑(ほほえ)ましい。ああ、ザザさんが褒めてたって言ったとき、嬉しそうだったもんねぇ。礼くん、パパっ子なのかな。

「……きっと僕よりずっと若いんでしょうけどね。光栄です」

「そうなの？」

「ザザさん……多分礼くんくらいの子には三十歳以上はみんな同じくおじさんに見えてます」

「な、なるほど……光栄で、す？」

いやしかし、どんな仕組みか知らないけど、二十年分ほどの成長期すっとばすとは……いくらなんでも残酷すぎないだろうか。召喚システム。本人が幼すぎてまだそれに気がついてはいないのだろうけど。

ザザさんも若干顔色が悪い気がする。しっかりしてるように見えてたらしい私に対してもあれだけ真摯であろうとしたザザさんだし、むしろ当人が残酷さに気づいてない分も倍率上げて心痛はかなりのものだろう。

「レイさん、訓練はきついですか」

様呼びは自主的にやめたらしい。多分、礼くんに目線を合わせるため。それでも「さん」をとれない辺りがザザさんなのか。

「ううん？　楽しいよ」

「……もうすぐ実地訓練に入る予定です。城下町近郊の森で魔物を狩ることで慣れてもらうつもりでした」

「うん。前言ってたもんね。覚えてる」

「レイさんは、もう少し先に延ばしたほうがいいと思います」

「……みんなは？」

ぎりっと礼くんの拳が握られた。

「カズハさん、レイさんと続いてこうも外見と実年齢が違うとなると、念のため他の勇者様の実年齢を確認したいと思いますが、外見と同じであれば予定通りかと」

「やだ。なんで？　ぼくできるよ」

「……礼くん」

「だって翔太君にだって幸宏さんにだって、ぼく負けないもん。同じにできるよ」

この子は普段から自分を抑える子のように思える。大人の顔をし続けただけあって、この子は黙ってじっと考え続ける子なのかもしれない。

大人と同じに振舞えると、自分は大人と同じにできると、今言い続けてるように、ずっと自分に言い聞かせてきたんじゃないだろうか。

「レイさん、狩りは今までの訓練と違うんです。魔物とはいえ、命を狩るってことなんです。殺すってことですよ。そちらの世界では、狩りも一般人はしないとカズハさんから聞きました。こちらでも地方で多少は違いますが、最低でも十三の年より前にはめったに経験しませんし、させません」

「でも！　ぼくがほんとの年言わなかったらできてたんでしょ!?　みんなと同じに狩り行ってたんでしょ!?　できるもん！　みんなができるんだからぼくだってできる！　年なんて言わなきゃわかんないじゃないか！　言わないで！　黙ってたら誰もわかんない！　わかんなかったじゃないか！」

ソファに沈めてた体を起こし伸ばしてた脚も硬く縮めて、握りしめた拳でソファを叩く様は、確かに十歳のものだ。それなのに怒声は大人の男性と同じように低く響く。

「ねえ、礼くん？」

「和葉ちゃん、ぼくできるよ。和葉ちゃんだってぼく強いと思ったでしょう？」

「礼くん、ザザさんが言ってる強さは、その強さじゃないの」

何故、こんなにも必死な目をしているのだろう。

何故、すがりつかなければならないとばかりの目をしているのだろう。

「ぼくもうパパより強いもん！　できる！」

「レイさん」

「やだ！　ずるいよそんなの！　勝手によんだくせに！　いまごろずるい！」

ぐっとザザさんが息を呑んだ。これはだめだ。今はだめ。

「ねえ、礼くん」

「やだ！　できる！」

両頰を、両手で挟んで顔をこちらに向けさせる。

「うん。礼くんは強かった。おばちゃんたちだって大人だと思ってたくらいだもんね」

「……うん」

「みんなに大人扱いされて、ちゃんとずっと大人の顔してた」

「うん」

「えらいね。すごいよ」

「うん……うー」

「礼くんはちゃんと頑張ってる。すごい頑張ってる」

また、ぼろぼろとあふれ出る大粒の涙。そっと額にかかる前髪を梳いて流し、そのまま頰を撫でる。礼くんはゆっくりと、おずおずと、私の肩に顔をうずめてきた。

ああ、この体では抱え込んであげられない。この子はまだ、毛布にくるまるように抱え込まれていなくてはいけない年なのに。

召喚で組み替えられた礼くんの大きな体が、私の小さな体が、彼を守る邪魔をする。

「ねえ、最初の日さ、ちゃんと一人で眠れた？」

「……平気だよ。いつも自分の部屋で一人で寝てるもん」

「そっかぁ、やっぱりすごいなぁ。うちの息子は礼くんくらいの頃はまだ一人で寝れなかったよ」

「……和葉ちゃんちの子、いくつ？」

強張っていた肩から少し力が抜ける。

「もうおっきいよ。二十四歳」

「おとなだ」

「うん、でも礼くんのほうが大人っぽいかもね。礼儀正しいし、優しい。美味しかったら美味しいって言ってくれるもんね」

「和葉ちゃんちの子言わないの？」

「言わないねぇ」

「おとななのに変なの」

「ね。変だね」

ふふっと静かに笑う礼くん。まだ肩には流れる涙を感じる。後ろ髪を優しく撫で、背中をゆっくりと軽く叩いた。

「だいじょうぶ」

さっきまで礼くんが繰り返していた言葉を、今度は私が耳元でささやく。

「だいじょうぶだよ」

導入すべきなのは異世界文化じゃなくて、召喚の年齢制限だわ。

「あの……どうしましょう」

今や完全に眠り込んでしまった礼くんに抱きつかれたままで、私は若干斜めになった苦しい体勢でソファに埋もれている。ザザさんは礼くんを抱き上げようか、しかしそうすると眠ったものを起こしてしまうと、両手を上げたり下げたりしながら迷っていた。

「あー、このサイズの体でも、丈夫ですし力はありますから問題ないです。もうちょっと眠りが深くなるまでこのままにしましょう。……ザザさんも座ってください」

ためらいながらも椅子に戻ったザザさんは、貧血を起こしたときのように両膝の間に頭が入るまで丸くなった。

「……さすがにちょっとこれはないですよ。召喚って年齢もなにも条件なしなんですか」

ザザさんに言ってもどうしようもないのはわかってる。私とザザさんではどうしたって罪悪感に埋もれてるのはザザさんだろう。なにせ召喚した側だ。

「召喚条件があるのかどうかもわかってないんです。ただ今までの勇者様たちは、少なくともこちらの世界での成人には達していました。……一応、そちらの世界でも成人だったと聞いています」

ああ、百五十年前なら確かに向こう側でも十三歳くらいで成人扱いかもしれない。なんなら今でも戦時下の国では少年兵がいるという話だし。

「実はカズハさんのことも、陛下はかなり動揺してたんです。もちろん僕らもですけど」

「十歳くらいだと思ってたんですもんね。戦わないことを許してくれたのはそれで？」

「いえ、それは最初の言葉通り勇者様の意向に従います。ただ、カズハさんは望んでくださったとしてもお止めしたでしょう。先にカズハさんから辞退していただけただけで。まさか勝手に呼んでおきながら、そんなつもりではなかった、予定とは違うなんて軽々に言えるわけがありません……」

「そっすね」

あああああ、詫びたところでなんの役にも立たないことを知ってるからこそ、詫びる言葉を持てない人にとる態度ではない。ザザさんのせいではない。

「……ごめんなさい。嫌な言い方でした」

「いいえ。もっと罵られたとしても当然です。伝え方を悩んでるところに先に断っていただけて、陛下もほっとしてました。――僕も日を改めるべきでした」

礼くんの後ろ髪を梳きつづける。

「……直近の問題として、魔物狩りですか」

「連れて行かないです。陛下にもそう話しますが、間違いなく同じ判断でしょう」

「それは同感ですけど、年齢のことは言わないでくれと言ってましたよ」

「それでもです」

「まあ、そうですね……こちらの世界でも狩りには十三歳まで連れて行かないんですね？」

「はい。もちろん戦闘の訓練はもっと幼い頃からします。特に王都から離れた地方では魔物も多く出ますし、いざというときの護身に必要ですから。でも狩りという実戦には十三歳からです。命を奪うことに慣れさせるには、十歳は早すぎます」

「成人年齢が十三歳？」

「未熟者として、ひよっ子扱いでもありますけどね」

「なるほど……」

確かにねぇ、日本だってほんの百年ちょい前までは十五歳か？　労働力になれば成人扱いの時代もあったと習った覚えがある。戦国時代の武将の初陣は十代前半が多かったとか。だけど私たちは現代日本人だ。感覚的に受けつけない。――ただ、この子は。

「礼くん、声出さないですね。泣くとき」

「……はい」

「十歳の子どもが、この親元から離された状況で、こんな泣き方しますかね」

「……」

意味を図りかねるように、ザザさんは片眉を上げた。

「この年の子どもが、こんな泣き方をしてちゃいけない。そうでしょう？」

この世界の魔法は、夢見てたほど万能じゃない。天候は変えられないし、天災は防げない。蘇生(そせい)はしないし、ちぎれた腕はくっつかない。

けど誰もがちょっとずつ魔法を使える。魔法というか、持ってる魔力で操作するといえばいいのか。ランタンは火力調節を魔力でするし、水は水道管から蛇口まで魔力で引き上げる。さほど魔力量のない平民でも使いこなせる程度に、生活に根差している。なくてもなんとかなるけど、あると便利だよね、ちょっと楽だよね、くらい。

もちろん魔力量が多ければできることは増える。それこそ騎士になったり神官になったり。けれど大多数はそこまでの魔力量はないので、誰もができる程度が「ちょっと楽だよね」くらいなのだ。

さて、今日も私は芋の皮をむき続けている。いつもの倍むき続けている。

昨日のポテトサラダは厨房での賄いでとても評判よかったらしく、今日の食堂のメニューに入ってた。ビュッフェ形式なので、つくってはつくっては空にの状態で盛況だ。で、私は皮むき班と。

マヨネーズねぇ、つくるのはちょっとコツというか慣れがいるのだけどね、魔力で攪拌(かくはん)というチートっぷりを発揮されて少しばかり悔しかった。ドヤ顔できるかとうっすら期待したのに、みなさん、さらっとできるようになってしまう。分離知らずの電動ハンドミキサー要らず。魔力すごい。

ちょっと楽どころじゃないじゃん……。

はるか昔、腕だるくなりながら頑張った挙句に卵と油が分離したり、はしゃいだ娘に抱きつかれて油をそっと注ぐどころかどぼんと投入して分離したり、かまってほしくて癇癪(かんしゃく)おこした息子の相手をしてる間に分離した日々を思い出す。手早くできるようになった頃に、うん、労力と秤(はかり)にかけたら市販のほうが美味しいねって思うようになった。


「ごちそうさまでした！　和葉ちゃん！」

顔を上げると下膳口に頭を突っ込んだ礼くんが笑ってた。

ゆうべは結局ザザさんに礼くんの部屋まで運んでもらい、そのまま添い寝したのだ。目覚めたときの礼くんの笑顔のかわいらしさといったら。新妻か。

「お昼、こっちで食べたのね」

「うん。ザザさんと一緒に来た……った」

後ろにいるザザさんを見せようと身を引いてまた天井に頭をぶつけてる。

「この後はまた訓練？」

「ううん。午後は字の勉強だって」

私は午前中にすませている。みんなが訓練してる間にしているせいで私はちょっと進みが早い。

「そっか。じゃあ一段落したらまたおいで。おやつつくってあげるから」

「おやつ！　なに!?」

「んー、プリン好き？」

「プリン！　生クリームがのってるのがいいな！」

プリンアラモードをお望みか。攪拌、攪拌がまた必要ですね……。

どうも私はなかなか魔力の使い方に慣れない。実はマヨネーズも魔力で攪拌するのを真似しようとして見事に飛び散らせた。魔力で済むせいか、泡立て器は少し使い勝手が悪い。電動ハンドミキサーが恋しい。

「ぷりん、ですか」

ザザさんが、ふむ、と首を傾げる。

「そう。つめたくってねーつるっとしておいしいんだよ」

何故礼くんがドヤ顔なのか。もうなー、そんな顔されたらなー、頑張るしかないじゃなーい。


幸宏さんがプリンを一口で半分消化する。

「やばいわー懐かしいわー。和葉ちゃん、ほんとになんでもつくれるのな」

そうだろうそうだろう。蒸し器でつくったプリンはきめ細かく柔らかい味に仕上がった。果物と生クリームをふんだんにのせたプリンアラモードは、昔懐かしいデパートの食堂風だ。レシピを教える体で厨房の人たちに攪拌や火加減の調節、冷やすための氷の精製を手伝ってもらったプリンは、デザートとして今夜の食堂に並ぶだろう。

勉強が終わった勇者陣も礼くんにくっついて食堂に現れたので、厨房巻き込んで多くつくっておいたのは実にちょうどよかった。

「材料って、なんでも揃ってるの？　ゼラチンとか」

あやめさんはメロンと似た味の緑色の果肉に生クリームを少しのせて味わう。

「少しずつ違いますけどね。このプリンはゼラチン使ってないですし。でも似たような食材や調味料は一通りあります」

厨房に出入りしはじめるようになってから、調味料棚から倉庫までいろんなものを味見したり教えてもらったりして把握したのだ。ケチャップやマヨネーズのようにつくらなければないものはあれど、原型になるものや似たものがある。

翔太君は黙々と食べてる。そうか。君も美味いものは無言で食べる口か。時々頷いてるもんね。

礼くんはにっこにこだ。時々ザザさんと私の顔を交互に見ては満足そうに、プリンを大事そうに味わって食べている。

子どもの美味しい顔って、なんともいえない安らぎをもたらすものだけども、まさか見た目が三十前くらいの男性であっても有効だとは思わなかった。細面を緩めてるザザさんと、多分私は同じ表情をしてしまっていることだろう。

「――和葉ちゃんと礼さんって仲良いですよね」

何故か翔太君はためらうような顔をしていて、礼くんはプリンを口に運ぶ手を休めないまま頷いた。

「はい、仲良しです」

礼くんは私以外の勇者陣の前では敬語を崩さない。これは前からで、てっきり私は一番幼い私に合わせてるんだと思っていた。今にして思えば、礼くんにとってはみんな年上で、かつ、大人のふりをしようとしたためだったんだろう。……ちょっと今は口元にクリームついてるけど。

「……今朝、礼さんの部屋から和葉ちゃんが出てくるの見たんだけど、泊まったんですか？」

うわ。見られてたんだ。幸宏さんは「へ？」と間の抜けた声をあげて、あやめさんは眉をひそめた。

「はい」

礼くんはさらっと認めつつ、ぶどうの皮をむいて食べるかどうか悩んでる。それ皮柔らかいからね、そのままいけるよって、あー、さらっと認めちゃうかー。まあ見られてたら嘘ついてもしょうがないしねぇ。というか、私自身、嘘つかなきゃならない気は全くしない上に違和感まるでない。しかし、礼くんの実年齢を知っている私とザザさん以外には、礼くんは立派な成人男性、それも最年長に見えてるわけで。

「和葉ちゃん、ちっちゃく見えるけど女の子だし、その、あんまりよくないんじゃないんでしょうか。そういうの」

翔太君は少し頬を赤らめてうつむきつつ私から目をそらした。

「い、いやいやいや、そんな、ねぇ？　礼さんにしてみたら娘でもおかしくはない年の差じゃん」

「……きもっ」

強張る幸宏さんとあからさまに嫌悪感を出すあやめさんの空気を感じ取ったのか、礼くんはプリンから顔を上げてきょとんとした。いやちょっとあやめさんきっつい顔しすぎ。あなたたちそっちに直結するの早すぎ。礼くんに意味がわかるわけないじゃない。ほらちょっとびびってきた顔してる！

「私！　ゆうべちょっと怖くなって！　で！　礼さんの部屋にお邪魔したんです！　そしたら寝ち

ゃって！」

「怖くてって？」

幸宏さん、聞かれても困る。とっさに飛び出した言い訳をどう広げるか、子どもたちは昔なにを怖がってたっけ。

「えっと、なんかほら、……外になにかいる気がして？」

なんというか、わかるだろうか。自分の柄ではないよねという素振りをあえてすることの恥ずかしさというか、やだーいい年して「こわーい」とか言っちゃうわけ？　的なセルフ突っ込みが脳内駆けめぐる恥ずかしさというか。

いい年してといっても今の私はそれがおかしくはない外見ではあるはずなんだけど、それはそれ、これはこれ。私は実年齢を言っていないにしろ、自ら子どもぶった態度はこれまでとっていないのだ。嘘は言いたくない、けどわざわざ説明もしづらい、といった中での妥協線を一応守っていたのに。

ああ、顔が熱い。これは恥ずかしい。予想以上に恥ずかしかった。やだもう、私なにもじもじしちゃってるの。ザザさんが微妙な顔してるのも拍車をかける。その顔やめて。

「あー、和葉ちゃん、しっかりして見えてもやっぱりかわいいところあるんだなあ」

もう、チャラ男ほんとやめて。

「なにかって、……どんなのよ」

どんなのだろうね？　あやめさんもしかして苦手ですか。睨まないで。

「お、おばけ、的な？」

「えっ」

こら、礼くん、そこで君がびびらない！

「いくらこっちの世界でもおばけはないでしょ。大丈夫だよ。和葉ちゃん」

「おばけ？　ゴーストでしょうか。いますよ？」

「「「え」」」

なに言ってるのって顔してザザさんが翔太君にかぶせた。いやあなたがなに言ってるの。

「古い建築物には大体いますよ。僕は見えない性質なんですけどね。この城にいるのは、暗い紫色の髪の毛がばさっと顔を隠してぼろぼろのドレスでずるずると這って歩いてるらしいですね。見える奴が言うには」

「「「なにそれこわい」」」

え、魔法の世界なのに結界とかお祓いとかそういうのないの。

「……？　なにも悪さしませんよ？　ああ、ただ、ほら、廊下のあちこちにクッキーとか小さいカップのミルクとかあるでしょう。あれはゴーストのためのものなんで触らないであげてくださいね」

座敷童？　座敷童なの？　やだこの世界、妖怪にも優しいのか。

ゴーストとやらは別に座敷童のように幸運を運んでくれたりはしないらしい。ただいるだけだそうだ。祟るわけでもないとなれば、何故お菓子やミルクをあげるのかと聞くと「……食べるから？」とザザさんに返された。私に聞かれても。

疑問に思うことすらないほど自然なことなんだなぁ……。だけど私たちは「おばけ」とか「妖怪」のジャンルにそうそう馴染めるわけでもなく。

極々自然に、私は礼くんの部屋に寝泊りする流れにもっていけた、と思う。あやめさんの誘いを断ったけども。もしかしてあやめさんも怖かったのかもしれないけど、

「こ、怖いわけないでしょ！」

とテンプレかましてたので、怖くはないんでしょう。きっと。多分。

はたから見たら私が礼くんの手を握りしめて離さないように見えただろうが、礼くんががっちり握りしめてたのだ。そりゃあやめさんのほうに我慢してもらうしかない。

私たちは実地訓練を兼ねた魔物討伐に来ていた。
幸宏さんは二十二歳、あやめさんは十九歳、翔太君は十六歳という見た目通りの実年齢だと確認したらしい。まあ、自己申告でしかないけど、振舞いから見ても年相応に思えるということで当初の予定通りでいくとの判断だ。
初めて乗る馬車は意外と振動が激しく感じない。幸宏さんが「サス利いてる……」とつぶやいていた仕組みのせいなんだろう。意味は知らない。かぼちゃの馬車ほどファンシーではないけど曲線

が優美な二頭立て馬車二台と、大型の幌馬車や荷車が数台ずつの前後を守るように隊列を組んだ騎馬小隊で、街道を進んでいる。

王都の城門を出て二時間ほど。東はなだらかな丘陵が地平線まで続いてて、南から西にかけてはこんもりとした深い森が広がっている。北を振り返ると、切り立った崖に抱かれるように建つ王城が望める。王城のある山の中腹からふもとまでは、色とりどりのブロックが敷き詰められたような家々の屋根が広がり、それを囲む高い城壁。

アニメで見たわーこゆの見たわー。ファンタジー感をこれまでで一番感じてるかもしれない。空まで透明感が違う、気がする。同じ青でもラメ入ってるかのように見える気がする。

「ジャージ、いいなぁ」

「いいでしょう」

馬車の後部デッキに並んで立つ礼くんが、本気で羨ましそうにあずきジャージを軽く引っ張った。こちらの世界の布もなかなか悪くはないのだけども、やっぱり運動するのならジャージ最強だからねぇ。初日は場違い感でいたたまれなかったけど！

「もう少し先にある森の手前を拠点とします。ほら、もう先遣隊がテントをつくりはじめてますよ」

ザザさんが馬を寄せて前方を指さす。こちらの馬は私が知ってる馬よりもずっと大きく、ロバのように垂れた耳と羊のような巻き角をもち、暖かそうな柔らかく長い毛をしていた。翔太君と幸宏さんも馬に乗っていて、馬車には私と礼くんとあやめさんだ。

騎乗したままのザザさんの目線は、馬車に乗ってデッキに立つ私よりもまだ高い。ぴんと背すじを伸ばす彼は革の胸当てで一段と凛々しく見えた。

「そういえば訓練のときもそうでしたけど、初日に着ていたフルプレートアーマーとか着ないんですね」

「ああ、あれは儀礼というか、勇者様たちに受けがいいって言い伝えられてまして……」

「うけがいい」

「ち、違うんですか？」

「いや！　かっこいいと思ったんで間違いはないです！」

でも今ちょっと照れくさそうに鼻の頭を掻くとかそういうののほうがイケメンでした！　ごちそうさまです！

「スライムいる!!」

「まじで!?」

礼くんがザザさんより向こう側の草むらを指さすと、それまで気だるげに馬車内にいたあやめさんが身をのりだして食いついた。……あやめさんはすましているようでいて割とこういうの嫌いじゃなさそうなんだよねぇ。

「あやめさん、スライム好きなんですか？」

「――っ、ほんとにいるんだって思っただけっ」

礼くんの邪気のない問いで我に返ったのか、わずかに頬を染めて椅子にかけ直すけど。

「ふうん。あ、色違いもいる」

「まじで!?　足速い!?」

……好きそうだなぁ。色違うとなんで足速いと思うんだろ。

数日前、カザルナ王、ザザさん、エルネスさんと大臣や高官数人が、勇者たちのあらゆることについて会議する場に私も同席させてもらっていた。

「魔物と普通の動物の違いってなんなんですか」

すべての生物は多寡はあれど魔力を持っていると聞いてザザさんに問う。

「襲ってくる種族かどうかです」

シンプルだ。

「魔獣と魔物の違いは?」

「魔獣は、はぐれもいますが基本魔族の眷属(けんぞく)で、その指揮下にあります。ですので国内には滅多にいないですよ。あとは魔物より知能も高く強いですね。連携してくるので」

「では、今度討伐する予定なのは魔物であって、危険度は下がると思っていいんですか」

「村や町の近くで魔物が増えすぎると、僕の管理下の騎士団が討伐に向かいます。今回の討伐はその通常範囲のもので、一個小隊で対応、被害はほぼ出ません。ですので勇者様たちの現在の実力でしたら全く問題ないでしょう」

王国には騎士団がいくつかあり、ザザさんの騎士団は国内の魔物討伐、北の国境線防衛を管轄としている最大規模のものだ。だからこそ勇者付きとなった。

「でしたらやはり私も同行します。礼くんには私の護衛をしてもらいましょう」

戸惑いとわずかな非難交じりの声がざわめく。

「カズハ殿は戦闘行為に拒否感があったのでは？」

王はざわめきを片手で抑えるけれど怪訝な表情を隠さない。

「私には適性や能力がないと判断しただけです。好きなわけではありませんが、そもそも経験がないことなので拒否感と言えるほどのものもありません」

「ほお。カズハ殿の国では狩りも戦争もないとおっしゃってましたな。なのに十歳の子どもに狩りをさせると？　それは浅慮ではないと言えるのですかな」

おっと。さすが王は手厳しい。

でもこれは、子どもというものに対する、大人として当たり前の感覚だ。一見穏やかなこの優しい国だけれど、幼い頃から戦う術を学ばせるほど死は間近にある。

それにもかかわらず、十二歳以下に狩りはさせないと律するこの世界。平和ボケと冠される日本人の感覚で否定することなどできるはずもない。成人年齢を上げてくれと思いこそすれ、十歳の子どもに戦わせるなど狂気の沙汰でしかないとするのはこちらとて同じ。

「礼くんがその実年齢と同じ身体を持っていたなら、そんなことさせはしません」

「子どもは子どもでしょう。肉体が急に育ったとして精神まで育つわけじゃない。実際、レイさんは子どもじゃないですか」

ザザさんをはじめ、全員礼くんを狩りに参加させるのは否定的だ。エルネスさんだけは是非を全く顔に出していないけれど。

「私の護衛をさせると言っています。実際に狩りに参加させるかどうかは、段階的に反応を見て考えたいと思ってます。本人が参加すると言い張っていて、能力的には充分である以上、今の妥協点はそこです。――あの子は他の子どもと同じ基準で考えるわけにはいきません」

「何故でしょう？」

エルネスさんが、会議が始まって以来初めて声をあげた。

「私たちを帰還させることはできないと言ってましたね？　そして私たちのこの身体は、召喚されたときに起きたことだと」

立ち上がって私の小さな体を示す。

「ということは、この身体が実年齢にそうように戻ることはありませんね？　私はこのまま成長し、礼くんは老いていく」

エルネスさんは、わずかに目を瞠（みは）り、私の言いたいことを理解したように小さなため息とともに頷いた。

「陛下、失礼ですが今おいくつですか？」

「……五十六歳になる」

「この世界での平均寿命は？」

眉をひそめ、「ヒト族だと六十から七十、だな」と末席に近いところに座る高官に目で確認しながら答えた。

「ザザさん、四十二歳ですよね。鍛えてるとはいえ、三十歳の頃と比べて衰えを感じないはずがないですよね？」

「それは、まあ」

「けれど、現役です。陛下だって現役です。肉体が老いても、その衰えを補うものを重ねた月日が培っています。でも礼くんは、四十歳の心で、体は平均寿命を迎えるんです。ザザさん、今その体が六十過ぎになったらどうです？　陛下、今その心のまま七十過ぎの肉体になったら？」

出席者は大体、高官の若い人で三十半ばくらい、最高齢は大臣だろうか。

誰もがなだらかに肉体の老いを受け入れていく。時は公平に歩みを進めるのだから、礼くんもこれからなだらかに老いを感じていくだろう。わずか十代前半で、だ。

「礼くんがそれを自覚するのはすぐですよ。賢い子ですから。――あの子は人よりも早く大人にならなくてはいけないんです。その時、それに耐えるために」

色鮮やかな羽根を散らしながら飛び立つ鳥の群れ。森の奥から、破裂音や衝撃音がわずかな振動

をつれて響いてくる。

私と礼くんは数人の騎士たちとともに、テント前に簡易かまどの設置や薪の準備をしていた。

「そろそろみなさん戻ると思いますよ」

積み上げた薪に、さらに一抱え追加しつつ、ザザさんより少し若いくらいの騎士が教えてくれた。

討伐対象のグリーンボウは丸々とした猪によく似た魔物だ。食材として厨房の裏手に運ばれてきたことがある。全長三メートルほどの巨体にもかかわらず樹々の間を猿のように飛び回り、繁殖期には徒党を組み森から出て襲ってくるという。しかもかまいたちみたいな風魔法攻撃つき。その図体でその攻撃は理不尽じゃなかろうか。

私は調理班として同行してる。礼くんは予定通り私の護衛だ。仲良しなので全く自然である。礼くんはこだわるかとも思ったけれど、案外すんなりと納得してくれた。仲良しだもんね。

「ねえ、和葉ちゃん、なにつくるの？」

「牡丹鍋もどきと、ローストポークと、丸焼きかな」

大量の野菜をだし汁の入った大鍋三つに、それぞれどんどん突っ込んでいく。山菜だけど昆布っぽいのもあったので昆布だしだ。かつお節はさすがになかった。味噌ももどきだし細かいことは気にしない。グリーンボウからしっかり旨(うま)みは出るしね。

「ボタン……？」

私の横にしゃがみこんで膝を抱えたまま、袖口のボタンを見つめた礼くんに、猪のお肉を牡丹の花びらに見立ててるんだよと説明する。期待通りで嬉しい。

そうこうしてるうちに、勇者陣を先頭に討伐班が森から出てきた。あやめさんと翔太君はそうでもないけど、幸宏さんは返り血をかなり浴びている。戦い方の違いのせいだろう。囮と足止めをすると事前に言っていた。隣でかすかに息を呑む音が聞こえたのを知らないふりしつつ、駆け寄って出迎える。

「おかえりなさい」

何故か幸宏さんは目を泳がせつつ後ずさりした。

「……どうしたんですか？　怪我、は、ないですよね？」

「あ、いや、ほら、俺汚れてるし」

「あー、派手に浴びたみたいですね。汚れ落とせるように、テントの裏側にお湯とか用意してありますよ」

「……和葉ちゃん、こういうの苦手なんじゃないの？」

「はい？」

なんだかこの間から思っていたけど、私が戦闘を辞退したのはどうやら平和主義とか無血主義とかってことで納得されているのだろうか。

「えーっと、私、鶏絞めれるんですよ？」

「――――は？」

幸宏さんばかりか、あやめさんも翔太君も目を瞠った。まあ、そうだよね。

「曽祖父がね、ど田舎で酪農家してたんですよね。こぢんまりとですし、今はもうないんですが。

で、私、そこに預けられてた時期があって」

「教育方針的な……?」

「んー、どうなんでしょうね。鶏肉は自分とこのが一番美味いって人だったんで、よーし一緒にこさえるかー! 美味いもの食わせてやっからなー! ってノリでした」

ちょうど十歳くらいの頃だったと思う。研究者の父が海外へ長期のフィールドワークに出ることになり、元々助手をしていた母もついていってしまったために曽祖父に預けられた。一年ほど。

一時期、いのちの教室だのなんだの問題になってたけれど、あれはそんな教育だのなんだのの目的は全くなかったのは間違いない。そういう人でした。以上! 的な。意図せず先駆けみたいな経験ではあったけど、だからこそ、あのいのちのなんちゃらの報道を見たときにはくだらないと思ったものだ。

「なので、血も内臓もまったく平気です。というか、するべきことをしてきた人に感謝はあれど、苦手だのなんだのないですよ」

「……そっか」

「はい。おつかれさまでした。みなさんもおつかれさまです」

「……うん、ありがと」

「働いてきたのは幸宏さんたちじゃないですか。お礼なら、ご飯食べてからお願いします。この後の作業は私の番なんで」

そう言って笑うと、幸宏さんは妙にくしゃりと顔を歪ませて笑った。

「で、肉は？」

「もう食材判定なんだ!?　その場で血抜きしてるから後から来るよ！」

「大物の解体はさすがに見てたことしかないんで腕が鳴ります」

「……肉食なのね。和葉ちゃん……」


騎士団数名と一緒に、手近な木に吊るしたグリーンボウを二頭解体した。残りの六頭は近くの村に届けるそうだ。やはり騎士団の人たちは手慣れていて、「ほんとにカズハ様もやるの？」と聞かれつつも解体の手順を教わりながら手伝った。大昔見た猪の解体とほぼ同じだったと思う。はるかに大きいけど。

俺もここまでの大物はやったことないんだけど汚れついでだし、と幸宏さんも手伝ってくれた。ほんとチャラ男っぽいのに意外性あるなぁ。

礼くんは顔を少し強張らせながらも、私の後ろからじっと作業を見ていた。

薪の山は二列。穴が四つ開いた円盤を先頭につけた棒が二本立ててある。グリーンボウの両肩から腰にかけて二本ずつ貫いている金属製の棒は、円盤の穴に通されていて、まんべんなく焼きながらぐるぐると回せる仕組みだ。

これなら、と、火おこしさせてもらう。エルネスさん直々に教えてもらった通りに、魔力を集中させて。

――轟っと火柱が上がった。そう。キャンプファイヤーかのごとく。

グリーンボウどころか天まで焦がすかのように。

騎士団も勇者陣も後ずさった。二メートルばかり。私も若干前髪が焦げ臭い。

「よし。では、あやめさん。火加減をお願いします。こう、火がグリーンボウにかからない程度に」

「待って！　なんでここまで燃やしたの!?」

私がいつも芋の皮をむいてるのは、実はこのせいだ。かまどに火柱上げて禁止令が出た。今回はこのサイズならいけると思った。

「ちょっと！　きりっとしててもダメだからね！　失敗でしょ!?　これ失敗なんで、ちょ、火力高っ！」

「……勇者様、さすが凛々しいな……」

これは恥ずかしがったら負けのやつ！

配膳を終え、自分の分の椀と皿を持って幸宏さんたちと合流した。

「お先いただいてます」

翔太君が軽く会釈する。

「牡丹鍋すげぇ美味いよ！　ローストポークも絶妙な火加減な！」

「火加減は私なんだけど!?」

幸宏さんは肉をもごもごしながら称賛してくれるけど、あやめさんの言い分はごもっともだ。

「指示してたのは和葉ちゃんだろー。オーブンもないのによく調整できるよな」

「肉用の温度計は使いましたし、火の色の見方は厨房で習ったんですよ」

「こまっかいのよ！　あとちょっと小刻みにとかもう気持ち一口とか訳わかんない指示なのに！」

「あやめさん、さすがでした。魔力使うの一番上手ですもんね」

「あんな火柱上げたら抑えられるの私だけじゃないのおお！」

ぐふぉっと、幸宏さんが含んでた肉を吹き出しかけた。

「――おま、やめろよ、思い出、っ、すだ……ろ」

あやめさんが火を抑えてくれた間、幸宏さん、ずっと笑い転げてたもんね……。翔太君も肘の裏で口押さえて震えてるし。

ローストポークは丸焼き用の火の隅に網をかけてつくった。結構やればできるもので、いや、実際やったのはあやめさんなんだけど。

「でも、和葉ちゃんすごいね。詠唱もしてないのに」

礼くんが、私と幸宏さんの間に腰を下ろす。いいけどちょっとそこ狭くないかな。また自分の幅間違ってる感じのあれかな。

「えいしょう」

「うん。だってあんな大きな火おこすなら詠唱しなきゃでしょ？」

「え？」

「え？」

首を傾げると、礼くんは私とは逆方向に首を傾げた。あやめさんは盛大に眉間に皺を寄せた。

「エルネスさんに習ったじゃない。ある程度大きな魔法を使うときは、詠唱で魔力の性質や威力を調整しないと、発動そのものが難しくてできないって一緒に――いなかったわね……？」

そもそもこの世界に来るまで魔力なんてものはおとぎ話だったわけで。私たちは一番最初に「魔力」というものの存在を感じることから始めなくてはならなかった。魔法陣に描かれていたのと同じ文字が刻まれたオルゴールみたいな箱を使って、自分の中の魔力を感じ取り、操作する術を学んだのだ。

ちなみにエルネスさんはその役職と外見からはかけ離れた「そう、そこでぐーっと」「ぽわってなるからそうしたらきゅうって感じで」といった感覚派で、ちょっと私には難しかった。

「あれ、でもあやめさん、訓練のとき、そんなのしてなかったじゃないですか」

以前の訓練風景を思い出す。確かに時々口がもごもごはしてたけども。

「火球や礫程度なら別にいらないけど、ある程度威力あるのなら詠唱するわよ」

「……口もごもごしてたやつ？」

「恥ずかしいでしょ！　技名叫ぶみたいで！」

まあ、それはわかる。礼くんは隣で、えー、かっこいいのにとつぶやいてる。まあ、それもわかる。

「いや、え、待ってください。カズハさん、神官長はそこまで教えてくれていないんですか？」

「や、戦闘しないなら必要ないわねー、魔力を体感できたら生活はすぐできるわよーって」

「……はぁ？」

「両者合意のうえで授業から離脱しました」

「っんのババ……っと、えー、神官長は、その、天才肌なもんで、うん、カズハさん、城に帰ったらもう少し練習しましょう。神官長には僕から言いますから」

「え、あ、は、はい」

ザザさんが乱れた！　初めて見たかもしれない！　ザザさんの貴重な罵倒シーン！　幸宏さんはうずくまってる。苦しそうですね。息できてますか。少し笑いすぎなんじゃないかな。

「――失礼します。よろしいでしょうか、カズハ様」

空の椀を持った騎士がザザさんの後ろに立って、私に礼をとった。

「とても美味しかったです、カズハ様。特にこのスープ、ボタンナベ？」

「ああ、お口に合ったならよかったです」

料理を褒められるのは無条件で嬉しい。

自分が美味しいと思うものに近づけようとすると、どうしてもこの世界にある近いものを探さなくてはいけないわけで。そこそこ苦労はしたけど、だからといってこちら側の人の口に合うかどうかは別だ。私も美味しい、彼らも美味しい、のであれば苦労した甲斐もある。

「これは食堂のメニューに加わる予定はありますか？」

「どうでしょう。料理長も新しいもの好きなので一度は出るかもしれませんね」

「おお、それはありがたい。是非うちの隊の若い奴らにも食わせてやりたいと思いまして」

「それはいいな。僕からも料理長に言っておこう」

騎士はザザさんと微笑みあってから、もう一度礼をとって少し離れたところで食事してる一団に、腕を上げながら近寄っていく。軽い歓声に迎えられていた。なるほど、ほんとになかなか評判よかったらしい。

「うちの隊って、この隊の方ではないんですか？」

食堂に出入りして声をかけてくれる人のことは大体覚えているけど、その所属まではわからない。今の人はよく声をかけてくれる人だ。

「ああ、あいつは王都周辺警備担当の小隊長ですね。この隊は各隊から選抜した臨時の精鋭部隊です。勇者様たちの訓練と護衛を兼ねてますから」

「あの方、ザザさんとそんなに変わらない年代ですよね？　精鋭なのに小隊長なんですか？」

やっと発作が治まったらしい幸宏さんが怪訝そうにザザさんに問う。なにが怪訝なのかわからない私は幸宏さんに怪訝な顔をしてしまった。

「いや、精鋭でザザさんと変わらない年齢ならもっと階級上じゃないのかなって」

なるほど。どうやら小隊長とはもうちょっと若い年齢の人が多いということか。幸宏さんの問いにザザさんが苦笑いを返した。

「あいつ、変り者でね。柄でもなければ器でもないって昇進を蹴り続けてるんですよ。僕としては、腕は確かだし人望もあるんでもったいないと困ってるんですけどね」

「あー、有能な人は上層にいてほしいですもんね」

「適切な人材配置ができないのは僕の能力も疑われるんだって脅しまでかけてるのに、全く気にしてくれやしないんですよ……」

ザザさんともともと仲良しなんだろうなぁ。同年代ぽいし。

というか、幸宏さん、詳しいのかなそういうの。そういえば騎士の人たちと談笑してる姿をよく見る気がする。そう聞くと幸宏さんは一瞬気まずそうな顔をした。

「いやぁ、向こうの世界とは結構違うし詳しいと言われるとどうかなと思うけどね、てか、俺らの中で多分一番騎士たちと仲良くなってるの和葉ちゃんじゃないかな。さっきの料理中も息合ってたじゃん」

「みなさん食堂来ますし、子どもと男性は胃袋が一番の弱点ですからね」

幸宏さんとザザさんは顔を見合わせて「違いない」と笑ったそのときだった。気配も、前触れも、一切なかった。

走り抜けた閃光が、世界の色を変えた。

銀の杯

「総員配置につけ！　岩壁（ストーンウオール）！　障壁（グラスウオール）展開！　信号火を上げろ！　赤と緑だ！」

　ザザさんの張りのある声が響く。

　その指示だけで、騎士たちは確認しあうこともなく、一斉に己のいるべき位置へと散らばった。上空でぱんっぱんっと破裂音がして、見上げると立ち上る黒い煙と、赤と緑の火花が散っていた。王都への合図だと前に聞いた覚えがある。結構遠いのに見えるのかな。目がいいんだろうな。


　ゆるゆると視線を地面に戻す。今さっき、ほんとに今さっきだ。

　――美味しかったです、カズハ様。

　空の椀を持ったまま、深い礼をして。

　そう、名前はなんといった、もうすぐ幸宏さんたちが戻ると教えてくれた人、ああ、サイツさんだ。サイツさんの顔があった場所、サイツさんの左肩が、椀を持った左腕が、胸当ての左側に刻まれていた紋章が、あった場所へと視線を戻す。サイツさんであったはずの右肩から左脇への断面は、黒く焼け焦げている。

炎なんて上がってなかった。

ただ、紫色の、幅一メートルほどの閃光が走っていったのだけが、その閃光が、サイツさんを持っていったのだけが、わかった。

この座敷童にまで優しい世界で、確かに殺しあうために私たちは呼ばれたのだと、奇妙な納得が胃に落ちてきた。


ザザさんが手をかざした先、森と私たちの間に高さ三メートル幅四メートルほどの岩壁（ストーンウォール）が立ち上がり、二枚、三枚と同じような岩壁（ストーンウォール）が両脇に並んでいく。薄青く半透明な靄（もや）が岩壁（ストーンウォール）を包んだ。

確か、あれが障壁（グラスウォール）。

とっさに立ち上がり抱え込んだ礼くんの頭。私の体では礼くんの視線を遮ることができなかった。

「……え？　和葉ちゃん、あの人、え？」

大鍋を囲んでいた人たちも、さっきまでサイツさんを笑顔で迎え入れようとしていた人たちも、横たわるサイツさんだったものを一瞥もせずに、私たちと岩壁（ストーンウォール）の間に立ちふさがる。彼らの背中が、大盾が、二枚目の壁となってその向こうで起きることを覆い隠そうとするように。

閃光はどこから来たのか私にはわからなかったけれど、ザザさんにはわかったのだろう。最初の岩壁（ストーンウォール）で方角を示し、騎士たちは武器を持ち、盾を持ち、その方角へ向け魔力を練りだしている。勇者を護衛するための精鋭陣だと言っていた。戦ってくれと頼まれたはずの勇者が立ちすくみ、その勇者の腕をとり後方へ引こうとする人たちがいる。

それがこういうことなのか。

まだ未熟な勇者を守るために、ためらいもせず盾になるのか。


昔、男女の守り方の違いという御託を聞いたことがある。女は守るものを抱え込み敵に背を向け、男は守るものを背にして敵と向かい合うのだと。性差ではなく戦う術があるかどうかなんじゃないかねと当時思ったものだ。往々にして男性のほうが腕力があるので、性差と言えば性差なのだろうけど。


三メートルの高さがあるにもかかわらず壁の上になにかが現れた瞬間、赤い炎や青白い礫が弾幕となりその姿を隠す。数拍おいてザザさんが腕を横に薙ぐと、煙った視界を風が打ち払っていった。現れた姿は、トラの体躯、蝙蝠の羽を広げた獣。そのヒトのような顔立ちをみっしりと覆った毛には焦げ跡ひとつついていなかった。

「――なんでこんなところに」

つぶやいた騎士はそれでも一歩も引かずに盾を構え直す。

「四班！　行け！」

ザザさんの声に、私を礼くんごと抱え込んだ腕の力が強まった。

「早くこちらへ」

さっき、一緒にグリーンボウを解体した人だ。ほんとに一緒にやるのかと何度も聞いた人。セトさん。あなたが四班なの？　ザザさんは？　私たちに背を向けているあの人たちは？　もつれる足と同じようにもつれた思考が駆けめぐる。

だって、ほら、壁の上、中空には、新たに二体、あの獣が現れた。三対の金色の瞳は、眼下を睥睨してから王者のごとくゆったりと、地に降り立ち。一斉にあげた咆哮で、最前線にいた騎士たちを数メートル吹き飛ばした。転がり叩きつけられた彼らは、ばね仕掛けのように立ち上がって矢と魔法で牽制する後衛と即座に並ぶ。

鎧の隙間から赤いものを滴らせている人もいるのに。

倒れたまま動かない人もいるのに。

大盾は再度前に出て、剣が、槍が、後に続く。

硬直したまま引きずられていた私たちの中で、一番最初に動いたのは幸宏さんだった。

「あやめ！　回復に回れ！　翔太は右を潰せ！」

「っはい！」

あやめさんはびくっと肩を震わせてから動かない人へ向かって駆け出し、翔太君は青ざめつつも鉄球を顕現させる。

「駄目だ！　あれは魔獣だ！　引け！」

「じゃあああんたらも引け！」

「――尾を先に落とせ！　二班、六班回り込め！」

幸宏さんに制止を振り切られたザザさんは、瞬時に号令をかけ直す。数人が左右に分かれ、翔太君は右の獣に鉄球を放ち、幸宏さんは残り二体に矢を連射しながら大盾の壁を飛び越え最前列に躍り出た。鎧を赤く染めている人たちの腹や肩に、淡いオレンジ色の光がいくつも舞う。あやめさんの回復魔法だ。

幸宏さんは一瞬振り返り、私と礼くんに目を留める。

「――っ礼さん！　和葉ちゃん連れて行って！」

幸宏さんには、私が礼くんとセトさんに抱きかかえられて見えたのかもしれない。私たちの動きを待たずに、幸宏さんは獣二体にまた対峙した。間断なく降り注ぐ騎士たちの矢や火球を小虫のように払う獣たちも、翔太君の鉄球や幸宏さんの魔力矢はすれすれで躱していく。

両腕を礼くんの頭から胸に抱え直して、力を込めた。

「行くよ！」

「で、でも」

「行くの！」

案外、礼くんを軽く持ち上げることができた気がした。でも私の足は地についていなかったから、礼くんごと持ち上げられたんだと瞬きの間に思う。だけど、それも違った。

私も、礼くんも、私たちを抱え上げたセトさんも、宙に浮いていた。

三体のうち、どいつが抜けてきたのかはわからない。

騎士たちの頭上を越えると同時に、私たちを吹き飛ばしたのだろうと、コマ送りのように空中で離れていく礼くんとセトさんの姿を見ながらぼんやりと思った。

一番軽い私の体が、きっと一番遠くまで飛ばされる。

後頭部に衝撃が襲うのを、何故こんなにゆっくりと感じるのか。

二度、三度、四度、視界が空で埋まるたびに体内に響きわたる衝撃。

痛くはない、痛みはない。

こんなにゆっくりと時を感じるのに、地面を抉りながら、土煙を上げながら、私の体は抗(あらが)いもしない。

「……ぐっ、けほっ」

風景がやっと固定された。セトさんは立ち上がりかけて膝をつき、こちらへと駆けだすザザさんはまだ遠い。上半身だけ起こした礼くんを見据える獣の前足が一歩、砂利をすり潰す音をたてた。

今この瞬間。すべてが切り取られた一枚絵のように見えているじゃないか。

——見えて認識できるのに体が動かないなんて、そんなことがあるものか。

うつぶせた低い体勢のまま、抉れた地を右足で蹴りつけた。

パリパリと乾いた音が右足を伝い、それは左足、左腕、そして右手へと細い糸が絡むように伸びていく。凝り固まった筋肉をほぐす、ちりちりとした快い痛み。

召喚された翌日、一ミリたりとも動かせなかったはずのハンマーが中空で実体化していく。右手に顕(あらわ)れた柄は、吸いつくほどに手のひらに馴染む。

私の右腕の一部かのように、
線香花火の弾ける火のように、
暗い部屋で走る静電気のように、
乾いた音とともに、私とハンマーに張りつく細い光。
喉の奥からこぼれだすのは私自身聞いたこともない咆哮。
重くて動かせない？　馬鹿な。そんなことはあるわけがない。
礼くんと獣の間に割り込み、従順に追随したハンマーに左手を添え——私は重力を管理する。
「……っちの子になにするかぁぁぁっ!!」
振り抜かれたハンマーは四つ足と腹を残して、獣の頭から尾までを抉り取った。

耳の奥で、ふーっふーっとざらついた息が渦巻く。

うなじの産毛がじりじりと逆立っている。

上半分を削り取られた獣だったものの断面は年輪のように線を描き、それがずるりと輪郭を緩め、四肢が崩れ落ちる。

くつくつと土に染み込んでいく赤黒い血。

「礼くん、立てるね？」

「か、かずはちゃ」

「立てるね？　大丈夫だから。立ちなさいっ」

「――はいっ」

肉塊は動かないけれど、まだ、残り二体は暴れている。

ザザさんは私たちの無事を確認して、また指示と援護へと踵を返した。セトさんは少し離れたところでまだ片膝をついている。背後で礼くんが立ち上がったのが気配でわかった。

「あのね、セトさんを助けて。ほら、肩を貸してあげて？　できるね？」

「でも」

「大丈夫。できる。ね、お願い。あの馬車の陰に連れて行ってあげて」

「……わ、わかた」

礼くんが軽くけつまずきつつセトさんへ駆け寄る。よし、少し離れさせられた。

幸宏さんのほうと翔太君のほう、どちらに向かうべきか。それともさっきのように獣が抜けてくることに、ここで備えるべきか。

戦う術（すべ）があるのなら、私に術があるとわかったのなら。

守り方ももう決まった。

背を向けるのなら、大切なもののほうへ、だ。

そう思いながらも、どうすべきか即断できずにいると情勢が一気に傾いた。

「尾が落ちた！　とどめをさせ！　――落ちる前は駄目だ！」

背後に回った騎士に尾を落とされた獣は前足を高く上げるけれど、その開いた腹から顎にかけて、幸宏さんの矢が何本も突き立っていった。もう一体の尾はまだ落ちていない。翔太君の鉄球が獣の頭にめり込んだ。

地面と鉄球に頭を潰されている獣の尾に、紫の光が収束していく。

「伏せろ!!　紫雷が来る！」

サイツさんを持っていった光が、私の視界を埋めていく。

ただの反射だったと思う。

さほど反射神経に自信はなかったはずだけど、窓に飛び込んできたバッタを叩くように右腕が振り上げられて。

ふぉんっ

ハンマーは歪む空気をまとい、閃光の軌道を空へと変えた。――は？

ほぼ同時に左半身を襲った衝撃が私を押し倒し、それが私を抱え込んだザザさんだと気づくまでの数秒、空とハンマーをそれぞれ三度見した。ザザさんも五度見くらいしてた。多分他の人たちも。

幸宏さんと翔太君のそばの魔獣は二体とももう動かない。

岩壁(ストーンウォール)はすでに消えていて、森は何事もなかったかのように葉を風にそよがせていた。

「カズハさん……なにしたんです」

「……さあ？」

ハンマーは握りしめられたまま、その頭の角を地面にめりこませていて、その重さが最初顕現させたときと変わらないことを主張している。ザザさんは左手で私の額を撫でて前髪を払い、それから全身を確認して頷いた。

「状況確認！　負傷者の応急処置が終わり次第撤収！」

機敏に立ち上がるザザさんの声で、止まりかけてた時間が一気に流れ出す。

動けない者へ駆け寄る者、指笛を鳴らして逃げた馬を呼ぶ者、馬車や荷車の状態を確認する者、荷車から毛布や担架を持ち出す者。

サイツさんを毛布で丁寧にくるむ者。

私はもう終わったのかどうかもわからなくて、魔獣は確かにすべて殺したのだけれど、その実感が、そもそも今、命のやりとりをしていたということすらまだ実感らしきものがわいていなくて。

いやでも、終わった気が全くしない。うなじはまだざわついている。


「そんな慌てなくても、もう攻撃しないよー」

騒然とした場なのにもかかわらず、そののんびりとした声はすべての者の耳に届いた。

「今日は今代の勇者を拝みに来ただけだからさー、あ、気にしないで続けて続けて」

いつからそこに立っていたのか。

確かに私は周囲を確認した。私だけじゃない、他の人だってこんなのが陣地のど真ん中に立ってたら気づかないわけがない。

緑がかった白い肌、背の中ほどまである艶やかな薄茶色の髪、夜の猫のような金の瞳。

耳の上から伸びるいびつな巻き角には小さな宝石がいくつも飾られていて、背には二対の蝙蝠の羽。

いくらなんだって気づかないわけがない。なのに、ずっとそこにいましたけどなにかって顔をしている。

城にも、王都を出るときに馬車から見た町にも、獣人やエルフ、ドワーフ、いろんな人がいた。容姿の違いはこの世界で危険信号とはなりえない。実際、軽薄としか言いようのない笑顔と声音には、殺意とか悪意とか、そんなものは含まれていない。けれど、警戒が心臓を爪でひっかく。再度散開し身構えた騎士たちの姿が、私の警戒心を裏づける。

「……何故魔族がこんなところにいる」

「言ったろ？　新たに呼ばれた勇者たちがどんなものなのか見物しに来たのさ」

低く唸るザザさんに、空手を示すように両掌をひらひらと見せてその男は嗤（わら）った。

「いやいやしかし、召喚されてまだ一月たってないよねぇ？　まさかこいつらを三体も殺せるとは思わなかった。あ、こっちも殺す気はなかったんだよ？　どんなものなのか小手調べっていうの？　ちょっと遊ばせたらすぐ引き上げるつもりだったんだから。でもなんかちょっと手違いはあったみたいだねぇ。まあ、そこは戦争中だし大目に見てよ——っとっと、落ち着いて」

ザザさんが踏み出したそのつま先の地面が小さく爆ぜた。……ちょっと手違い？

「君くらいの経験者ならわかるだろう？　俺はただの魔族ではくれない。君らが国境線でじゃれてるようなのとは、そう、あれだよ、格が違うってやつだね。こっちはもう手を出さないって言ってるんだからさ。蛮勇さはしまいこんでおくのがいいよ。ああ、そこの勇者くん、君もだ」

かんっと硬質な軽い音が響いて、幸宏さんがガントレットを装備した左腕を押さえた。なにかをぶつけているのかそうでないのか、窺い知れる動作をこの魔族はとっていない。

「んー、五人って聞いてたんだけど、今回は四人参加？　随分ちびっちゃいのまで参加してるけど、やっとこの国も変わったのか」

ゆっくりと尊大にもったいつけた素振りで私たちそれぞれに視線をめぐらせてから、目を見開いて私と礼くんを二度見した。

「――いや、あは、あははははっあはっなにそれっ、これは傑作だ！　入れ替わり(チェンジリング)でもされたのかい！　これは傑作だ！　この国はやはり変わらないね！　ふっ、ふははっげほっ」

………。

「あはっげほっ、あ、ひっひ――っひ、げほっげほっげほっ、えっ、ちょっ待っ」

待つわけがない。踏み込みと同時に脳天めがけてハンマーを叩き下ろしたのに、男は身をよじって躱した。空振った勢いを殺さずに回転し、加速させ、また振り抜く。

「ちょっちょっちょっなにちょっ、げほっ、ひ、ひどくない!?」

身を反らして横薙ぎを躱され、さらにその上からの追撃はサイドステップで。地面を穿ち、その反動で加速させ、右から、下からと、追っていくすべてをむせかえりながら回避された。

「あー、もうっ」

ばんっと、視界が真っ暗に閉じる。

口の中に土の味が広がって、地面に顔から叩きつけられたことに一秒遅れて気づいた。

身体のどこも触られていないのに、這いつくばったまま身動きがとれない。

透明な板に押し潰されているように、ぎしぎしと体中の骨が軋(きし)む。

なにこれ。

「おばさん、落ち着いてよー、バーサーカーなの？　そうなの？」

格が違うと言った。だから私の実年齢までも一目で気がつくのか。

だからこいつはこんなにも、すべてが些末事のように笑っているのか。

「っさい！　あんたもいい年でしょう！　高笑いでむせるとか老人性の嚥下(えんげ)障害だ！」

「うわ、むっかつく」

「――和葉ちゃん！」

礼くんが呼んでる。地面を蹴る音が近づいてくる。駄目――起きなきゃ。

またぱりぱりと火花を散らしながら両腕で地面を押し返すけれど、真横でなにかが吹き飛んでいった。なに。なに。なにが。

「レイ！」

「おー、やるね、それを持ち上げるか。あー、だから君、やめなって。ほら、見えない？　これ人質よ？　仲間が人質なってんのよ？」

　これ、というのは私のことらしい。頭をつつかれた。多分つま先でつついてる。

　ザザさん、礼くんどうしたの。押しつけられている顔を地面で擦りながら、なんとか横を見ようと首を曲げる。

「いくら頑丈でも、これだけ擦りつけたら顔傷ついちゃうよ？」

　髪を掴んで首から上だけ持ち上げられた。ぷつぷつと髪が切れる感触で閉じかける瞼をこじ開けて目だけを動かせば。

　横たわり咳き込む礼くんをふらつきながらも助け起こそうとするセトさん。そして二人の前で壁となって立つザザさんが視界の隅ぎりぎりにいた。

「ね、大丈夫だろう？　怪我はさせていないって、殺しに来たわけじゃ、わっ」

　口に含んでおいた小石を男の顔めがけて吹き飛ばすと、また顔面から地面に叩きつけられる。すぐに顔を持ち上げられ、わずかに揺れる金目と視線がぶつかった。

「……ちょっととか、手違いとか、言うな。殺したくせに」

「――なかなか。さっきの紫雷を弾いたのもすごいよね。おばさんだけ妙に戦闘慣れはしてないようなのになぁ。天性のパワーファイターなのかな？　未熟さゆえの暴走と、あの子は幼さゆえの蛮勇かな。面白いねえ。百五十年ぶりだけど、相変わらずくそったれで楽しませてもらえそうだ」

　鼻の頭がぶつかりそうなくらいの至近距離で、甘やかな声音がささやく。

「何故おばさんだとわかるか教えようか？　魂がもう干からびてしわしわだからさ、ははっ、でも、まだだ。まだ足りない。早く——絶望を思い出せ」

蝙蝠の羽が、滑るように中空へ男を持ち上げる。

「じゃあね、百五十年ぶりの勇者たち。俺は魔王の側近モルダモーデ。運が良ければまた会えるだろうけど、健闘を祈ってるよ！　あはっあははははっ」

けほっと最後にひとむせして、モルダモーデはゆらりと空気に溶けて消えた。

ふっと、のしかかっていたものがなくなった瞬間に跳ね起きて、いまだセトさんと支えあうように座り込んでる礼くんへ駆け寄る。

「礼く「和葉ちゃん!!」ぐほっ」

かなり頑丈な私の体でも、同じ勇者補正がかかった鳩尾(みぞおち)への頭突きは効いた。

「だいじょうぶ？　和葉ちゃん、だいじょうぶ？　あああ、血！　鼻血！」

……多分今のが一番効いたんだけど、泥と血でぐちゃぐちゃになってるであろう私の顔を、触っていいものなのかどうなのか迷ってる子にそんなこと言えるはずもなく。

「礼くんも鼻血出てるよ」

ジャージの袖口で礼くんの鼻を押さえると、みるみるうちに眦(まなじり)に涙があふれてくる。

「が、がずあぢゃん、ごべん。ごべんね。ぼく、な、にも」

「ううん、ちゃんとセトさん連れて行ってくれたね。私のことも助けようとしてくれたんだもんね。ありがとう。偉かったね」

地面にへたり込んだ私の腹に、うずくまって頭を押しつけながら礼くんは泣き声をあげた。しがみつく力は成人男性のそれだし、まあ、はたから見ても少女にしがみついて号泣する成人男性なのだけど。本当は勝ち目のない相手に挑んだことを、不用意に動いたことを叱らなくてはいけないけれど、無様を晒した私にその資格はないだろう。

優しい子だ。

怖かっただろうに、自分も痛いだろうに、真っ先に私の怪我を心配してくれる。

「大丈夫だよ、だいすきだよ礼くん、いい子だね」

緊張と恐怖を、年相応に解放させて泣く子が愛しくて、広い背中をさすり続けた。

ラメを振ったような抜ける青空に、刷毛(はけ)で一筋葺いた雲。

ぴるるると転がる鳴き声を響かせ太陽を横切る鳥。

遠近感を狂わせるけど、あれはきっととてつもなくでかい鳥だろう。

王都へ帰る道は、来た時と同じく穏やかに荷車を揺らす。

「――っいたあああい！　痛っちょいったい無理！　あやめさんまって！」

「あとちょっと！　あとちょっとだから！　礼くんしっかり押さえて！」

「は、はい！　わ、わ、ごめんね和葉ちゃん！」

私から離れようとしない礼くんを使って、ちょうどいいとばかりに羽交い締めにさせるあやめさんは、顔中に埋まった小石や泥を水魔法で取り除いてくれている。

水を流すだけでは落ちなくて、霧吹き程度の圧力でも落ちなくて、からの今、傷だらけの顔面にシャワーをあてられている。なんで。

「魔法あるのに！　なんで！　なんで物理でとるの！　意味がわからない！」

「だから！　こんな細かい砂とらないで回復させたら皮膚の下に巻き込んじゃうかもしんないでしょうが！　ぼっこぼこの顔になりたいわけ!?　――よし、いいよ」

拘束していた礼くんの力が緩んで、そのまま私も脱力してもたれかかる。あぐらをかいた礼くんの膝にすっぽりおさまってる格好だ。ぽかぽかと顔のまわりの空気が温まる。食いしばった顎から力が抜けて、お風呂につかったときみたいな声が知らず出た。

これが回復魔法かぁ。きっと今私の顔は淡いオレンジ色に包まれてるのだろう。……なんかそれもやだな。

終わり、とのあやめさんの声と一緒に顔のぬくもりも消えた。ふわっと涼しい風が過ぎていく。

「……ありがとうございました」

「ん。ちゃんときれいに戻ったから」

差し出された手鏡で確認して「これがあたし……」とつぶやいてみる。

「いいからそういうの」

冷たい。お約束だと思ってやったのに。

「和葉ちゃん、きれいになおったよ。よかったね。かわいい」

「あっはい。ありがとね」

頭上から邪気のない笑顔で覗き込まれる。子どもって好きイコールかわいいだからねー。

「最中は全然痛くなくて、てっきり勇者補正なんだと思ってたんですけど、気のせいだったみたいです」

「アドレナリン出てたんじゃないかな。確かに俺ら頑丈だけど、全く痛み感じないのはやばいからね……痛みは体の危険信号だから」

「なるほど。みなさん気をつけてくださいね。普通に痛いですよ」

「お、おう」

あどれなりんとは？　と問うザザさんに、なんか脳内にうわっと出るやつ、と幸宏さんがふわっと答えてる。

行きは騎乗していた幸宏さんとザザさん、翔太君も今は一緒に荷車に乗っている。多分、ザザさんは私たちのアフターケアなんだろうな。予定よりも早く、人の死を見てしまった私たちへの。

「あのっ」

ずっとなにかを考え込んでいた翔太君が声をあげた。

「――ごめんなさい。謝って済むことじゃないけど、ザザさんが先に尾を落とせって言ってたのに僕」

「ショウタさん、あれは僕の油断です。魔獣が出る可能性は低いと甘く見て、魔獣それぞれの特性を教えるのを後回しにした僕の責任ですから」

「でも、それは幸宏さんも同じですよね。なのに幸宏さんはちゃんと従ってた。僕だって聞こえてたんです。聞こえてたのに、多分意味をちゃんとわかってなかった。一歩間違えれば和葉ちゃんだって、他の人だって……僕は、わかってなかった」

膝の上で握りしめた拳が白くなっている。

この子も賢い子だなぁ。ほんの数時間前の、しかも予期せぬ衝撃的な出来事を、もう振り返り分析してるとかどうなの。

あの魔獣は、尾を先に落とさないと死に際に閃光、紫雷を放出する性質だったらしい。随分と凶悪な最後っ屁だと思う。紫雷はインターバルが必要らしく連射こそされないものの、動きも機敏だし爪や牙もかなりの脅威だった。ましてやあの時、紫雷が走ったのは最初の一撃だけ。三体のうちどいつがそれを発したのかもわからなかった。どいつがいつ撃つのか誰もわからなかったのだ。知らなきゃ尾を優先する余裕なんてつくれないことだろう。あの状況で即座に対応できた幸宏さんがすごいのだと思う。

私だって、どちらに加勢したらいいのか、どうしたら足を引っ張らずに済むのか判断できなかったのだ。

「……私だってわかってなかったわよ。回復に回れって言われたからそうしただけで」

「あやめさん……」

「なによ」

「あやめさんもフォローとかするんですね」

「あ、あんた、さっき綺麗にしてやった人間に向かってそれ⁉」

「翔太君、正座痛くないですか？　崩しましょう？　ほら、暴走した私がこんなにだらけてますし」

礼くんにもたれかかり投げ出した両足を示す。ジャージの肘も膝も裾も穴だらけのぼろぼろで悲しい。やめてあやめさん、穴広げないで。攻防戦が無言で開始された。

「確かに昨今滅多にお目にかかれないほどの暴走でした……なにかにのっとられたのかと思いましたよ」

「鬼神もかくや、だったね」

ザザさんと幸宏さんものってくれる。

「ああ、でも鬼神というより鬼子母神かも。仲が良いとは思ってたけど、和葉ちゃんから見たら礼くんは子どもみたいなもんでしょ？」

「ですねぇ、言い出したら幸宏さんと息子は二、三歳くらいしか違いませんし」

「ほんとの意味で、見えないっすね……」

「……でしょうね」

礼くんと私の実年齢のことはもう説明してある。やっぱり全員、ザザさんのときと同じように微妙な顔しつつ色々と納得してくれたようだった。幸宏さんは「和葉さん……、いやそのまんまでいっか」と、さん付けを即却下してた。

「まあ、色々と今後のこともありますし、細かいことは城に帰って落ち着いてからにしましょう」

「……はい。ほんとごめんなさい」

ぺこりと律義に頭を下げた翔太君は、一拍おいて、がっと顔を上げる。

「で！　僕納得いかないんですけど！　なんで礼さん、礼君！　僕のこと君づけなわけ!?」

「え」

「だって最年少は礼君ってことでしょ！　和葉ちゃんのことは最初ちっさく見えたからアレだけど、幸宏さんは幸宏さん、あやめさんはあやめさんって呼ぶのになんで僕だけ翔太君なのさ！」

あー、そこ、こだわるとこなんだ。

「えぇー……だって翔太君は翔太君って感じなんだもん……」

「なんで！」

確かに言動は落ち着いているんだけど、翔太君って少しふっくらした頬のラインといい、君って感じだよね。わかる。そしてまた妙なところにこだわってみせる姿も、まさにそんな感じ。解釈一致。

「いや、翔太、それでいったら和葉ちゃんだって翔太君って最初から呼んでたじゃん。それはいいのか?」

「お、おんなのこはしょうがなかったから！」

「お、おう、さよか」

何故だ。年頃の男の子の理屈はわからぬ。

「やっぱり翔太君は翔太君って感じ……」

譲らない礼くんに、年長組は「だよね」と声に出さず頷き合った。

絶望を思い出せと、魔王の側近モルダモーデはそう言った。まだ足りないとも。

「絶望、ねぇ」

「ふざけた奴だったじゃない。芝居がかった高笑いしちゃってさ。厨二かっての。大した意味なんてないんじゃないの」

城に戻った翌日の朝、カザルナ王やエルネスさん、大臣たちも列席する会議に私たちも参加していた。

モルダモーデが私にささやいた言葉を告げると、幸宏さんは眉を寄せ、あやめさんは切って捨てた。昨日の報告も兼ねているわけだけども、そういえばこういう場合って謁見の間とか使うもんじゃないのかなってザザさんにこっそり聞くと、王は格式より効率を重んじますからと教えてくれた。ほんっといい上司よね……。

足りないとはなんのことだろう。あの状況であの文脈なら、素直にとれば私たち勇者の力が「足りない」だ。足りないから絶望を思い出せというのなら、思い出せば足りるようになるということ。

だけど、魔族にとって私たちは敵だ。何故敵を強くするようなことをわざわざ教えるのだろう。

「魔族ってみんなあんなのですか？　あれが特殊なんですか？」

あれが特殊なら、真意などそれこそ当人に聞かなきゃわかるはずもない。けれど魔族全体の気質がああいうものならば、意味は推測できるのかもしれない。

「わからんのだ」

苦々しく答えた王を、ザザさんが補足してくれる。

「僕らが前線で戦っているのは、主に魔獣とそれを使役する魔族です。ただその魔族たちと対話はできません」

「言語が違うということ？」

「それすらわからないんです。言語が違うのか会話する気がないのか。奴らは戦場で仲間同士の意思疎通さえ行っているように見えません。上位というか、昨日のモルダモーデは魔王の側近と言ってましたが、幹部クラスの魔族とは会話が可能だと記録にはあります。けれど接触できたという記録はここ百年以上ありません。僕も魔族と会話したのは昨日が初めてです。魔族はその言語、生活様式、文化、全くといっていいほどわかってないんです」

「だってずっと戦ってるんでしょう？　交渉とか、それこそ捕虜をとることだってあったんじゃないんですか」

「――ありません。生きたまま捕らえるには、あいつらは強すぎるんです」

幸宏さんの問いに、悔しそうにうつむいてから、ザザさんは私に顔を向ける。

「カズハさん、戦闘は昨日が初めてでしたよね」

「はい……すみません。無謀でした」

昨日翔太君が反省したのと同じことだ。勝手に動くことは、仲間の誰かを失う確率を上げる。我ながら冷静な性質だと自負があったのに、頭に血が上りきっていた。あのとき、私が押さえつけられていたあのとき、礼くんはモルダモーデに斬りかかって、弾き返されていたそうだ。指先ひとつ触れずに、だ。

「いいえ、自覚はないかもしれませんが、あのカズハさんの攻撃は、僕には躱し続けるのが難しいでしょう。レイさんに至ってはなにをされて、あそこまで吹き飛ばされたのか、いまだにわかりません」

「え。そんなこと」

だって訓練では幸宏さんとザザさんたちは互角に戦ってた。そりゃザザさんたちは二人がかりだったけど。

「訓練ではね、僕らは手加減してもらっているんです。アヤメさんたちには戦闘そのものと、その技術を学んでもらうために。ユキヒロさんにはほぼ必要ありませんが、完全にご自分の力を使いこなせているかというとそれはまだです。あくまでも勇者様たちの力を十全に引き出せるようになるための訓練なんです。僕らはお手伝いしてるにすぎません。過去の勇者様たちも能力を完全に扱いこなせるようになるまで相当期間かかっていたと伝えられています」

幸宏さんたちに目で問うと、みんな気まずそうに頷いた。

「召喚された当時のままの能力ですら、対個人戦となれば僕らは勇者様たちにかないません。けれどモルダモーデはどうでしたか。――それが僕らと魔族との圧倒的な差なんです」

昨日のモルダモーデの動きを思い出す。むせかえりながらなのにひらりひらりと躱された。次にどう動くか全くわからなかった。奴がその気になれば、私は自覚もないまま殺されていたんだと思う。

そんなにまでの力量差があるのに。前線を越えて王都近くにまで突如現れることができるのに、何故国境線は維持されているのだろう。何故負けていないんだろう。何故魔族は蹂躙を選ばないのだろう。

何故、自分たちが持ち得ない力を持っている私たちに、この人たちは戦いを強制せずにいられるのだろう。

今日の訓練は午後からとのことで、私たちはなんとなく食堂でお茶している。ザザさんもいなくて、勇者陣だけでお茶っていうのは思えばあまりなかったような気がする。だけといっても食堂だからまばらに人はいるけれど。それでもまだ昼ご飯にはかなり早く、朝ご飯にはかなり遅い時間だからほんとにちらほらだ。

「さっきさぁ」

ぽちゃり、ぽちゃりと角砂糖を三つ入れながら、あやめさんがなんとはなしの風情でつぶやく。

「昨日亡くなった人のね、お葬式とかどうなるのってザザさんに聞いたの。そしたらさ、しないんだって。もちろん遺族はするだろうけど、公式に個別ではしないって」

「え。そうなの？　え、それって戦争中だからってこと？」

「うん。よくあることだからって。年に一度、追悼と慰霊の式典があるから、もしよかったらそのときに出席してもらえると喜ぶと思いますって」

「……そういうもんなのかな。日本ってどうだったんだろ。あ、でも戦争してたわけじゃないから違って当たり前なのかな」

「まあ、戦争中だから、だな。聞く限り戦争してなかった時代はないみたいだけど」

目の前で起こった現実が日常のことであると、翔太君もあやめさんもまだどう捉えていいのかすらわからないようだった。

「そっか。普通のこと、なんだ」

んー、と幸宏さんは頰を掻いてから、食堂のカウンターのほうを指さす。

「翔太、あそこ見てみ。銀の杯あんだろ」

「あ、うん。いつもあるよね。あれもゴーストの？」

「いや、あれは殉職した人へ捧げる酒。――みんな飯食うときも夜に酒飲むときも、あの杯に自分のコップを、こう、かつんってあててる」

そう言って、自分のお茶のカップを翔太君のカップに軽くあてる。そう、あのお酒は朝晩と料理長が用意している。休みの日以外は絶対に自分がする仕事だと言って。

「そ、なんだ。知らなかった」

「お前らはほら、夜に酒飲んだりしないからさ。普通かもしんないし日常なんかもしんないけど、多分、俺らがいう普通ってのとはニュアンス違うと思うぞ」

まあ、あんま上手く言えないけど、と、お茶を飲み干した幸宏さんのカップにすかさず新しいお茶を注ぎ足してあげる。

「お。ども」

「持ってたら飴ちゃんあげるとこなんですけどね」

「出たよ。おばちゃんのマストアイテム飴ちゃん。今度つくってよ」

考えときますって答えて、お互いカップをかつんとあわせた。

「昔、魔法は精霊の力を借りて行使されるものと考えられていました。私たちは自分の魔力を捧げ、精霊がそれを魔法へ変えるのだと。だから各々が得意な魔法は、水魔法は水精霊、風魔法は風精霊といった具合にその属性の精霊と相性のいい者が発動しやすいとされていたのですね。現在もこの世界の者はほとんどがその概念を下地に魔法を行使します。けれど、行使の仕方はそれだけではないことが近年になってわかりました。あなたたち、勇者様たちは魔力を魔法に変える過程が私たち

とは違っていたからです」

訓練場の一角で、エルネスさんは華奢な白い杖でリズミカルに自分の手のひらを叩きつつ講義する。ちりちりと熱気が肌を焼く。暑い、いや熱い。

「勇者様たちは召喚時点で膨大な魔力量を得ます。そしてその魔力を直接魔法や身体能力へ変換せられるのです。精霊を介さない故に、魔法属性ごとの得意不得意は、精霊との相性ではなく個人の性質によるものと考えられます。さて、得意不得意の差とは、その魔法の威力の差となって出ます。同じ魔力量の消費で魔法を行使した場合、得意であればその威力は増大し、不得意であれば威力は落ちます。魔法の種類によっては発動すらできません。回復魔法が代表的なそれですね。攻撃魔法を的に当てるなどの精密な操作性は魔法の得意不得意とはまた話が違います。石を投げて思ったところに当てられるかどうかということと、投げた石がどれだけ威力を持つかということは違うのと同じと思ってください。石を強く投げることができる者は、弱く投げることもできます。――よって、強い威力で魔法を発動できる者はその威力を小さくすることも可能です可能なはずなのですわかりますかカズハさまもう篝籠(かがりかご)もすでに消失してますよねカズハさま一体なにを燃やしてるんですかカズハさまっ熱っつ！」

太陽は自身全体を均等に燃やしているわけではなく、時折高温の噴水のような爆発を局所で発生させる。フレアとかいう。確か。まさにそんな感じの小さく伸びた火柱にエルネスさんが悲鳴をあげた。

「はい！　わかりません！」

「消して！　もうそれ消して！」

「無理ですね！　わかりません！　熱っあっこれあっつい！」

エルネスさんと両手を握り合って後ずさる。高さ一メートルほどあった篝火用の篝籠も、それを支えていた足もすでに燃え尽きてるのに火力はとどまるところを知らない。いやさっきから消そうとはしてるんだ。してるんだけども！　やればやるほど！

「翔太！」

あやめさんの声で、翔太君が顕現させた鉄球を炎に叩きつける。圧し潰され周囲に薄く伸びた炎は、あやめさんが両手を振り下ろすと同時に消えた。幸宏さんは体をくの字にさせて笑い転げてる。礼くんは、おーっと拍手した。私も拍手した。

「なにを」

「あっ」

「他人事のように」

「あっ」

「拍手」

「あっ」

「してんの！」

「ああっ」

あやめさんが右手を掲げて中指を親指で弾くと、私の額に衝撃がその都度くる。エア指弾!?　エアでこぴん!?　ほんとの意味でエア！

「水や風の生活魔法はまあまあ使えるんだよね？」

「まあそこそこ……それ系は切実なことに気づいたんで……」

この世界の文明レベルは一見中世っぽく見えるけれども、魔法の存在によって結果的には現代日本とそう変わらないのではと思えることも多い。そのうちのひとつ、それはトイレ。ウォシュレットどころか水洗でもなく、まあそれはよいとしてもトイレットペーパーがない。そこまで製紙技術がまだ発展してないのだ。これはきつい。現代日本人にはきつい。当然私にもきつい。

しかし郷に入っては郷に従え、ではどのように？　多くは語らないけれども、登場したのは水魔法と風魔法でした。魔法だけれどもアナログ手法のウォシュレット。アナログといえるのかどうかよくわからないけどニュアンス的には近いといえるだろう。結果的にウォシュレット。なんというエコ！　わかるだろうかどれほど切実だったか！

「なんで火だけ下手なんだろう……僕らは魔力を魔法に変える過程が違うんですよね？　どう違うんですか？　和葉ちゃん以外は困ってないのに」

「私も困ってないですよ」

「困りなさいよ」

「いやだって、厨房で私は火魔法使用禁止だし、部屋寒くないし、燭台の火はいつの間にかメイドさんがつけてくれてるし」

「厨房で使用禁止ってなにやったの！　ねえ、なにやったの！」

　かまどから火炎放射したなんてとても言いたくなかったので目をそらす。幸い一瞬のことで何故かそのときはすぐ鎮火した。あやめさんの厳しい突っ込みと幸宏さんの楽し気な追及の横で、翔太君とエルネスさんの講義は続く。

「どうやら過去の文献によると勇者様たちそれぞれで違うようなんです。『イメージを具現化する』というのが大本にあるそうですが、ただ、言葉にして説明できる勇者様たちばかりではありません。イメージというものを言語化して伝えてくださった魔法については、私たちも使用できるようになりました。浄化魔法がそれにあたります」

「あ、それ私知ってます知ってます」

　礼くんを盾にしつつ、幸宏さんとあやめさんをそらして講義にのっかった。

「ほら、この世界、生卵を普通に食べてるの知ってますか？　向こうの世界じゃ生卵そのまま食べられる国って少ないんですよ」

「ああ、海外行ったときに食うなって言われたな……でもこっちで生卵食べてる人って見たっけか」

　幸宏さんが記憶をたどりながら首を傾げる。

「私らみたいに卵かけご飯とかはしないから、食堂でも見かけないかもしれないです。普通にっていっても滋養とか栄養ドリンクの代わりに飲んだりすることもあるって程度なんで。で、みんなポテトサラダ食べましたよね。マヨネーズもね、加熱してない卵製品なので自家製マヨネーズは食中毒原因の上位に入るものなんですよ。日本は食に対する執念をもって鶏の衛生管理と卵の殺菌に心血注いでるからこそ生卵を普通に食べられるんです。ところがそんなことはこの世界ではしてません。しかし平気です。私は調べました」

「ほほお」

「食材の新鮮さはもちろんですけど、厨房ではね、食材から調理器具、まな板、刃物、すべて必ず魔法で浄化させるのを徹底してるのです。当然生卵も。よって食中毒原因のサルモネラ菌も浄化されてるから、マヨネーズに使えるのです！」

何故か雑草が床の隙間から生えている厨房で、衛生面に問題がないか。そこが気になって一番最初に教えてもらったのだ。給食のおばちゃんとしては衛生面や安全面で不安になるような食事は提供できませんからね。厨房の衛生管理功績を我が手柄かのようにどやって講釈してみる。ふふん。

「百五十年前の勇者召喚の時に、細菌学か衛生学の知識を持った人間がいたらしいんです。で、その人が浄化魔法をつくり上げたって。浄化っていうとなにか宗教的な語感ありますけど、効果としてはどうやら細菌とかを殺す魔法みたいなんですよ。だからこの世界、浄化魔法が汎用化されてからの百年ほど、疫病の流行がないんですって」

「まじで。それってすごいことなんじゃないの？」

「すごいですよ。なにがすごいって、百五十年前って確かまだウイルスって発見されてないんです。けれど疫病すべてを予防できてるってことは、多分浄化魔法は細菌もウイルスも区別なく滅してるんですよ。ウイルスがこの世界にはないって可能性もありますけど、細菌があるのにウイルスがないってのも変な話でしょ。こう、浄化するものは『ちっさいなにか』みたいなアバウトな指定で作用してるんじゃないでしょうか。だから怪我人や病人に少し使うだけで、人間とか生き物には原則使わないいんですよね？　体内には良い作用がある菌もあるから」

「そうです！　サイキンというものが文献に残っています。ただそれは私たちには視認できない大きさのため、滅するべきものとそうでないものの区別がつきません。実際、浄化魔法の試験段階では使用することで却って体調が悪くなる例も出たそうです。うぃるす、というのは初耳ですが――」

料理長はそこまで詳しかったですか？　ご自分ですべて調べたんですか？」

「料理長にも聞きましたけど、歴史を教えてくださってる文官たちとか、神官たちとか色々ですね。あとは私らの世界での知識とあわせて、です」

エルネスさんが、がっと私の手を両手で握りしめた。え。怖。顔近っ。

「知識！！　その知識をください！」

「え、えっと、私、そういうの、ふわっとした記憶というか風化した知識というかしかないんで、現役のあやめさんや翔太君のほうが適任かと」

あやめさんはさっと目をそらした。ついでに幸宏さんも。文系ですか。文系なんですね。礼くんは、和葉ちゃんすごいね！　とにこにこしてる。もうほんとこの子天使。翔太君は数秒考え込んでから顔を上げた。

「ふわっとした知識だからこそ、ウイルスまで対応できたんじゃないかな。たまたま『ちっさいなにか』っていう指定範囲の広さがあったからというか。召喚された勇者がもし当時の最先端の研究してる学者なんかだったらそんなふわっとした指定、かえってしないと思う」

すごいな翔太君、名探偵か！

「あ、そうね。ナイチンゲールの活躍が十九世紀後半でしょ。てことは、公衆衛生の概念が広まったのがそのくらい。今から百五十年前なら、細菌とかの詳しい知識というか私たちが学校で習うレベルが平民にまで行き渡っていたかというとどうだろうって感じよね。知識階級で、なんかそんなようなものがあるらしいぞ、くらい？」

あやめさんが地面に年表ぽく線を描く。ナイチンゲールから公衆衛生と結びつけるとはなかなかやりますな。ナイチンゲールの功績ってほんとは公衆衛生や統計学方面で高いのよね。白衣の天使としてではなく。

「和葉ちゃん、あのハンマーでさ、紫雷逸らしたでしょ。あれなにやったか自分でわかる？」

「はい？」

「だって光を逸らしたんだよ。鏡とかの反射を使わないで。なんの魔法？」

「……さあ？」

一瞬だったし、考える時間なんてなかったし……。

「確かにあれは、雷というよりレーザーって感じだったよな」

幸宏さんの言葉に、れーざー、と復唱するエルネスさんの目がぎらぎらしてる。こわい。光、光ねぇ……あ、そういえば。

「光って重力で曲がりますよね？」

詳しい理屈は当然知らない。フレーズとイメージだけ知ってる。厳密にはニュアンス違うらしいけど。

「和葉ちゃんてそういうの詳しいの？」

「いえ、全然」

じゃあ和葉ちゃんにはその重力で光が曲がるイメージだけがあるんだ？　と重ねる翔太君に頷く。

あの重くて持てなかったはずのハンマーを振り回してるとき、重力というフレーズが頭にあった。重力は私の管理下にあるイメージ。まあ、ちょっとそれを言葉にして伝えるのはなんとなくこっぱずかしい。

「エルネスさん、光を曲げられる魔法ってあります？」

「ないですね」

「じゃあ、浄化魔法みたいに、ふわっとした知識で発動しちゃった勇者の新しい魔法なんじゃないかなって思うんだけどどうだろう。名づけるなら重力魔法？」

かっこいいいいいい！　と叫ぶ礼くんと、新魔法!!　と叫ぶエルネスさんに前後から摑まれて、あ、これ、私が言語化に苦しむ流れだ、と気がついた。詳しく！　詳しく！　と迫られて、重力ってほらりんごのですね、みたいなことをぐにゃぐにゃとつぶやき続ける。いやこれ言語化してって無理よ無理。変な汗出てくるわ。

「と、いうことはさ、こっちの世界でいう精霊の存在が、私たちにとっては科学知識で、しかもあやふやな科学知識でいいってことよね？」

一言一言確認するようなあやめさんに、翔太君が答える。

「自然にそうなっちゃうんじゃないかな。この世界では精霊の力を借りて起きる現象が魔法って信じてて、僕らはなにか現象が起きると科学知識で説明しようと考えちゃうでしょ。僕のイメージでは水魔法は空気中の酸素と水素がくっついてーってなるし。でも魔法や魔力がなきゃなにもしないで空中から水や氷ができたりしない。知識から強引に結果だけひっぱりだすのが魔法って感じ？ただ、全部が全部そうじゃないと思うけど。だって僕、風魔法のイメージって単に風車とかだし」

あー、と幸宏さんが頷いて。

「和葉ちゃーん、んー、水魔法使うときってどんなイメージ？」

にじりよるエルネスさんを両手で必死にとどめながら考える。

「翔太君と同じ、ですかね。空気中の水素と酸素、です」

「風はー？」

「気温差と気圧」

「お。なんか科学的くさいね。和葉ちゃん、理系？」

「違いますけど、料理は科学ですからね！」

「ほー、んじゃ、火は？」

「……山火事？」

「科学どこいった」

「いや、昔裏山で山火事がありまして」

「それなんかハードな体験談につながる？」

「いえいえ、大人たちは大騒ぎでしたけど私は子どもでしたから。夜だったんですけどね、夜空が赤く染まってね」

「ほお」

「キレイだったんですよ……あんまりにもキレイでどきどきしました。血沸き肉躍るってあのことですかね……今思い出してもうっとりします」

「それだろ。燃えすぎる原因」

どんなことでも重ね続けりゃ日常になる

バレエのチケット代は、うちの家計から出すにはけして安いものではなく、ましてや私の住んでいる市には有名バレエ団の公演なんて来ることもなく。観に行きたいと思えば交通費やら宿泊費やらなんやらで五万はくだらない。そして私一人のためにそんな無駄遣いができるはずもなく。だから最後に観た公演ははるか昔、結婚前の成人のお祝いにと、両親が贈ってくれたモーツァルトレクイエム。約一時間の天上のオーケストラに祈りの歌声、捧げられる群舞。

ネットでいろんな動画があふれる時代になって、漁(あさ)れば有名バレエ団の公演は全幕でこそないけれど観ることはできた。観るたびに、脳も心臓も震わされた最後の公演を思い出した。

礼くんは私のそばを片時も離れたがらず、だからすっかり眠り込んだこの時間の訓練場にまた一人で来た。伊達に十年以上踊っていたわけではない。たとえお習い事レベルであっても、踊りは一見で覚えられるし、即興で音に合わせることもできる。

目を閉じて、深呼吸をひとつ。オーケストラが脳内に響き渡り、聖唱が降り注ぐ。

——永遠の安らぎを彼らにお与えください
——絶えることのない光が彼らを照らしますように

別に信心深いわけでもなければ、まだ縁の浅かった人の死に心底痛める心があるわけでもない。捧げるほどの価値がある踊り手でもない。追悼になんてなりはしない。だからこれはただ私が踊りたいだけ。あさましい感傷だろうとなんだろうと、ただ踊りたいだけ。

脳内の宗教的な旋律は、満天の星くずが落ちてくる錯覚を呼び起こす。
ピルエットを繰り返すたびに、視点と定めた星が瞬く。
つむじから、指先から、つま先から、天まで伸びる見えない糸。
全幕通して踊っても尽きない今の体力は、まだだ、まだだと私を操り続ける。
——聖なるかな聖なるかな聖なるかな
追悼の曲なのに踊れる歓びに身を任せる罰当たり。

やめたくなんてなかった。息子を産んでからもこっそり柔軟はしてた。けれど生活は私を追い立てて、娘が生まれた頃にはもう一度開脚ができるようになれる気がしなかった。
人間なにもかも手に入れることなどできはしない。
それでも、いつかもう一度、子どもたちが手を離れたら。

そう思っていたはずなのに、いざそのときが来たらもうすっかり枯れていた。

ああ、モルダモーデの言う通りだ。魂はからからに干からびていた。

それなのに。

私たちを守るためにと盾になる人たちがいるのに、私たちが来なければまだ生きていたはずの人がいるのに、ただただもう一度踊れることが今嬉しくて仕方がなかった。


「和葉ちゃん！」

鳴りやんだ脳内オーケストラの余韻が、礼くんの体当たりで破られた。

「ひどいよ！　起きたらいないんだもん！　捜しちゃったし！」

「ごめんごめん。よくここがわかったねぇ」

ぎゅうぎゅうと抱え込む礼くんの腕から顔を無理やり出しながら、背を撫でる。

「和葉ちゃんがいないって半べそで俺の部屋に来たからさ」

「泣いてないし！」

「一緒にうろついてたらザザさんが教えてくれたんだよ」

訓練場の隅にある篝火の明るさがとぎれる辺りに、ザザさんと幸宏さんがあぐらをかいて並んでた。小さなボトルが幸宏さんからザザさんに渡って、ザザさんがそれを呷（あお）る。

「やー、めちゃくちゃ優雅な酒呑めたわ」

「うーわ。いつから見てたんですか。てか、ザザさん内緒って言ったじゃないですか！」

「あー、カズハさん、あれですよ。見えません？　宿舎の窓。みんな部屋暗くしてるんで気づかなかったと思いますけど」

前に教えられた宿舎の方角に勇者補正で目を凝らすと、暗い窓の中にもう一段暗く丸い影がいくつも見える。まじか。

「僕は言ってないですよ。でもほら、騎士は夜目の利く奴が多いんです」

「……なんで教えてくれないんですか」

正味、踊りは音楽とセットなので、群舞ならともかく無音でソロの踊りは観てて面白いものではないだろう。好きな人なら音楽を脳内で補完できるから楽しめるだろうけど。ああ、世界トップレベルの踊り手のものならばまた違うかもしれない。でも私は当然そこまでのものではない。率直に言えば非常に恥ずかしい。

「聞かれませんでしたし」

言ったらやめちゃうじゃないですかと、ねだる仕草をする幸宏さんにボトルを渡してザザさんはにっこりと笑った。

「キレイだったよ！　和葉ちゃん！　なんの踊りだったの？」

「う、うん。ありがと。……モーツァルトって聞いたことある？　それ」

曲名はなんだか言えなかった。

あんだけ感傷と自己陶酔に浸りまくった踊りを、あれは鎮魂歌ですなんてちょっとザザさんの前では言えない。

音楽の時間で聞いたことあるという礼くんの腕をほどいて手をつなぎ、幸宏さんたちのそばに腰を下ろす。礼くんは当然とばかりに、体育座りの膝の間に私を抱え込んだ。

「本格的にやってたんじゃないの？　バレエ——って、あ」

幸宏さんの手からボトルを奪って一口。呑まずにいられるか！　きついなコレ！

「習い事レベルですよ。音楽なしじゃそんな見られたもんじゃないでしょ」

「いやいやいや、俺全然わかんねぇけどよかったよ。音楽付きで観たいわ。あれでしょ。バレエって発表会とかつきものだし、人前で踊るのなんて慣れたもんなんじゃないの」

「その音楽があるのとないのとじゃ全然心持ちが違うんですよ！　歌が好きだからって人前でいきなりフルコーラスアカペラソロで歌えます!?」

「——わかっててもその見てくれで酒呑まれると、悪いことしてる気になるね……大丈夫なの？　体」

「こっちに来て初めて呑みましたけど、効きますすね！」

「控えめにしたほうがいいですよ」

手のひらを上に向けて、寄こしなさいの指をするザザさんにボトルを返す。なんかザザさんがいつもと雰囲気違うわー。なにそれちょっと色っぽい。

「城付きの楽団もあるんで、是非お披露目してほしいんですけどねぇ。連中、すごく楽しみにしてますよ。夜の不定期公演」

毎晩でこそないけどちょいちょい踊ってたのよねぇ。いつから見られてたのやら。

「……ちょっと敷居高いですね」

「あの窓に連なってる影の中に陛下もいます」

「は!?」

「地獄耳なんですよ。あの御方」

もう覚悟決めなって！　と幸宏さんに背中を叩かれた。まあ、音楽つきなら恥ずかしい理由の大半はなくなるけどね……。ほんとあの王様カジュアルだな！

「二人とも出来上がってるんですか？」

どのくらい酒に強いのか知らないけれど、ボトルの半分はもう空いていて、二人ともわずかに目の周りが赤い。篝火の色が映ってるからだけではないだろう。

「俺は日課の晩酌。礼とザザさんとこ行ったときにはもうザザさんも呑んでたんだよ。で、せっかくだからってそのまま持ってきた」

「まあ、たまにはね。ああ、そうだ。食堂の杯の横にあったボタンナベ、カズハさんですよね」

「あー、料理長がメニューに入れてくれましたからね……向こうでもね、好物をお供えしたりするんです。美味しいって言ってくださったので」

「あいつの部下も、喜んでました——ありがとうございます」

礼くんの顎が、私のつむじでごろごろしてる。もう眠いだろうに大丈夫なのかな。ザザさんと幸宏さんも私の頭上を見てくすりと笑ったので、きっと寝ぼけ顔になってるんだろう。

「——あの絶望ってやつさ。多分俺心当たりあるわ」

不意に、いつもの雑談をするときの顔のまま、幸宏さんが告げた。

「いや、はっきりとコレだろってんじゃなくてさ。そんな絶望なんて大層なセリフ似合うようなドラマチックな生活じゃなかったし」

「まあ、それは私もそうですね」

「ただね、全然帰りたいと思わないんだわ。おかしくね？　俺それなりに充実した生活だったはずなんだよ。でも帰りたくない。多分、なんか忘れてるようなそんな気がする」

「……まあ、それは私もそうですね」

繰り返した私の言葉に、そっか、と幸宏さんがつぶやいた。そっかぁ。私だけではなかったか。

「だからザザさん」

それならばと、少し戸惑い気味の、優しいこの世界の人に伝えることにする。

「あんまり私たちに罪悪感とか持たなくていいのかもしれません。少なくとも私はこの世界にいたいんだと思います——なので、私らにあまり気遣わず、ちゃんと悲しんでください」

「守られてた側の俺らが言うのもなんかアレだけど……俺ね、元自衛官なんすわ。ああ、こっちでいう軍隊とか騎士団ね」

「あ、なるほど。それで妙に馴染みが早かったのね」

「そうそう。まあ、四年で辞めたんだけどさ。……仕事でさ、守ってるわけよ。それも相当のプライドを持って。言えないっすよね。お前ら守るために仲間が死んだなんてさ。悲しんでるツラ見せられないっすよね。だから別に見せろってわけじゃないんすけど」

「——はい」

「俺や和葉ちゃんに関しては、せめて、召喚した罪悪感とか、なんかそういうのは、要らないです」

ザザさんは、ぐいっとまたボトルを呷って幸宏さんに渡して、小さく息をついた。

「あいつねぇ、僕が入団して以来だから二十年以上の付き合いだったんです。同期だったんですよ。ほんとね、よくあることですしその覚悟ももちろんあるんですけど。……慣れませんねやっぱり」

二度、三度と中身がなくなるまでボトルは私たちの間を往復し、それ以上誰もなにも言葉を交わすこともなかった。

ぼくね、すごい怖かった。怖くてなんにもできなかった。魔族ってあの人だよね。モルダモーデって人。ぼくらみたいに、ぼくらとおんなじようにお話ししてた。……あの人とおんなじこと、するんだよね。あの人みたいな人たちとたたかうんだよね。

あのとき、和葉ちゃんがころされちゃうって思ったら、なんにも考えられなくなって、訓練のときみたいに手加減なんてしようと思ってなかった。あの人すごい強くて、ぼく全然かなわなかったけど、もしあの人がぼくより弱かったら、ぼくあの人ころしちゃってたんだ。あの人と同じことしちゃってたのかもしれないんだって考えたら、すごい怖いって思った。

――だからたたかうかどうか、ちゃんともっかい考える。みんながやるからってんじゃなくて、ちゃんと訓練もつづけながらできるかどうか考えてから、決めたい。いいかな。それでもいいかな。


礼くんは、ゆっくりと、でもまっすぐにカザルナ王を見つめてそう話した。

頷かないはずがない。もともとカザルナ王は礼くんが参戦することに反対してたのだ。

なんて、つよくて賢い子なんだろうか。あやめさんだって翔太君だって、その年齢に見合わない思慮深さを持っている。幸宏さんだってそうだ。一体、どう育ったらあんな子たちに育つのか。

もしかしてみんな、なにかを抱えてて、だから召喚に選ばれたのだろうか。

それが、モルダモーデのいう「絶望」なんだろうか。


……でもねぇ、私はそれこそ幸宏さんの言うように、絶望なんて大仰な言葉に似つかわしい生活なんて送ってないんだよね。そして多分私は思い出してる。そのうえで、果たしてそれが絶望と言えるようなものなのかいまだにわからない。不自然なほど、帰りたいと感じないのはそうなんだけど。


「和葉ちゃーん！」

訓練場の向こう側で礼くんがこちらに大きく手を振る。同じように振り返すと満足げに訓練へと戻っていった。

「ほんとべったりねぇ。夜も一緒の部屋なんでしょう？」

最近のルーティンとして朝食の後はエルネスの講義や色々な勉強をして、午後は私も訓練に参加する。それからみんなは勉強にうつって、私は厨房に。火はだいぶ上手に扱えるようになった。厨房での禁止令が解かれるくらいには。

今はエルネスの講義。礼くんは私の姿が見えるとこにいないと落ち着かないので、訓練場の一角に小さな丸テーブルと椅子を持って来ている。ちょっと優雅なお茶会っぽい。背後には人工池が広がっていて、水面をなぞって涼やかになった風が渡ってきていた。

「私がモルダモーデに殺されるって思ったのが相当ショックだったみたいでね。あんまり表面には出さないけど、長時間離れてるとまだ不安になるっぽい」

「ちゃんと眠れてるみたい？」

「その辺りは大丈夫。眠りもちゃんと深いし、夢にうなされることもないかな。添い寝は必要だけどね……懐かしいよ。息子が小さい頃思い出すわ」

「私は結局子どもを持たなかったしねぇ……見た目だけならあのくらいの年齢の彼氏がいるからちょっと不思議だわ。どうなのカズハ。このままじゃしばらく恋人もつくれないじゃない」

エルネスは元々年が近いってこともあって、今はすっかり敬語がとれている。いや近いといってもはっきりとした年齢は知らないままだけど。

「あー、この身体じゃねぇ……相手がその気になれないでしょ。なれちゃう男でも困るよ」

「その年頃の体じゃなきゃダメな性癖なら困るけど、そうじゃなきゃ問題ないでしょ。どうせしばらくしたら標準に育つ予定なんだし。期間限定お楽しみの一種くらいに思っておけば？」

「あんたなにいってんのかわたしよくわかんないわ」

意外なことにエルネスはかなり奔放だった。あのくらいの年齢の彼氏って、何人もいる彼氏のうちの一人って意味だなんて、召喚当時に受けた彼女の第一印象からは想像もつかない。なに言ってんだほんとに。

「というか、ザザはどうなの？」

「ん？」

「や、仲良いじゃない」

「仲良いっていうか、ザザさんは礼くんのお父さん役らしいから……」

「ああ……まあ、あの男はヘタレだしねぇ」

「エルネスのほうが仲良い気がしないでもないけど」

「やめてよ！　堅物は全くもって好みじゃないわ！」

おお。そうなのか。だからといって私にワンチャンはないと思うけど。まあ、一瞬、実年齢のことを白状する直前の一瞬だけもしやと思ったことはあったけれど、あれはまだ私の若返りすぎた身体に実感がなかった上に妙なハイテンションがもたらした気の迷いだ。ないない。

「んー、もういいよ。魔力疲れしてない？」

周囲に浮かせていたいくつもの石ころから、まとわせていた魔力を手放す。ぱらぱら、かつんかつんと自由落下して地面に転がった。

「平気。魔力の消費自体はそんなに感じないかな。自分が触っていないものに使うのはまだちょっと難しいけどだいぶ慣れてきたし」

　ふむふむとエルネスはメモを書きつける。

　講義といっても、もう今はエルネスの研究も兼ねている状態だ。私たちの世界でいう重力を操作していると言えるのかどうなのかはよくわからないけど、私が使えるこれを一応重力魔法と呼んでいる。

「石礫（ストーンバレット）みたいな土魔法とも、物体を浮かせる風魔法とも、魔力の流れやらなんやらが違うのよね。やっぱり。あーー、そのカズハたちのいう重力といったものの理論が知りたい！　なんでそんなふわっとした理解が常識として通用してんの！」

「そう言われてもねぇ……エルネスだって私らに魔力の使い方教えるとき、大概ふわっとしてたじゃん」

「私天才だからね！　わかんない人がなにわかんないかわかんないから！　どう説明していいのかわかんないの！」

「私も器用貧乏だからわかんなくもないけどね！　わかんない側に回されるとなんかむかつくね！」

　多分私たちの中で一番理系なのが翔太君なのだけど、彼だって物理の授業を受けはじめたばかりの年頃だ。相対性理論だのなんだのをちゃんと理解してるわけもないし説明できるわけもない。もちろん私を含む全員それは同じだ。

けれど、私よりも現役で知識もあるであろう翔太君も、私と同じような魔法は使えていない。浄化魔法だってこの世界に浸透したわけだから、正確な科学知識はそこまで必要ではないはず。では他になにが必要なのか。単に回復魔法のように得意不得意向き不向きなのか。

きゃいきゃいと実践しながら、検討しながら、私たちはもうすっかりこの世界の生活が日常として受け入れられるようになっていた。

モルダモーデにやられてぼろぼろになり、もう捨てるしかないと思っていたジャージの残骸は、エルネスを経由して研究所に引き取られていた。織り方はもちろん、布の素材そのものがこちらにはまだないものだったらしく、いそいそと繊維の分析から始めていると聞いたのが一か月ほど前。

午後の訓練が終わり、食堂でお茶休憩をしていたところだった。今日のおやつはゆうべ焼いておいたスコーン。

軽く息を切らせ、誇らしさを隠すように口元を引き締めるけれども、目の輝きで隠しきれていないのはエルネスが管轄する研究所所属のクラルさん。ついでに言えば料理長の親戚で、猫系の獣人だ。大きな耳もつんと伸びた髭もぴくぴくしている。猫耳だけとかじゃないよ。二足歩行の猫に近いし、全身もこもこふわふわ。

「――これ、は……っ」

「はいっ！　やっと今さっき仕上がりました！」

抜け毛がつくのを避けているのか肘までの長手袋で恭しく捧げ持つそれは、つややかな絹の一枚布の上に鎮座していた。指についていたスコーンの粉を、シャツの裾で丁寧に拭って払い、シャツもさらに叩いて屑とかけらを落として手を伸ばす。

柔らかさを保ちつつ、しかししっかりとした安定感のある張り。

一見素朴な綿の風合いにもかかわらず、よく見れば編み込まれた繊維の奥から小さなきらめきがあり、綿百パーセントではないことがうかがわれる。

なによりきっちりと細かく織られているのに、この軽さ、この伸縮性、これは――

「ジャージ!!」

「はいっ！　とうとう再現できました！　カズハ様からお預かりしましたジャージなるもの、伸縮性、吸汗性、速乾性はもちろんのこと、手触りと耐久性に至ってはオリジナルを超えるものができたと自負しております！」

「早くないですか!?　なにこの完成度！　分析してたのついこないだじゃないですか！」

「研究所所員一丸となって取り組ませていただきました！　カズハ様といえばこのジャージですから！」

「き、着てみてもいいでしょうか！」

「是非!!」

シャツとハーフパンツの上から、ジャージを着込む。するするとした手触り。皺にならない柔らかさ。Vネックに意味のわからない襟。ぴたっと吸いつく袖口。ぴしっとウエストを紐でしめる。絞られていないズボンの裾。

「……まじで完全に再現しちゃってるな。色もデザインも」

「和葉といえばジャージ……ぶふっ」

これは見事なまでのあずきジャージ！　幸宏さんが唖然とし、あやめさんが手で口を覆うほどの学校ジャージ！

「こちらにはない素材だったんですよね……？　よくこんなに早く……」

「これは画期的な新素材なんです！　久方ぶりに寝る間も惜しみました！」

「寝る間もって……残業しすぎたら陛下に怒られるのでは」

「そこはうまいことかいくぐって」

「かいくぐって」

もともとのジャージはポリエステル百パーセントだったのだけれども、手元のこれの手触りは安物のざらついた生地ではなく、有名メーカー製高級ジャージのものにひけをとらない。伸縮率、吸水力に蒸散性等を割り出すためにぼろぼろの残骸から少しずつサンプルをとっては実験を繰り返し。今度は近い性質を持つ素材を膨大な過去の資料から探し、あげられたいくつもの候補で、より特性が近づくように加工を繰り返し。同時進行で同じ織り方をするための織機を開発し。

いわゆるなにか新素材や新技術を開発するときって、理論もさることながら、実現させるまでが長いと思うのだけど。それをこのわずかな時間でやってのけたってどういうことなんだ。

「そこは魔力で」

「まりょく」

「はい、魔力操作だけならエルネス神官長に追随する研究員が複数おります！」

私たちの世界で一番試行錯誤が繰り返されると思われる部分を、魔法でねじ伏せたと。

すごいな魔法！　なんだろう！　過去蓄積された知識を総動員して新しいものを分析して忍耐強く手法を構築して最後は力技的なこのいきなり割り込むチート感！

「これはグレートスパイダーの糸、正確には腹部の糸腺をもとに出来上がるもので織っているのですが、もともとそのまま織るには硬く手間がかかるため生地にすることはなかったんです。ロープなどにわずかに使われるくらいでして、使い道があまり多くはありませんでした。つまり価値は現在のところほとんどないんです」

抑えきれない興奮でクラルさんのぽこぽこした短い尾がわずかにふくらんでいる。触りたい。

「ところがこの製法によって、今までなかった価値が突如付加されました！　現在は鎧の下に着込むものを想定しています。高い吸水性と速乾性で繰り返し手軽に洗濯ができ、なおかつ、魔法耐性も上がるんです！」

「まほうたいせい」

「はい！　多少の火魔法や風魔法は防御してみせます！　そもそも魔物が自分の巣にする素材ですから！」

おおう……別に私の手柄では全くないけれども、召喚当時の場違い感が今このクラルさんの歓びにつながったのであればなによりだわ……。どうやらすごいことみたいだし。というかクラルさん顔近い。

「いいな……ぼくも欲しいです」

ジャージの裾をつまんでは伸ばして感触を確かめつつ、礼くんが羨ましがる。前から欲しがってたもんねぇ。

「ぼくも欲しい！　おねがいします！　ぼくのも！」

自分が発した言葉で着火したように礼くんのおねだりが始まった。私からクラルさんを引き離してすがりつく。

「ね！　みんなも欲しいでしょ！　和葉ちゃんとおそろいで！」

「ジャージはそりゃ欲しいけど」

「え。デザインは私自分で決める」

「俺もっとちゃんとした赤がいい」

ですよね。てか、ちゃんとしたって言うな。

「もちろんです！　まずは勇者様たちの分、それから騎士たちの分と計画を立てております。半年ほどでご用意できるかと」

「はんとし!?　そんなに!?」

落差激しく絶叫する礼くん。いやそんながっかりしないの。

「す、すみません。本当に価値がないものでしたので、素材の在庫がもうないのです……市場にも当然出回ってないものですから、カズハ様の分で研究用に保存してあったものを使い切ってしまいまして」

「素材ってグレートスパイダーやっつけたらいいの!?」

「あ、はい」

「わかった!」

勇者補正の疾走で礼くんが食堂から飛び出していった。

「ザザさんとこ行ったな」

「ですね」

「なあ、知ってる? 一部有志の年長騎士たちで『レイさま父の会』ってできてんだぜ」

「なにそれ」

「父性本能かきたてられるんだと。ザザさんは名誉会長らしい、って、なんで和葉ちゃんがドヤ顔してんの」

「ふふふ——あの子はわしが育てたっ」

かわいいからね! うちの子は! 仕方ないよね!

「ザザさん！　グレートスパイダー狩りに行きたい！　討伐依頼ないですか！　大発生とかしてないですか！　いっぱいがいいんだけど！　強いかな！　どこにいるかな！　行ってきてもいい!?」

ばーんっと力強く開けられたドアが巻き起こした突風に飛んだ書類数枚を、慌てず騒がず空中ですべてキャッチしたザザさんは、さすが我らが騎士団長の風格でしたとは、セトさんの言。

飛び出していった礼くんをのんびり追いかけてザザさんの執務室に私たちがたどり着いたときにも、まだ礼くんは興奮冷めやらずでザザさんにまとわりついていた。

「すでに研究所からの依頼があって討伐計画は調整しはじめてたんです。そろそろ繁殖期に入る頃合いですし。弱い魔物ですから例年繁殖地近くに駐在してる騎士団だけで討伐してたんですけどね」

今の時期はこの辺りが予想されます、とザザさんは黒板に貼った大雑把な地図にピンを立てる。

縮尺はわからないけど、王都から見て西南辺りかな。

「じゃあ、俺らが行っても素材が手に入るスピードって同じなんじゃないの。むしろ向かう分時間ロスなんじゃゃ？」

えー！　と礼くんが幸宏さんに不満げな声をあげる。

「この魔物、飛ぶんですよ。個々としてはさきほど言った通り弱いんですが数が多くて、討伐方法は火魔法で一斉殲滅が常道です。ところが今回は」

「素材が欲しいのに一気に燃やし尽くすと意味がなくなると」

「はい、腹部にある糸腺を傷つけずに各個撃破となります。そうなると地方の常駐騎士団だけでは対応しきれません。魔物はほかにもいますし。ただまあ、援軍を出せば済むことなのでみなさんが出ていく必要性もそこまでないといえばないのですが」

地図上の王都から延びる黒く太い線を指先がなぞる。緩く弧を描き、西側の国境線手前を通ってピンのところまで。

「飛行する魔物討伐はまだ訓練してませんし、これ、魔動列車の路線なんです。そろそろ王都近郊だけではなく国内を視察していただいてもいいかな、と」

「列車!! あっちにある線路のやつ!?」

窓の向こうを指さす礼くんに頷くザザさん。わかるけど確か方角は反対側だ。

「ただし問題がふたつ。各国といっても他の大国二国の代表を招待しての舞踏会が二週間後にあります。それが終わってからでないと出発できません。どちらにしろ繁殖期にはすぐ出発すると早すぎますし。レイ、参加したいんですよね？」

「うん！ 大丈夫だよ！ ぼくもうちゃんと討伐できるし！」

もともと訓練中はザザさんをはじめ騎士たちも私たちを呼び捨てにしていたのだけど、最近は普段も呼び捨てにしてくれる人が増えてきていた。礼くんや幸宏さんがしつこくねだったからだ。

「魔動列車は馬車よりはるかに速いですが、それでも往復で三日、討伐の所要時間を一日とみても最低四日かかりますよ？ どうします？」

「え。よ、よっか」

「各個撃破に素材回収の解体もしなくてはいけないので、もうちょっとかかるかもしれません。研究所の者から聞いたところによると、一着つくるのに十体分の糸腺が必要だそうです」

もう狩りには何度か礼くんも参加していた。最初の二回は私と一緒に見学で、三回目は討伐にも参加。モルダモーデのこともあって、はじめはかなり慎重に討伐訓練を再開したのだけれど、礼くんは大量のソウケペチを安定感のある剣さばきで掃討してみせた。それからも数度様子を見ながら訓練を重ね、ここ二回ほどは私の同行もない。片道一時間以内の近場だったから。

戦っているときに私とはぐれることだってあるだろう。最悪、これを言えば王やザザさんたちに怒られるけれども、私が消えることもあるだろう。

けれど、そのときに一人で立ちすくむことのないように。

少しずつ少しずつ、けれど実年齢が同じくらいの子どもたちよりもちょっと駆け足でと、私たちは礼くんを見守っている。

だけど泊りがけの遠征はまだ未経験だ。

ザザさんは珍しく口元が緩くなるのを堪えた顔をしている。察した幸宏さんもあやめさんも翔太君も、顔をそむけたり手で口を押さえたりしている。

これ、あれだ。ほんとにお泊りするの？　夜になったらおうちに帰れなくなっちゃうんだよ？　夜中に目が覚めてもおかあさんいないよ？　大丈夫？　ってやつだ。礼くんは私をちらちら見ながらひどく迷っている。

さあ、物欲は成長を促進させるか！

「か、和葉ちゃん」

「うん」

「食堂、お休みできる？　一緒に来て……？」

「よ、よろこんでー！」

上目遣いでおずおずと聞かれたらこうなるだろう！　崩れ落ちるのを耐えた腹筋を称賛してほしい！


「というか、何気に今ブトウカイって言わなかった？」

あやめさんがこてんと首を傾げる。

うむ。言っていた。ブトウカイ。でもエルネスからこの間聞いたときとなにかニュアンスが違う気がする。

「……言いましたけど、ご存じですよね？　神官長から聞いてませんか？」

私は聞いたけど、あれ？

「武闘会ですよね？」

私も首を傾けてしまう。私以外の勇者陣は聞いてないと声を揃えた。あれ？

「十日くらい前ですかね。エルネスが食堂に来て『カズハ！　勝つよ！　ぶっちぎりで！』って宣言していったから、てっきりザザさんが取り仕切る会だと思ってました。みんなもザザさんから聞いてるんだとばかり」

「カズハさん、どんな会だと？」

「試合するんでしょう？　体術なのかなんなのか知らないですけども」

「あー、天下一みたいな」

幸宏さんに、それですと頷く。ザザさんは悟ったように瞑目して天井を仰いだ。

「それじゃないです――踊るほうです。舞踏会。日程が決定した会議で神官長がみなさんに伝えることになってたはずなのですが。踊るほうなので僕はほとんど関与してないですし」

「え、でも舞踏会ってあれよね？　勝つとか順位とか関係あるの？　え、てか聞いてないよ！　どっちにしろ！　服は!?　なに着たらいいの！　そんなの出たことない！」

年頃の女性らしくうろたえるあやめさん。ザザさんが、くわっと研究所の方角を睨みつけた。

「あああんのおんなはほんとに！　社交の場は女の戦場だと言って憚らないんですよ！　理解できない！　ほんっとうに意味がわからない！　誰と戦ってるんだ！」

おおおう……ザザさんの貴重な罵倒シーン再臨に、礼くんを除く全員が数歩後ずさった。

（前から思ってたけど、ザザさん、エルネスさんと仲悪い……？）

（さ、さあ？　相性は、よくなさそうだな……）

幸宏さんと翔太君がひそひそしてる横で、あやめさんは「服……」と考え込んで、礼くんは窓の外を見ながら「まどうれっしゃ……」とうっとりしてる。だから方角違うからね。そっちじゃないからね。

はあっと残心するようなため息をついて、ザザさんが気をとり直した。

「すみません。取り乱しました。衣装ですけど、サイズ測りに担当の者が行きませんでしたか？」

「……あ、来た。来てた！　なんのためかと思ってたけどそれだったんだ!?」

「そのはずですよ。正装を——女性用にはちゃんと流行にのった最新の型が用意されます」

紳士の顔を取り戻したザザさんに、あやめさんはほっとした顔を見せるも、今度はデザインが気になって仕方がないとそわそわしだす。正装ってどんなのだろ。食事の時くらいしかお会いしないけど、カザルナ王妃や王女が着てるような中世風のドレスだろうか。やっぱり。女子たるもの一度は憧れるやもしれない。

「王室お抱えの仕立て屋が張り切ってますから、多分そろそろ仮縫いが終わって合わせに来る頃だと思いますよ。……縫製部屋も覗けますしね」

見てくる！　と宣言してあやめさんが飛び出していった。

「——場所知ってるのかな」

「そのへんにいるメイドさんたちに聞くんじゃね？　和葉ちゃんは行かんの？　ってなんでそんなしょっぱい顔してんの」

「あー……まあ、そのうちでいいです……」

私はバレエの発表会でそれっぽいドレスは着たことあるけど……顔が地味だとね、うん……。そりゃ舞台化粧は馬鹿みたいに派手だからまあいいかってなるんだけど、いくらなんでも舞台化粧はしないだろうし。

というか、もしかして私はエルネスに舞踏会のことをみんなに伝える係を託されていたのだろうか。わからんて！　エルネス！　あれじゃわからん！

「えー、舞踏会って言ったじゃないって、あ、伝えてとは言ってなかったかしら？　まあいいでしょ。アヤメみたいな若い女なんてなに着たってそれなりに見られるんだし。男？　そんなのもっとなに着たって脇役だし」

エルネスは全くもって伝言役を果たす気がさらさらなかった。

ザザさんの言っていた通り、あの後すぐに仮縫いが終わったと連絡がきて、今はあやめさんの部屋で一緒にドレスを合わせてみてる。エルネスもしれっと同席してる。

「それなりってなに！」

「そのぷりっぷりの肌とつやっつやの髪があればどんなドレスも添え物だってことよ。うん、似合うじゃないの」

形のいい乳房と脂肪のついていない背中を引き立てるぴったりとしたベアトップ。腰にはたっぷりとしたギャザー。パールピンクを基調としたグラデーションが裾に向けて広がり、金の刺繍（ししゅう）はグラジオラスのような花を象っている。あやめさんらしい華やかさに加えて、清楚さまで演出するいい仕事だ。さすが王室お抱えの仕立て屋が張り切っただけのことはある。ひらひらとあしらうように手を振るエルネスを軽く睨みながらも、ちょっとにやついてるから本人も気に入ったんだろう。

「それよりあんたよあんた！　そのしょっぱい顔でふりふりの少女らしいドレスになるのを阻止してあげたんだから！　どうよ！」

「くそ！　ありがとう！」

どうやら張り切る仕立て屋さんは、私の見た目年齢に合わせた実にスイートなデザインにしようとしてたらしい。そもそも平均的日本人の顔で中世ヨーロッパ風のこてこてドレスなんて、そうそう似合わないってば。そりゃあやめさんは派手顔美人だからいいけども。

黒に近い紫のドレスはフリルもレースも控えめで、ハイネックの胸元はベロアで細かいギャザーが覆っている。肘から先は緩やかに広がる袖。バッスルラインがドレープを綺麗に見せている。派手すぎず子どもすぎずのぎりぎりを保っているといった具合で、これならば一人羞恥プレイをせずにすみそうだ。地味な顔がドレスに負けることには変わりないが、まあ、ちょっと気合入れて化粧をしたらなんとか、なんとか。

「あんたの場合、確かに肌はぷりっぷりだけど、見た目子どもだからスタート地点でこけてるのと同じだしね。ぶっちぎりってわけにはいかなかったかもだけど、これならかろうじて戦線出られるでしょう！　あとは化粧と気合と勇者補正で勝利をもぎとるのよ！」

「や、なんかもうほんとどっから突っ込んでいいのかわかんないんだけど、私らが出るのは舞踏会なんだよね？」

ちょいちょい入ってるディスはスルーするとしても、何故こんなにエルネスは臨戦態勢なんだ。

「はあ？　いい？　あなたたちの初のお披露目会なのよ？　普段あの汗くっさい男ばっかりに囲まれてるから忘れてるかもしれないけど、あなたたちは女性なの！　着飾らないでどうするの！　なにするの！　この国だけじゃなくて他の同盟国の王族貴族の女性たちが、そりゃあもう目が潰れんばかりに金銀財宝身に着けて参戦するの！　主役のあなたたち以上に男の目を奪う存在なんて私以外許されない！　誰よりも男の目を惹きつけなさい！　奪いなさい！　その気合があってこそいい男を捕まえられるというもの！　社交界は女の戦場！　殲滅し蹂躙し略奪なさい！」

「お、おう」

ちょっと荷が重いです。エルネスさん……。

「私の知ってるエルネスさんじゃない……」

ずらりと並べられた装飾品を一瞥して、違う！　と叫んだエルネスは、ちょっと待ってなさいと部屋を出ていき、それを見送ったあやめさんは呆然とした顔でそうつぶやいた。

「講義のときはもっと知的でクールで落ち着きがあって頼りがいがあって……」

「頼りがいはあるでしょう……あの勇者を圧倒する気迫、グリーンボウの群れだって森に帰りますわあれ……」

「違う……違う……」

あやめさんは回復魔法に尋常じゃない適性があるとのことで、エルネスとマンツーマンの講義時間を別枠でとっていた。王城内の医療院で実践しながら指導されているらしい。多分、私のと同じように研究も兼ねているはずだけど、あやめさん相手には指導者の顔をしたままのようだ。まあ、相手によって見せる顔が違うのは当たり前のこと。同年代の私と、娘であってもおかしくない年齢のあやめさんでは話す内容だって選ぶだろう。

「私の母親と同じくらいの年っぽいのに、なんであんなに女の顔してんの」

「……エルネスはがっつり現役ですよ？」

「現役て！　そりゃ年の割りにきれいな肌してるけど！」

「あー、仕事中は集中したいからって化粧もしてないしフード深くかぶってますしねぇ」

けれど勤務時間終了と同時にローブを脱ぎ捨てて、まとう空気を一変させ夜の街へ繰り出すエルネスは、女は灰になるまでとはまさにこのことと思わざるを得ない。でなきゃよりどりみどりで男を侍らせられないだろう。

「ええ……それはちょっと引く……」

「まあ、相手も大勢のうちの一人だってことに納得してるらしいですよ」

騙してるならともかくあの調子で正々堂々手玉にとってるのなら、相手もそれを楽しんでいるのは想像にかたくない。あやめさんは派手な外見とは裏腹に潔癖なところがちょいちょい垣間見えるので、受け入れにくいのかも。

「あのくらいになったらそんな恋人だのなんだのナシじゃない普通……みっともない」

あ、そっちかー。そうだよねぇ。私も若い頃は四十過ぎなんてすっかり悟り開いてると思ってたわ。年食うだけで開ける悟りなんて仏陀が全力で地面に叩きつけるだろうにね。

娘もそう言ったよ。

やっと娘も就職が決まって、家計もちょっと落ち着いて、近所にある月謝五千円のバレエ教室に通ってみたいって言った私にそう言った。主婦向けのバレエ教室って結構あって、本格的にやってる子どもたちのレッスン時間の合間に開講してるところが多い。

運動不足解消や美容のためだったり、私みたいに子どもの頃に習ってたり憧れてたりした主婦のお習い事。たるんだおなかを際立たせるレオタードだって、周りみんな同じだから引け目も少ない。

『やだー、いい年してみっともない。ご近所なんだから私の同級生にだってばれちゃうかもじゃない。どこぞのセレブじゃあるまいし』

バレエやピアノっていまだにお金持ちがする習い事ってイメージ強いんだよね。子どもが習うなら確かにお金のかかる習い事なんだけど。バレエには興味を持たず、本人が習いたいといったピアノは二年で飽きた娘にもそのイメージは根強いらしい。

なんのとりえも特技もなく、手に職すら持たない平平凡凡とした中流家庭の中年女性には、それに似合った生活があるだろうと。そこから外れることはみっともないのだと。

――勝手に描いた理想を、勝手に規範として押しつけているだけなのに。

でもエルネスは神官長にまでのぼりつめるほど才気あふれてて、仕事を離れれば身を飾り夜を楽しめる華やかな女性だ。それでもそう言われるのか。それともあやめさんは仕事中のエルネスしか知らないから、そのせいかな。あんだけ豪語してるのだからエルネスも舞踏会では本領を発揮する予定なのだろう。そのときのあやめさんはどんな顔するのか想像したらつい笑みがこぼれた。

「やだわぁ。若さしか武器がない小娘は、ちゃんと自覚もたないと年取ってからキツイわよー?」

いつの間にか戻ってきていたエルネスは、背すじを伸ばして一メートルほどのジュエリートレイを捧げ持ち、艶やかに微笑んでそう言った。

「それとも、そちらの世界ではそれが普通なの？　もしそうなら詳しく。それによってなにがもたらされるの?」

意外に早く戻ったエルネスに聞かれてしまって目が泳いでるあやめさんを、研究者の顔に切り替え見つめる。ほんと好奇心を抑えられない人だ。怒っているでなく責めているわけでもないのだけど、あやめさんにはそう感じられないかもしれない。

「あー、逆にこっちでは普通ではないの?」

「む。そう言われるとそういう感覚の人は少なからずいるわね。でも他人にそうであれとは言わないのが、普通かしらねぇ」

「エルネスに直接はそりゃ言わないでしょうよ。怖いもん」

「失敬な！　……いやでもそうかも？　言われてみればそうかも？　私の見えないとこでは言いそうな人はいるかも?」

眉間に皺をたてて記憶を精査している。

「だったらあやめさんもエルネスに直接言ったつもりはないんだから、こっちもあっちも同じなんじゃないの」

「……ふむ。なるほど。——確かに」

ちょっと片眉を上げた素振りは、『あんたには？』と言外に込めているのだと思う。そりゃあ、彼女には私に言ってるつもりもなかっただろうと、肩をすくめて答えとした。身の置き所がないような顔してるしね。

エルネスは、よし、と頷いて、ジュエリートレイをテーブルに置き両手を広げた。

「さあさあさあ！　カズハ、あんたには私が若い頃から使っている定番もの！　品質はどこに出しても恥ずかしくないわよ！　アヤメ、あんたには王女殿下のコレクションから最新の流行ものを選んできたわ！」

「王女殿下のって！」

「平気平気！　まだ似合う年じゃないのに流行りだとのっかっちゃうんだから、実際にはつけられないのよ！　快く放出してくれたわ！」

連戦連勝の猛者であるところのエルネスは、その戦歴にふさわしく威厳をもって胸を張った。

ほんとエルネスさん、パネェっす。

きみは地上におりた最後の天使

私の中で舞踏会におけるぶっちぎりの勝利はザザさんの礼装だった。

礼くんたちだって素敵だった。白地に金の刺繍が施された幅広い立襟、金の飾緒。赤地に金のラインが入ったサッシュとハイウエストに絞られてから広がる燕尾は胸板を厚くたくましく見せていて「いやー、制服三割増し……」とつぶやかざるを得ない。

ザザさんは濃紺バージョンの上着で、左胸に並ぶいくつもの勲章と鳳凰の刺繍がされた肩章。白い細身のパンツに磨かれた黒い革ブーツ。騎士団長だもんねぇ。あんなに物腰柔らかなのに。肩から背中にかけてのラインがなんと綺麗なことか。

私はといえば、「地味な顔は化粧映えするって！」とエルネスとあやめさんに散々いじりつくされたあげくに微妙な顔をされるというイベントをこなし、結局自分でそれなりに見られる程度に顔を整えた。あんたらみたいな派手な顔と地味顔じゃ化粧の仕方は違うのだよ。これだから元のいい奴は！

「和葉ちゃん、今日、顔はっきりしてるね！　かわいい！」

「あ、うん。アリガトウ！」

礼くん最大級の賛辞は冷静にみれば微妙ではある。はっきりって。今後のためにしょぼいツラの褒め方を指導すべきかとも思ったけど、群がる令嬢たちの華やかさを見る限り不要だろうとも思う。しょぼいのいないもん。

「おー、和葉ちゃん、今日顔はっきりしてんじゃん！　さすが！」

年長組、お前もか。幸宏さんはひっきりなしにダンスに誘われていて、私に一声かけた後はまた大広間に踊り出ていく。礼くんも翔太君ももじもじとしながら、でも断れずといった具合で。

こちらのダンスの主流はやはりウインナワルツだった。楽団の楽器もさほど向こうと変わらない。驚くことに曲までショパンやシューマン、リストといった有名どころがアレンジされている。

「アレンジっていうか、音楽やってるわけじゃない人がまた例のごとくふわっと伝えたからじゃないかな。小節ごと抜けたりしてるし。でも面白いね。それはそれでいいアレンジに仕上がってる」

習ったことがなければ踊れるはずもない社交ダンスを教えろと勇者陣には言われ、いやどんなのか知らないし、まずはこっちの世界の人に教わったほうが早いでしょうと、レッスンの時間をつくってもらった。そのときにピアノを習っていたという翔太君が言っていたのだ。

まあ、教えるもなにも勇者補正の身体能力でさらっとみんな踊れるようになった。ほんと勇者補正ずるい。

宣言にたがわず妖艶さを振りまくエルネスは黒地に黒いビーズを刺繍されたマーメイドラインのイブニングドレス。複雑に結われた髪にはカトレアに似た優美な花が一輪。清楚なあやめさんとともに、大広間を華やがせている。

まあ、私は壁の花ですけども。

厳粛な式典の後のこの舞踏会。そりゃ一応勇者の端くれ。第五王子が最初にダンスを申し込んでくれた。御年十一歳だ。うん、背が釣り合う男性はこの子くらいである。ちなみに王子は六人、王女は三人。側室をもたないカザルナ王頑張ってる。本当に頑張ったのは王妃だろうけども。何気に熱愛夫婦だ。

次は普段国境に駐在している第二王子。初対面だったが、にこやかにリードしていただいた。どうやら私の実年齢はご存じないらしく、踊り終わった後、こんな可愛らしい勇者様だとはと社交辞令とジュースをくれた。冷たくて美味しいです。

ザザさんはなにやら忙しそうに楽団のほうや、広間横のカーテン奥のほうへと動き回っていた。エルネスには、スタートしたことだけでも褒めてもらいたいと思う。多分こけてはいない。ダッシュはできなかったけど。

音楽がやみ大広間中央から引き上げる華たち。休憩タイムかなー歓談タイムかなー。勇者陣も私のほうへ戻ってきてくれる。もうほんとごめんなさいね、気を遣わせちゃってるのかとなんかいたたまれないわ。

「和葉ちゃん、和葉ちゃん、次の曲始まったらさ、ぼくと踊ってくれる？」

ああ、天使おる。ここに天使がおるっ。しかし天使よ、君はまだ令嬢たちと踊る約束ノルマを果たしていないのでは。

「でも礼くん、練習のとき、私とは踊りにくかったでしょう？　それにほら、まだ踊ってもらうの待ってる女の子たちいるでしょ」

「えー、だってきりないし。和葉ちゃん、王子様と踊ってたじゃない」

第二王子はさすがに上手なリードだったけれども、初心者の礼くんにはちょっと難しかったように思う。と、広間の壁際に騎士礼服の一団が並んだ。赤バージョンの騎士服でセトさんもいる。やだーみんなかっこいい。汗臭いなんてエルネスには言われてるけど、やはり制服マジックはパワフルだ。

セトさんが指揮者に目で合図を送ると、軽やかな四分の二拍子の曲が始まった――これはっ。

「あ、これ知ってる。あれだ、ほら、あれ」

幸宏さんが気づいたようだけど思い出し切れていない。もう！

「コサックダンスです！　なんで！　ウクライナからも召喚されてたの!?」

「あ、あのおじさんが足パタパタさせるやつ？」

あやめさんが相槌をうつ。違う！　いや違わないけどそうじゃない！

「ちょ、私もっと近くで見たいです！」

スカートたくし上げて急ぎ人垣を抜ける。エルネスに睨まれていた気がするけど気にしない！

横一列の隊列がふたつ向き合い広間の端から行進を始める。

高く足を上げてカツカツカツとブーツでリズムをとりながら。

交差する隊列。セトさんを中心に三人肩を組んで、膝を曲げた片足を上げ、軸足の前で左右に振っては下ろしてを繰り返す。

騎士たちはかわるがわる、両手を広げながらつま先を膝にあてくるりとピケターン、両脚を揃え鋭くくるくると回るシェネ、片脚を横に九十度まっすぐに上げて回るアラセゴンターン！　高く遠くへ跳び回し蹴りのマネージュで広間を縦横無尽に駆け踊る。一番有名なしゃがみこんで足を交互に前に出すアレもしっかり組み込まれてる。

なんという速さ。なんという練度！　開脚ジャンプの高さといったら！

しゃらんっと銀色にひらめくサーベル。剣舞まで！　剣舞まで入ってる！


いやあああああ！　かっこいいいいいいい！


これ、こっちに伝わってたんだ。コサックダンスは武術が元になってるけど実はバレエとも相性がよくて、組み込まれている演目だってある。ああ、そうか、だったらほんとにみんな音楽なしでも私の踊りを楽しんでくれてたのかもしれない。

「どうです？　うちの奴らもなかなかでしょう？」

いつの間にか隣にザザさんがいた。

「すごい！　すごい！　あれ私も試したことあるの！　でもやっぱり脚力が足りなくて男性にはかなわなくて！　ああ、でも今ならできるかな！」

「じゃあ、ご一緒に踊っていただけますか？」

「へ」

コサックダンスは群舞だ。普通は群舞に飛び込みなんてありえない。けれど、元々が民族舞踊で即興が前提といってもいい踊りでもある。できるでしょうと、挑戦的に眉を上げられれば受けて立たないわけがない！　なんと、いう、イケメン！

ザザさんが合図を送ったのか、曲が切り替わりテンポが落ちる。空けられたセンターに、ザザさんが恭しく私の手をとって歩みだす。お互い腰に手をあて胸をはり向かい合う。

コサックダンスは男性の踊り。だけど女性と踊ったりもする。カチューシャダンスみたいにテンポよく靴音を響かせて、腰を浅くひねりながら、肩を左右交互に上げ下げしてリズムをとる。コケティッシュでありながらどこかコミカルで鋭さのある踊りだ。

ワルツのように体を添わせるわけではないから、身長の差も気になりはしない。

触れ合う寸前ぎりぎりのところで、私の右脚がザザさんの右に伸びれば、ザザさんも右脚を私の右に伸ばす。左、右、左、右。シェネでホールの左右に分かれ、イタリアンフェッテ。固定する視点はお互いの目。そしてまたシェネで中央に戻り合流する。

ザザさんたちのそれは、厳密には足先や手の動きもバレエとは違う。でも私は合わせられるし、彼らのその身についた軸がぶれない体捌きはバレエで必須とされるもの。

テンポはどんどん上がっていく。ギャラリーの手拍子が音楽を圧倒する。

たーのーしーぃいいいいい！

「いや、よかったわよ？　確かにあんたがぶっちぎりだった。でもね？　ドレスで！　足は高々と上げまくるわ、両足広げて飛び回るわ、男たちと全く同じ振り付けで踊らなくてもいいでしょうに！」

「……やー、できると思ったら楽しくてね……」

「あんだけぶっちぎって、一人の男も釣れてないなんてどういうことよ！　そういうことよ！　ザザばかりか騎士たち全員とかわるがわる激しく踊りまくったのに一人でけろっとしてるとか、そら貴族の男たちは面食らうわ！」

「楽しかった……みんなかっこよかった……」

「聞いてんの!?」

舞踏会の次の日はエルネスにたっぷり説教された。

いつものように朝一番のエルネスの講義。訓練場では礼くんが騎士たちにコサックダンスを教えろとねだっている。かっこよかったもんねぇ。

「でもまあ、舞踏会としては成功らしいわよ」

「そなの？」

「他の国に、勇者とうまくやってますよーのアピールでもあったからね」

「あー、そゆことかー」

「そっそ。勇者と一番組んで動くのはやっぱり騎士団だし。他の国も来てほしいわけだからさ。実は水面下で牽制しあってたりもするの」

なるほど。カザルナ王はやり手だしその辺は抜かりないのだろう。

「過去の勇者って、国を渡り歩いたりしてたりしたの？」

「そりゃあ戦況によっては応援に行ったりするし、魔族の勢いがおさまった後は旅に出る勇者もいたらしいわね。――国としてはさ、自国に留まって子孫残してほしいって気持ちもあるのよ」

「へえ」

「だって世界のために力を捧げてくれた人には自分たちのところで安住してほしいじゃない。それに勇者様たちの子孫も、なにかしらの功績残してくれたりするから」

「え。この能力が受け継がれたりするの？」

それはちょっとぞっとしないな……一代限りならともかく、なんだかんだと私たちは異常な存在なんだし。

「ううん。なんていうんだろう。物事の捉え方や考え方が違うというか、魔法とかね、技術の革新者になったりするのよね。今のあんたたちのとびぬけた魔力や戦闘能力とは別物でありがたい存在というか」

「向こうじゃごくごく平凡な平民なんだけどねぇ。召喚の組み替えで血も変わるってことなのかな」

「あ、でもあれよ？　もし私たちと変わりない平凡な子どもであっても全力で国をあげて支援するわよ？　それは変わらない」

言い方がまずかったと思ったのか、珍しく慌て気味に付け加えるエルネス。うん。そうだろうなぁ。そういう気風の世界だと、しみじみ思う。

「その辺りは心配してないよ。——私は子をまた持つかどうかわかんないけどね」

「ふうん？　あんまり色事に積極的じゃないのはそのせい？」

「いや、それは単純にその気になり方を忘れたってだけ」

ミーハーに心躍ることはある。ただそれは気に入った芸能人をテレビで観るようなもの。スマホの小さな画面でバレエの舞台動画を観ているようなもの。

自分の生活に組み込まれていく様は、全くもってどういうものだったか覚えていない。

長い時間をかけて乾き干からびたものは、そうそうまた潤ったりはしないのだろう。

大体にして思えば大恋愛の末の結婚というわけでもなかった。

年上の社会人だった夫にプロポーズされて短大を出てすぐに結婚した。

家計を預かるようになってすぐに、夫の結婚前の気前の良さは独身で実家住みだったからということに気づいた。

フルタイムで働くことは許さないのにパートは当たり前にしろと言われた。

パートなら、家事も育児もちゃんとできるだろう？

とても、とても、よくある夫婦のごくごく平凡な家族の光景だ。

それなりの女にはそれなりの男がつく。ただそれだけのこと。


「つまり、ブランクがありすぎるってことよね？」

「だねぇ」

別に詳しく説明などしなくても、エルネスは端的に理由づけをした。

「じゃあお試しから慣らしていけばいいじゃない」

「……詳しく」

「お試しっていったらお試しよー。体から慣らしていけばいい。減るもんでもなし、そのうち当たり引くかもしれないでしょう！」

ふふん、と訳知り顔のエルネスが続ける。……まあ、それもアリといえばアリでしょうけども。

「相手のいることなのでね？　相手がその気にならないだろうって前にも言ったでしょ」

「後腐れのない手頃なの紹介するわよー、好みとかある？　金髪がいいとか」

「女性同士の話に割り込むのは無粋ですけど、うちの奴らは数に入れないでくださいね」

いつの間にか後ろにザザさんが立っていた。いやー、さすがの騎士団長、気配消すのうまいね！

ちょっと飛び上がっちゃったよね！

「そもそもカズハさんを毒婦への道に誘い込まないでください」

訓練でもそうそう見せない威圧感をまとわせてエルネスを見おろす。毒婦て。

「あんたんとこの子じゃなきゃいいんでしょ？　私の人脈なめるんじゃないわよ？」

「神官長、あなたのその人脈とやらは信用できない」

「あんたの信用なんていらないの。カズハが決めることよ」

「……いや相手にも選ぶ権利はあるよ？」

「私の紹介する男が見てくれ気にする男なわけないでしょ！」

今の私の見てくれならちょっと気にしてほしいよ!?　十歳ボディは気にするところだよ！　十四歳のときの体だけど！

「カズハさんなら黙ってても良縁があります！　あなたの嗜好に巻き込まないでいただけますかね」

「黙り続けて独り者何年やってんのよー説得力ないわー」

「くっ……僕のことはいいんです！　とにかく勇者様付きとしてカズハさんに妙な虫がついてもらっては困るんですよ！」

「カズハだって小娘じゃないんだから」

「ちょっと二人とも待って」

いい年して異性関係をとやかく言われるのもいたたまれないが、ちょっと場にそぐわない人に気づいて二人を止めた。私たちの一歩後ろで低めの位置に、くるりとカールした金髪。

「話は終わったか？　カズハ殿、授業が終わったのなら一緒に散歩でもどうだろう？」

二十五年ぶりのデートにお誘いしてくれたのは、ルディ第五王子御年十一歳だった。……確かにボディサイズを気にしなくても問題のない人材ではある。

がたたん、ごとん、がたたん、と列車は心地よい程度の振動とともに走る。

魔動列車は蒸気機関車と同じような仕組みで動くらしい。大きな違いは蒸気は石炭を燃やすのではなく、魔法によってつくられることだ。こちらの世界でのエネルギー源はほぼ魔力のみといっていい。石炭も石油もない。ないというより、多分あるけど利用してない。だって魔力のほうがエコだし早いんだもん。なので、蒸気機関という科学的な機械を造り上げたとしても、それを動かす力は魔法という名の人力だ。機関士たちは交替で魔法を使い蒸気をつくる。魔石という魔力の増幅機能を持つアイテムはあれども、それは所詮増幅させるだけのもの。そもそもの魔法は、やはり人間が直接行使することになる。これは人力と同義といっていいだろう。何せ交替要員含めて、機関士は車両一両分の人数が乗り込んでるのだ。適切な労働時間と労働環境という王の方針がここでも活きている。

横長の風景。さっきまではパッチワークのような丘陵が広がっていて、今は黄金色の穂が波打っている。

「豊かな国ですね」

そうひとりごちれば、向かいの席のザザさんが、はい、と誇らしげに頷く。

　私たちは予定通りグレートスパイダー討伐のために魔動列車で移動中だ。この遠征のために確保した車両は三両。騎士団員とその装備だけで二両分を貸し切りにしている。

「何故だ」

「おや、ルディ王子。今日のお勉強は終わったんですか？」

「何故レイ殿はカズハ殿を抱っこして寝ているのだ」

　残り一両を貸し切りにした原因が、ひどく不服そうに腕組みして通路に立っていた。

　初めて乗る魔動列車に期待をふくらませてゆうべは寝つけなかったうえに、今日列車に乗り込んでからは余念なくすべての車両と機関部分を探検した礼くんは、もうすっかり疲れて眠っていた。いつも通り私を抱きかかえて。

　礼くんが泊りがけの遠征に躊躇した理由がこれだ。日中のべったりはかなり収まっていたけれど、眠るときには私を抱き枕にしないとまだ落ち着かない。今は二人掛けの座席に座ってるので、私は礼くんの膝に乗って抱えられている。

　勇者陣や騎士団員は慣れたものなので普通の光景だけれど、やはりこれまで交流があまり多くなかったルディ王子には奇異に映るらしい。そりゃそうだ。見た目三十歳近い成人男性が見た目十歳（十四歳だけども！）の女児をしっかりと抱え込んで眠っているのだから。

「ルディ王子、私と礼くんの実際の年齢のことはお聞きでしょう？」

「聞いたが、俺だって十一歳だ。レイ殿とそんなに変わらないし、添い寝も必要ないぞ」

　まあ、もっともだ。男の子って成長具合に個人差がかなりあるのを差し引いても、十歳にしてはちょっと幼いといえる。

ただ礼くんの場合、召喚前は一人で寝ていたと言っていた。ということは、今の礼くんには『ライナスの毛布』が必要になってしまったのだ。そしてそれは異世界に召喚されるというイベントだけとってみてもひどく自然なことだろう。

元々の個性もあるだろうけど、礼くんの言動そのものは基本的に幼い。ところがその反面、物事を静かに深く考えている。――ならば、したいようにさせて見守るのがオトナであろうと、私はそう思ったわけだ。

「礼くんと私は仲良しなのでいいのです。座り心地もなかなかですし。で、ルディ王子、今日のお勉強は？」

しかしそれを王子に説明する義理はなかろうて。

「……問題ないぞ」

「ありますからね殿下。休憩時間はまだです」

ルディ王子は家庭教師に引きずられていった。列車内なんだから逃げたところですぐ見つかるのは当たり前だろうに……。

この間不意に訓練場に現れたときも、すうっと背後に現れた家庭教師に回収されていた。お誘いの返事をする間もなかった。このやりとりを数度繰り返し、業を煮やした王子が駄々をこねて遠征に同行と相成ったそうだ。

「和葉ちゃんモテモテだねぇ」

幸宏さんがにやつきながら茶化してくる。

「別に勉強終えてから誘いに来たら済む話だと思うんですけど、なんだって抜け出してくるんでしょうね。しかも逃げ場のない列車内で」

「男の子は障害あるほうが燃えるもんなんだよ。な？　ザザさん？」

「まあ、わからないでもないですね」

「ほほぉ。幸宏さんはともかくザザさんも？」

それはちょっと意外だ。ザザさんは苦笑いでそれ以上答えない。

「俺はともかくってなんだよ。っつうか、和葉ちゃんって子ども好きなのかと思ってたけど王子にはそっけないね？」

「別に子ども好きなわけじゃないですよ」

「礼には甘々じゃん」

「礼くんがかわいいから甘々なんです。子どもだからじゃないですよ」

だな、うむ、と車両のあちこちから頷く気配。レイさま父の会メンバーか。ですよね。というか、あの王子、礼くんにああいう張り合い方するならちょっと今は近寄らせたくないなぁと思うんだけど、それが過保護なのかどうなのか迷うところだ。

「……んー」

礼くんがもぞもぞ身じろぎをして、私の頭に頬ずりしてまた落ち着く。つむじ辺りのほつれ毛が寝息でふわふわ揺れている。この体勢だとちょっと邪魔になるかもしれないなと、後頭部でひっつめて丸めた髪をほどいて片側に寄せ、ついでに礼くんの頭もひと撫でした。よしよし。

「……和葉ちゃん、子ども好きじゃないんですか」

翔太君が幸宏さんと同じ問いを繰り返す。けれど込められたニュアンスには棘（とげ）があった。

「だから子ども残してきたのに帰りたくないんですか？」

モルダモーデのいう『絶望』と、不自然なほどに『帰りたくない気持ち』について、他の三人にも話しておこうと言い出したのは幸宏さんだ。

「俺ははっきりと思い出せてないし、本当に関連性があるのか、それこそモルダモーデの適当な口車なのか、まだわからないけどな」

「それこそトラックにはねられてもう向こうの世界では死んでるだけなのかもしれないですしね」

トラックのくだりで翔太君が吹き出した。わかるかね。君も。

「まあ、少なくとも俺と和葉ちゃんは元の世界に帰りたいとは思っていないし、もしかしたらそれは絶望とやらが原因なのかもしれない。てことは、お前らもそうである可能性があるわけだ。あー、別に思い出せってわけじゃないぞ。ただ、もし思い出したときに、話したいと思うなら聞けるぞって話」

もし、絶望という重い意味を持つ単語にふさわしい記憶ならば、思い出さないほうが本人のためかもしれない。でも思い出してしまったらきっとつらいだろう。そのときに同じような立場の人間がいるとわかっていたら、少しはなにかの足しになるかもしれない。

「話す相手が俺らじゃなくてもかまわない。ザザさんや他の人だっていい。自分が話したいと思ったときに、話したい相手に話せ。だけど話そうとしていない奴に聞き出そうとするのはなしだ。いいな？」

もしまだ十代の三人が記憶を持て余したら、そのときどうするかの選択肢をつくってやりたいと、幸宏さんは思ったそうだ。召喚仲間のよしみってやつだ、と。特に反対する理由もないので了承した。

礼くんは、ふぅん？　とぴんと来ない顔をして、あやめさんと翔太君は若干目を泳がせながら頷いていた。

「だって母親が子どものいるところに帰りたくないなんて、おかしいじゃないですか。僕、和葉ちゃんは礼君にも優しいし、子ども好きで大人だから黙ってるけどほんとは帰りたいの我慢してるんだと思ってたんですけど」

「おい、翔太、そういうのよせって」

「でもそうでしょう普通」

「——ショウタ、僕はそちらの世界の普通を知りませんけど」

幸宏さんが声を強張らせ、ザザさんは逆にいつもよりもさらに柔らかな声を挟んだ。

「こちらでは、個人がどうあるべきと他人が勝手に決めつけないのが普通ですよ。大人が相手ならね」

そう、確かにザザさんはそうしてた。子どもは成人してますからと言ったときも、帰りたいと思わないと言ったときも、それ以上聞かなかった。

そりゃ、召喚した立場からは言えないというのもあるだろうけれど。でも、ザザさんは奔放なエルネスの振舞いに怒ることはあっても、いい年してるくせにとか女性としてとか、そんなセリフは吐いていないのだ。

エルネスもそうだ。あやめさんに同じようなことを言っていた。食堂のマダムたちは、まあ、そこまで凛としてはいないけども、口の過ぎた人がいればさらっと窘める人もいる。

だから本当に、これがこの国の普通なのだろう。

「うちの子はみんな成人して手が離れてると言ったと思うけど?」

「でも」

「普通なら、いくつになっても母親なら我が子が心配なはず？　で、私が普通でないとして、それで翔太君になにか不都合があるの？　それとも私に普通でいてほしい理由があるの？」

翔太君はなにかを言いかけては口を閉じるを繰り返す。直情的に言い返せない辺りは翔太君の美点でもあるかもしれない。

「順当にいけば親は子どもより先に死ぬの。うちの子は成人してから母親がいなくなった。これは普通のことよね。むしろ幸運と言える。独り立ちするまで親の庇護下にいられて、それを当然として暮らせてたのだから。正直うちの子たちは私がいなくなっても問題ないだろうと思ってる。幸か不幸かそう育ったのでね。父親だってまだ生きてるわけだし」

礼くんの髪をもうひと撫で。よしよし。

「というか私に普通であってほしいわけじゃないよね？　私は翔太君の母親代わりになれないし、ならないよ」

「――そんなこと言ってない」

翔太君はそう言い捨てて、隣の車両に続くドアから出て行った。――車内の空気悪っ。

「ほんと逃げ場のない列車の中でどうしてやらかしちゃうんでしょうね」

あえて他人事の顔をしたままつぶやいてみる。

「……言いすぎ」

あやめさんの非難まじりの声。ですよね。

「先に仕掛けたのは翔太だろ。――お前らいい度胸してるな。俺の中で怒らせちゃいけないランキング第一位はぶっちぎりで和葉ちゃんだぞ」

「心外です。別に怒ってないですし」

「怒ってなくてそれならなおのこと怖いわ」

「大丈夫ですよ。きっと優しいお兄さんかおじさんがフォローに行ってくれます」

「あー、多分適任は優しいお兄さんのほうですね」

「……うーーわ、すっげぇ無茶ぶりきたわーないわー」

いってらっしゃーいと手を振る私とザザさんに見送られて、幸宏さんは隣の車両へ向かった。

「それでもやっぱり言いすぎは言いすぎじゃない。翔太だってまだ十六なんだし」

あやめさんはまだ納得してない。納得しなきゃなんないわけじゃないけどね。

「だから私は別に子ども好きってわけじゃないんですって」

「――そんな言い方……少し優しくしてあげたって」

「んー、よくわかんなかったけど翔太君は甘えん坊なの？」

礼くんがすりすりとまたつむじに頬ずりしながら、きゅうっと私を抱きしめ直した。うん、やっぱり起きてたかぁ。

「そしたらあやめちゃんが翔太君に優しくしてあげたらいいじゃん。優しくしてほしかったら優しくしてあげなきゃいけないんだよ。ぼくは和葉ちゃんに優しくしてるもん」

知らないの？　と、まるで含むことのない口調で礼くんが続ける。そうだよね。君はいつだって私に優しい。

「それに和葉ちゃんは駄目。和葉ちゃんはぼくのお世話で忙しいんだからね」

不覚にも鼻水が出た。父の会辺りから（自分で言った！）（自分で言った！）と堪え声が聞こえる。もうどうしようこの天使。

「そろそろ結婚しようと思うんだ」

珍しく四人家族全員が揃った夕食の場で息子がそう切り出した。お相手は学生の頃からお付き合いしている同じ年の女性で、何度か一緒に食事したこともある利発で明るい理学療法士さんだ。娘も市役所に就職して一年になり、肌に合った職場なのか毎日生き生きと働いているし、順調で申し分のない生活だと思う。家族から祝われ、照れくさそうに笑う息子。和やかに食事は進む。

「ねえ、お兄ちゃん、彼女お仕事は続けるんでしょう？」

「うん、職場は理解があるらしくてさ。あいつもずっと働き続けるつもりで資格とったわけだし」

「だよねぇ。私もそのつもりで公務員になったけど、やっぱり手に職もかっこいいよね」

ふと、息子に念を押したくなった。まさかうちの子に限ってなんて気持ちで。

「お兄ちゃん、共稼ぎなんだからちゃんと家のこと一緒にしなきゃ駄目だよ？　大丈夫よね？」

当たり前だろ今どき、と笑う息子。そうよね、ちゃんと家事だって教えてきたつもり。そりゃあ私がいるから実践することはなかったけど。はいはいと調子よく聞き流されていた気がしないでもないけど。

「父さんみたいに俺まだ稼げないんだし、その辺りの分担だってちゃんと二人で考えてるよ。まあ、彼女は母さんほど家事好きじゃないしね」

――は？　え？　いや、その意識があるのはよかったと思うけど、え？　彼女への愛情がにじんだ苦笑はほんと結構なんだけど。父さんみたいにってなに？　母さんほどってなに？

「まあ、今どきはみんなそれが普通だよねぇ。お母さんみたいに仕事も家事も好きな人のほうが珍しいよ」

これは家族の和やかな夕食の会話。

子どもたちは自分の父母に敬意を払っているとしか思えない会話。

本人たちだってそのつもりだろう。

「で、さ、ちょっと父さんたちにお願いがあるんだけど。式とか披露宴とかさ、彼女の希望通りにしてやりたいんだけど、予算がさ」

「ああ、できるだけ援助はしてやる。な？」

鷹揚に頷く夫に、オーバーした予算を告げる息子。まあ、なんとかなるんじゃないか？　な？なんて。そうね。金額だけみれば、通帳にはそのくらいはぎりぎり入っている。唐突に決定される家族旅行、子どもたちの進学、折々に減り続けていた私の持参金が入った通帳に、だ。

「待って。自分たちで用意できないならそれは身の丈に合ってないってことでしょ？　それにそこまでうちは余裕ないよ？」

穏やかな空気が若干凍る。子どもたちが予想外の顔してるのはまだいい。何故夫まで同じ表情をしているのか。

「……おまえ、そこまで余裕ないわけじゃないだろう」

「そ、そうだよね。だってお母さんだって趣味とはいえ働いてるんだし」

「や、ごめん母さん、でも彼女も楽しみにしてて」

余裕は、これからやっとできる予定だった。子どもたちが巣立って、やっとこれから老後の資金に回せるくらいの余裕だ。それは夫婦で話したよね？

わかってるはずでしょう。私が直に口にしたことはないけれど、あなたのお給料だけでは子どもたちの大学進学すら危うかった。

楽しみにしてるって、まさか援助をあてにして彼女と計画してたのですか。そして趣味？　趣味と申したか？

「別に、趣味で働いてたわけでも、家事が好きなわけでも、ない」

夫は若干睨みを利かせはじめて。

子どもたちは本当に意表を突かれた顔をして。

「え、だって、だからパートなんでしょう？　ほかに趣味もないし」

二人で声を揃えて。

「好きでやってたんでしょう？」

それが召喚前夜の記憶。

魔動列車が夕暮れ時の茜色を受けながら滑り込んだ駅は、二階建ての石造りで小学校の体育館ほどの広さだろうか。日本の感覚でいえば小さな町の中心駅くらい。

それでもまださほど発達しているとはいえない交通網のこの国で、魔動列車が止まる程度には大きめの街なのだろう。王都は山のふもとに広がっていたから、建物の色とりどりの屋根は段々畑に実る果実のようだった。見渡す限りの平地にあり、高くても三階建て程度の建物しかないこの街は、空こそ広いがどこか窮屈そうにそれぞれの外壁がひしめき合っている。

「んー、『おばあちゃんのごはん』？」

「惜しい。『おばあちゃんちのおかず』。じゃあ あの緑の看板は？」

「えっとねぇ、『おどるうま』！　何屋さんだろ？」

「あたりー。何屋さんだろうね。防具屋さんぽいかなぁ」

「残念。『はねうま』です。ちなみに馬具屋ですね」

「えー」

まちがっちゃった、と手をつないでる礼くんに笑って肩をすくめてみせる。和葉ちゃんもまちがえたーと礼くんも笑う。ザザさんは私たちの斜め前を先に歩く。後ろにはセトさん。

グレートスパイダーの繁殖地はここからさらに馬車で数時間かかる村の近くだった。当初は泊まらずに馬車を走らせ野営も経験しましょうとのことだったのだけど、ルディ王子の乱入によって明朝早くに出発するスケジュールになった。当の王子は慣れない長時間の列車移動に疲れ果てて宿で熟睡してるらしい。私とのお散歩デートはまだ叶(かな)っていない。なにしに来たんだろうね、あの子は……。

私たちはお店の看板をあてっこしながら軽い探検だ。結構文字も読めるようになってきてるんだけど、耳で聞く言葉は日本語に自動変換されてしまうせいか、文字と音が結びつけにくくて勉強はなかなか進まない。時折ザザさんがちらりと振り返ってさっきのように訂正を入れてくれたり。

探検に行ってくると意気揚々宣言するとザザさんたちもついてきてくれた。二人とも平時の団服に片側だけ肩にかける短いマントをまとっていて、ちょっとかっこいい。私たちの護衛なんだそうだ。魔物は街にも出るのと聞く私に、ザザさんはなにを言ってるんだという顔をした。

「魔物じゃなくて人間ですよ？」

「……この世界にも悪い人間ているの？」

すごく頭の弱い人のようだけど、これまでずっと見てきたこの世界での『普通』には、悪人というものが入り込む余地はないように思えていたのだ。

「いますよ!?　盗賊から詐欺師、殺人犯に反逆者。当たり前じゃないですか！」

「まじですか……こっちに来てから優しい人ばっかりだし、てっきりそういった人はいないものかと」

「光栄ですと言って終わらせたいところですが、油断はくれぐれもしないでくださいね？　何事もないよう努めてますし、悪漢になにもさせやしませんけど、僕らから離れないでください」

私たちのほうを向くときはいつも通りの柔らかな表情だけれど、周囲を油断なく見回すときの視線は鋭い。きっと後ろにいるセトさんも同じなんだろう。

もうすでに日は落ちていて、それでも駅からまっすぐ延びているこの通りには街灯と店の灯りにあふれている。すでにほろ酔いでご機嫌な集団や、家路を急いでいるだろう人々。私たち四人の隊列が崩されない程度の雑踏だ。

一時間ほど散策して宿に戻る頃には、礼くんの両手にそれぞれ露店の串肉とバナナっぽい果物が握られていた。私は食堂のお給料ももらっているけど、勇者陣にもちゃんとお手当的なものが支給されている。でも、ザザさんもセトさんもねだられるままに買い与えていた。夕ご飯前なんですからねとか言いつつ、礼くんの串肉は三本目だ。ちょろすぎる大人がいる。

「お、おかえりー。礼、いいもの持ってんじゃん。一口くれ」

「いいよー」

街一番だという宿のエントランスホールは、結構広くてそれなりに豪華だ。そこで出迎えてくれた幸宏さんが、礼くんの串肉をひとかけら頬張る。

「美味いね。なんの肉だろ。ビール飲みてぇ」

「このへんで生息してるグレイバーソンって魔物ですって。牛っぽいらしいですよ。明日狩りますか」

「和葉ちゃん、ほんと自給自足甚だしいな!?」

「……正直、今回の狩りは肉じゃないんで物足りないです」

「お、おう」

幸宏さんたちは個室だけども、礼くんと私は当然同室だ。

夕飯とお風呂を終えて、今はすっかり寝入った礼くんの前髪をそっと整える。小さなテーブルにはナッツの皿と木苺の皿とグラスが三つ。幸宏さんが琥珀色のお酒をそれぞれに注いでくれる。

「はい、今日も年長組おつかれさまー」

「まあ、言うても幸宏さんはあやめさんと三つくらいしか違わないのでは」

ザザさんと幸宏さんとでグラスを軽くあわせる。王城でも時々開催される年長組の会。礼くんが寝入ってからなので大体私の部屋に集まることになる。

「やー、あやめはしっかりしてるけどねぇ、どっちかっていうと翔太と変わんねぇな」

「――ショウタの様子はどうです？　夕食のときは落ち着いていたようでしたけど」

んー、と幸宏さんは顎を人差し指で軽く掻く。

「俺、特になんも言ってないっすよ。あいつ、車両の連結部のとこにいたんだけど、横でしゃがんでただけだし。なんか話してくるかなぁとも思ったけど、なんにも」

「まあ、親ってのが翔太君の記憶のなにかにひっかかってるんじゃないですか。理想の親像に固執する割りに帰りたくないわけですし」

「カズハさんは大丈夫なんですか？」

ザザさんがいつもよりちびちびと飲んでるのは、やっぱり王都から離れているからだろうか。

「ああ、別にあの程度のことよくあることですよ。普通なら、母親なら、女ならってね。いちいち真に受けるのはもうやめたんです」

「やっぱ、和葉ちゃんは思い出してるんだ？」

「多分これのことかなぁとは思ってますけど、あまりに些細なことすぎて、これが絶望とかいうなら私メンタル弱すぎだろうってプライドに障りますね」

「あ、でも俺も多分そんな感じかもなぁって気がする。ほら、ザザさん、こっちじゃさ、まあ、俺ら王城や王都しか知らないから余計思うんだろうけど、意外と生活つうか生存するのが難易度高いじゃないっすか。魔物とか」

「うーん、僕らはそれが普通ですからねぇ。さすがに魔物や盗賊に襲われて村が壊滅した生き残りとかいうレベルだとちょっと少数派になりますかね。うちの団にも何人かいますけど」

「え。でも騎士団って貴族出身者が多いんじゃないんですか？」

村って、いやでも村にいる貴族もいるのか。え？　そお？

「魔力量が生まれつき多いのが貴族の所以（ゆえん）ですから、自然と多くはなりますけども。ただ平民にも能力の高い者は出てきますから、本人が望んで認められれば騎士にも貴族にもなれますよ。……生き残れたってことは相応の能力があったからってこともありますし」

この国の身分は王族と貴族と平民しか区分がない。爵位すらない。貴族とは魔力の多い血統ゆえに『与える者』として存在していて、ノブレス・オブリージュが言葉通りの意味で機能している。

だから平民であってもその資質が認められれば、ザザさんの言う通り騎士にも神官にも貴族にもなれるとは習ったけれども。その仕組み、ほんとにちゃんと機能してるんだ……。

「俺らのいた国はさ、命の危機ってものをほぼ感じずに暮らせるわけっすよ。大抵は。だからこう、そういう話聞いちゃうと、絶望ってものはもっと重たいもんじゃないかって気がしてくるっつうか。俺、そんなきっつい思いしたか？　みたいな」

ザザさんは眉間に深く皺を刻んで、その厳めしい表情とは裏腹にこてりと首を傾げた。あ、ちょっとかわいい。

「いや、そんなの、その人がそう感じるならそうなんでしょう。比べるもんじゃないですよ」

「ほんっといい男だな！　俺ザザさんなら抱かれてもいいわ！」

幸宏さんはばんばんとザザさんの肩を叩いて、グラスに酒を注ぎ足した。

すっぽりと私の腕におさまって、声をたてて笑う顔。

——前の晩つけた家計簿の数字を忘れられた。

公園で私の手をきゅうっと握ってひっぱる小さな手。

——バレエ教室なんてそのうちまた通えるようになるよと思えた。

おやつを食べながら今日学校であったことを楽し気に報告してくれる声。

——収入は少ないけど、おかえりと迎えられる時間に帰ってこられる仕事でいいと焦りを抑えられた。

選択肢はいつだってあった。

そのときそのときに、ちゃんと自分で考えて選んだのだから誰のせいでもない。誰かのせいにするつもりも、誰かのためだったというつもりもない。

それでも湧き出る不安も焦りも苛立ちも迷いも、ひとつひとつ、いいことや幸せなことを思い出して塗り潰していけた。

だけどそのうち塗り潰すための幸せが、どんどん少なくなっていった。思い出せなくなっていった。

誰よりも早く起きて朝ご飯は欠かしたことはない。

——誰か一人はそのときの気分で食べないことが多くても。

仕事の前に掃除洗濯はすませてた。

——だから誰も私がしてることに気づいていなかった。

節約のために毎日スーパーでその日安い材料で夕食を用意した。

——食べてきたから要らないと、帰ってきてから言われても。

趣味がないって？　バレエ教室に行きたいって言ったじゃない。それをみっともないと反対したんじゃない。

趣味でパートをしている？　パートしか許してもらえなかったの。誰が家事をするんだって。

余裕がある？　その余裕は、誰がつくったの。誰が支えていたの。

――それを全部、私が好きでやっていただけのことだと思っていたの。

ああ、もういいや。って、私をかたちづくる皮一枚を残して、すべてがすとんと抜けていった召喚前夜。本当に、ありふれた、つまらない、ただ自分の選択の結果でしかない身勝手な絶望だ。

早朝、まだ西の空は藍色の時間で、出発間際の馬車の中。乗り合いバスみたいな馬車が二台、荷馬車が一台、あとは王子用の馬車だ。本当に狩り場までついてくる気らしい。なんだかんだと王子おねだり上手よね。そして私は私であやめさんにおねだりをしている。

「ね、お願いお願い」

「えー……」

「はよー……ってなにしてんの」

まだ少し眠たげな幸宏さんに挨拶を返した。

「ピアスの穴、開けてほしいんですよ。ちょちょっとやってくれればいいのにあやめさんがきいてくれないんです。こっちに来たときに穴ふさがっちゃってたんです」

「だってピアッサーもないじゃない。私だって自分でやったことないのに、人の穴なんて開けたことないし」

「へぇ？　俺やってやろうか？」

そういえば幸宏さんの耳には三つピアスの穴が開いている。右にふたつ、左にひとつ。

「いいですか。布団針とかないからとりあえず太めのピンは手に入れたんですけど」

幸宏さんは私の顎を持ち上げ、右耳、左耳を確認する。開けてほしい場所にはもう印をつけてある。

「準備いいじゃん。ああ、でもピンはいらないよ」

パンッと右の耳たぶに弾かれた痛みが走った。

「――っ！　は!?」

「ほい、左」

今度は左の耳たぶに。

「えっ、えっ、今？　今のでもう？」

「うむ。終了。見事な手腕だ俺」

「あれ？　心の準備とかは!?　え!?　あっ、痛い！」

「用意してんでしょ？　ピアスつけてあやめに回復してもらえばピアスホール完成」

「いやそうでなく、一応久しぶりなのでちょっと緊張してたというか心構えしなきゃと思ってたというか！　あれ!?　ピンも消毒してあったのに！　なんで開けたのなにしたの！」

「矢も針も変わらんもん。魔力なんだから消毒もなんもないじゃん」

「なるほど!?」

クロスボウ・ガントレットで魔力の矢を使いこなす幸宏さんには、矢を針の細さにするのも自在らしい。朝起きてから入れてた気合の行き場がなくなった。握りしめてたピンの行き場もなくなった。妙な理不尽さを感じる！　ためらいなさすぎじゃないこの人！

「か、和葉ちゃん痛い？　だいじょうぶ？」

「ああ、礼くん、大丈夫。ただちょっとあの人がいきなりすぎたから……あんなこと、急に、そんな」

「言い方やめて！　こういうのは不意打ちで一気にやったほうが穴曲がらなくていいんだって！　ちょっ！　なんで俺、礼に睨まれてるの！」

昨日、街を探検したときに買ったピアスをつけて、あやめさんに回復してもらった。穴の傷はすぐに皮がはり、ファーストピアス要らずでらくちんだ。

「さすがあやめさん、いい仕事です」

「――確かに楽だわね。穴開けてすぐに好きなピアスつけられるようになるとか」

手鏡でもう一度、欲しい場所にちゃんとおさまった石を確認した。ルチルクォーツに似た透明な石の中に金色の針が羽毛のように散っている小さな石。花びら形の台座が石を囲っている。

「これね、身に着けていると私の魔力を吸い上げてちょっとずつ、色や、この中の針みたいなのの形を変えていくんですって」

ザザさんが昨日教えてくれた。ほんのちょっと気取った店構えの宝飾店で、入りにくいなと見てたらエスコートしてくれた。エスコートですよエスコート！　初体験でした！

「へえ、魔力の色って人それぞれ違うんだっけ。……私も欲しいかも」

「まだお店開いてる時間じゃないですしねー。品揃えはやっぱり王都のがいいってザザさん言ってましたよ」

「……帰ったらエルネスさんに店教えてもらお」

あやめさんはもう昨日のわだかまりを見せていない。彼女はこう、切り替えが上手だなぁと思う。翔太君は挨拶してからずっと無言だけど。

「準備できましたか？　出発しますよ——ああ、昨日のピアスつけたんですか。やっぱりお似合いです。どんな石になるか楽しみですね」

最後に乗り込んできたザザさんが、目ざとく気づいてくれる。見たかね勇者男子諸君、これが紳士の嗜(たしな)みだよ。

「和葉ちゃん、めっちゃ嬉しそうだな」

幸宏さんが冷やかし声をあげるほど顔に出てただろうか。

「嬉しいですよ。誰にも遠慮せず許可も要らずに、自分が働いたお金で自分だけのもの買えるなんてすごい久しぶりです」

学生のとき以来かもしれない。初めてのバイト代でファーストピアスとピアッサーを買ったのを思い出す。うん。嬉しいよ。ついにやけ顔になってしまうくらい嬉しい。

「やっぱ無理これは無理なにこれひどい」

あやめさんは首をふるふるさせて後ずさった。

「クモどころか、すっごいクモじゃないこれ!! ちょっと！ こっちに寄らせないでよ！ いやああ！」

グレートなので、すっごいで合ってるんじゃないかな。

森からうぞうぞと群れをなして這い出てくるグレートスパイダー。一匹一匹が子牛ほどの大きさで、私の胴より太い関節の脚にはみっしりと黒光りする毛が生えている。

「あの足の毛は、糸とかに使えないんですか」

「ほんと無駄なく使おうとするね。狩人の鑑か」

「あー、あれは毛に見えますけど棘状の甲殻なので無理ですね」

なるほど。ウニの棘みたいなものか。

「あやめさん、あれ、毛ガニだと思えばいいのでは」

「ばっかじゃないの！ ばっか！ カニに謝んなさいよ！」

確かにクモと聞いて嫌な顔はしていたけど、想像をはるかに超えすぎていたらしいあやめさんは、今回は後衛よりももっと後ろに陣取ることに決めた。ルディ王子の前衛と言ってもいいくらいの位置。回復は届くから！　届かせるから！　と叫んでる。

「……節足動物としてなら、クモもカニも仲間なのに」

「まじやめて。俺もカニ好きだからやめて」

私たちはこれまでの訓練を経て、基本陣形はもう整っている。礼くんが前衛、幸宏さんは前衛と中衛を状況に応じて移動、翔太君は基本後衛で回復職に落ち着いたあやめさんの護衛にあたる。

ただ、今回あやめさんは護衛もあまり必要じゃないくらいに後ろに下がっているし、魔物の数が多いため、比較的広範囲に攻撃が届く翔太君は中衛にいる。礼くんや幸宏さんが討ち漏らしたものを狩る担当だ。

私は常時狩りに入っているわけではないのもあって遊撃となる。どうしても連携がとれないからではない。はず。昔からチームプレイが苦手だったからとかそういうわけではないのだ。礼くんがぐずってたけど、回復魔法の得意なセトさんが私専属としてフォローに回るということで納得した。というか、私が礼くんの前衛にぐずりたいくらいだった。でも礼くんが得意とする戦闘スタイルであることと、オールラウンダーの幸宏さんがついていることから意外と安定すると聞いて、私も渋々納得した。

「まあ、突破力としての前衛と考えるとカズハさんが飛び抜けてるんですけどね。ただ誰もついていけない可能性が出てきちゃうので……」

ザザさんのセリフにはちょっと納得いかなかった。

私たちの陣営から森へ向けて、扇状になるよう一定間隔で篝籠が置かれている。グレートスパイダーが嫌がる香を焚(た)いて拡散させないためだ。グレートスパイダーの生態はクモというより蜂に近い。クイーンを頂点とした集落をつくり、繁殖期になると新しいクイーンと増えたグレートスパイダーで新居を求めて移動し、通りがかりの村を襲うのだ。狩るのは森の周縁に近い場所で集落を持つ群れ。奥までは狩りに行かない。殲滅させてしまうと生態系が崩れ、新たな魔物が脅威となってしまうからだ。大体移動する群れは五百体前後。次々と森から這い出てきてるのは、扇形の頂点に位置する私たちの陣営に誘導するために香を炊いているせい。誘香と嫌香を組み合わせ、騎士たちがつくる障壁(グラスウォール)でさらに進路を操作する。

障壁(グラスウォール)は六角形のパーツがいくつか組み合わされて空中に築かれる薄い曇りガラスのようなものだ。展開する人によってパチパチと火花や電光が散り、色も半透明ながら個人で違う。

私たちを獲物と見定めて、ぶぉんと羽音をたて舞い上がるグレートスパイダーの群れ。糸を編んだような薄羽を鳴かせる。あまり高くは飛べないそうだが、空中での機動力は高い。後方の森の緑が黒く塗り潰されるほどのそれは、確かに広範囲の魔法で殲滅したほうが楽だろう。というか、したくなる。生理的に。

障壁(グラスウォール)が何枚も進路をふさぐように展開され、その重なり方とあえて空けた隙間で、グレートスパイダーは群れのまま突進することができない。展開指示はザザさんが出している。時に暗号のような指示を出し、時に自分の障壁(グラスウォール)で方角や角度を示す。目まぐるしく張り直されるそれは、グレートスパイダーの動きに合わせて角度、位置、高さを変えていき、前衛の礼くんたちのもとには狩りやすい数だけが順番にたどりつくよう展開されていく。

もうすでにクモの首を狩っては、落ちた胴体を蹴って脇に捨て、の流れ作業のようになっていた。

今回は特に障壁(グラスウォール)操作や遠距離攻撃の得意な騎士を選抜したそうだけど……。

「ザザさん、すごくないです……？　なんですかあの指示と判断の速さ。実はクモ使いなんですか」

「クモ使いって。団長は個人の戦闘力の高さはもちろんですけど、なによりもあの指揮能力と判断力でのぼりつめた人なんですよ。団長が率いると人的損失率が異常に低いんです」

あやめさんよりは前方、ザザさんたちよりは後方の少し空間のあいた位置にしゃがみこむ私の横で、セトさんが誇らしげに教えてくれる。セトさんはもちろんちゃんと立ってる。

非常に不本意ながら、私は開始直後に退場命令が出た。

ちゃんと糸腺を壊さないように頭だけハンマーで潰したのに、衝撃は甲殻の中を伝ってグレートスパイダーの内臓を壊滅させていたらしい。糸腺もろとも。ザザさんの慧眼によりそれはすぐに判明して離脱とあいなったわけだけど、ほんと笑わせんのやめてと幸宏さんが叫んでた。そう言われても。

ちなみに私たちも全員障壁(グラスウォール)はちゃんと張れる。ただ、私はザザさんの指揮の暗号が全く覚えられなかった。暗号というか、位置を碁盤の目を指すように記号にあててはめてるだけなんだけど、角度や高さも組み込まれてて三次元どころの話ではなかった。あんなの出すほうも出すほうだけど、即座に指示通り展開できるほうもできるほうだ。

「精鋭とはいえ、今回も臨時編成なんですよね……？　みなさんもすごいですよね……」

「あー、確かに精鋭ですけども、士気がいつもより高いせいもありますね」

「ふむ？　グレートスパイダーそのものは雑魚ですよね？　なんでまた」

セトさんは、頬をちょっと掻いてから、前方の様子を見ながら少し屈(かが)み込んだ。悪戯小僧みたいな笑顔だ。

「カズハさんが見てるからですよ」

なにいってんだこのひと。表情に出てしまったのか、セトさんはちょっと吹き出してから、ひどく優し気な顔をした。

「魔族が突然現れたあのときにね」

モルダモーデのことが急に出てきて、つい目を瞬かせてしまう。

「カズハさん、怒ってくれたでしょう。ちょっとした手違いとか言うなって。自分たちの仲間の死が軽く扱われたことを怒ってくれた。自分たちはそれなりに強者の自負はあれども、勇者様たちに比べればはるかに弱い。殿(しんがり)をつとめて勇者様たちを逃がせるかどうかも危うかったくらいです。しかもあのときはまだ一人一人と親しくなってもいなかった。なのに怒ってくれた。もうそれを団員で知らない奴はいませんよ」

いや、それは、あなたたちこそじゃないか。私たちのために盾になってくれてたからじゃないか。

「それにね、カズハさん、食堂でごちそうさまっていうとすごく元気に返事してくれるじゃないですか。訓練や巡回から戻るとおつかれさまとかおかえりなさいって迎えてくれる。あれね、すごく嬉しいんです。……厨房の女性たちは、少し自分たちと距離があるので」

王城内で働く女性たちは殉職した騎士の遺族というか未亡人が多い。厨房は特に。本人が希望さえするなら優先的に雇用するからだそうだ。彼女たちは亡くした夫や子どもと同じ騎士たちの力になりたくて勤めるけれど、ある程度以上親しくなることを避けがちだ。どうしてもまた失ってしまうことが頭をよぎるらしい。騎士たちもそれをよくわかっている。どうしようもない距離なんだろう。

「家に帰ってきたって感じるんです。今日も帰るぞ、今日も帰ってこられたって。だから増えたでしょう？　厨房に声かける奴ら。だからね」

――確かにごちそうさまと言ってくれる人が増えてきてた気がする。セトさんは、また悪戯な表情に戻して。

「いいとこ見せたいんですよ。自分も今日はそのつもりだったんですが」

「そ、それはかたじけない」

セトさんは私の専属扱いなのでこうして一緒に退場しているわけで。

くそぉ。こんなの不意打ちすぎる。

セトさんは、また姿勢を正してまっすぐに立ち、私は色々とこみあげるものをごまかそうと空を仰いだ。翼を広げた影が太陽を横切っていく。――でかい。

「……セトさん」

「はい」

「あれはなんの鳥でしょう」

手で日除けをつくってセトさんも空を見上げた。

「スパルナですね」

「強いですか。魔物ですか」

「そこそこ強い魔物です。ただひどく慎重な奴でして、少数の獲物じゃないと襲ってこないんですよ。グレートスパイダーを狙ってるんでしょうけど、自分たちのこの数じゃ降りてきませんね。弓も届かないのでなかなか狩りにくい奴です」

「美味しいですか」

「え？　そう、ですね。一応そういった理由で出回りにくいですが、美味な高級肉として有名です」

「じゃあ食べましょう」

「え？　あ、あれ？　降りてきてる……？」

スパルナを重力魔法で引き寄せてみるけど、敵もさるもの、ふらつきながら高度を半分ほど落としつつもそれ以上落ちてこない。

「うーん、さすがにちょっと遠かったですね。でもあそこまで降りてきたならいけますかね」

「えっ、あっ、じゃ弓持ってきますっていや、射手一人つれてきま」

「や、ちょっと行ってきます」

障壁（グラスウォール）を二メートルの高さに展開して飛び乗る。私の障壁（グラスウォール）は薄墨色で雷光が走るタイプだ。

「ザザさーん！　私ちょっと肉とってきます！」

「へぁ!?」

聞き慣れない抜けた声を出す指揮官に報告して、またさらに二メートル上に障壁（グラスウォール）を展開して飛び乗り、またさらにと繰り返す。

自主トレ名目の礼くんとの鬼ごっこで編み出した秘技・障壁（グラスウォール）渡り。餌を見つけたと思ったのか糸を吐き出しながら飛びかかってきたグレートスパイダー一匹の頭を回し蹴りで落として、さらに上へ。ハンマーじゃなきゃ内臓は無事だろう。


専業主婦になるのが夢だった。早く自分の家庭をもちたかった。

だから短大を卒業して渡りに船とばかりにプロポーズを受けた。

家族が帰る場所、居心地のいい場所、丁寧に巣を編む鳥のように、家を整えて食事をつくって、そうして家族を迎える場所になりたかった。


重力に捕まってもがくスパルナまであと六メートル。

見返りを求めない愛などとよく言うけれど。

欲しいものは欲しいのだ。

褒められたかったとかそんなことではなく、ただ、私がすることや思うことを大切に受け取ってくれることが。


あと四メートル。


――生まれた世界からこんなに遠い場所で、まさかこんなふうにもらえるとは予想のつくはずがない。

ここからは少し小刻みに障壁(グラスウォール)を展開して一気に駆け上がる。

「やきとりか！」

顕現するハンマー。スパルナと目が合う。なにそれって顔してる。

「照り焼きか！」

実にちょうど良く現れた鳥肉の頭をめがけてハンマーを振り下ろし、そのまま宙がえりして背に飛び乗る。頭は弾けて飛んで行った。

広げられたままの翼は落下の風を受けて滑空を始める。重力を操作し速度を調整しつつ、地上のセトさんのそばに降り立った。

KARAAGE

「からあげがいいですかね！　やっぱり！」

「え、あ、ごめんなさい」

「なにが!?」

いやなんかほんと心当たりはないんですけど、首のないスパルナの背に王者然として立つカズハさんが降臨したときにですね、子どもの頃悪さして隠そうとすると必ず見つかって言われた「悪い子は首なし騎士が見てるぞ」って祖母の声が聞こえてきた気がしたんですよね……とセトさんの言。

これもちょっと納得いかなかった。

それはありふれすぎた身勝手な絶望

普通のもも肉五十枚分ほどのスパルナのもも肉は、やきとりと照り焼きチキンとからあげに。胸肉はグリルチキンとチキン南蛮、手羽先と手羽元は骨や野菜とともに大鍋に突っ込んでスープ。

解体をセトさんに、やきとりの串刺しはルディ王子と王子の護衛である近衛騎士たちに手伝ってもらって。みんながグレートスパイダーの狩りと解体を終わるまでにはちょうどいい塩梅に準備ができていた。王子に串刺しを頼んだら近衛騎士はちょっと動揺してたけど、本人が手伝いたいって言ったし。楽しそうだし。

そういえば王族の護衛は近衛騎士団の人がしているのだけど、普段その姿を見かけることはあまりない。見た目いかつすぎるからお前らちょっと隠れとけとの王命で、目立たないように陰に控えているそうだ。忍者か。てか、いかついってカザルナ王ひどい。今回は道中隠れてる場所がないので、堂々と護衛している。串刺しもしている。

「カズハ殿！　俺の刺したヤキトリは美しいだろう!?」

「お上手ですよ。王子は楽しそうですね」

「うむ！　楽しいぞ！　しかしカズハ殿は準備がいいな」

「ええ。抜かりはありません。コシミズ・セットです」

狩りに行くときは必ず持ち込む調味料一式と油に小麦粉等のコシミズ・セット。鍋や鉄板は騎士団も常備の荷物に入れているけども味付けの類いは少ない。なので一通り持ち込んでいる。

「だからさ、あんま笑わせないでって言ってんじゃん！」

幸宏さんが照り焼きチキンとマヨネーズを挟んだパンにかぶりつきながら抗議してくる。言いがかりでしょう。それは。

地上に戻ってからのセトさんの意味不明な謝罪と同時に、後方から「ラスボス!?」と叫んだのはあやめさんだ。幸宏さんは膝から崩れ落ちて、翔太君は少したたらを踏んで、ザザさんの一喝が飛んでた。

「幸宏さんは少し心頭滅却を心がけるといいと思います」

「ラスボス降臨してきたら無理だからね！　俺よく持ちこたえたよ！　くっそテリヤキバーガー美味いな！」

「ラスボス言ったのあやめさんですし」

「私のせいにする気!?」

「和葉ちゃんかっこよかったよー！　すっごい強そうだった！」

「ねー！」

「ねー！」

礼くんは乱れることなく、幸宏さんと翔太君の守備範囲までフォローしていた。見習うといい。うちの天使を。

「ご機嫌かよ！」

「そうですよ。今日は最高の鳥肉日和ですしね」

「ねー！」

「ねー！」

そうとも。こんないい日はそうそうない。ピアスはかわいいし、みんな美味しい肉ににこにこだ。

「カズハ殿！　これはもう焼けただろう⁉　次焼いていいか！」

「いいですよー。素晴らしい焼け具合です」

「うむ！」

ルディ王子は、やきとりの焼き台前に陣取り、焼き上がったものを木の大皿に移し次にとりかかる。やきとりから足が生えて逃げ出すのではないかとばかりに目を離さない姿は職人の風格だ。ルディ王子もご機嫌。

「殿下、そろそろ私どもが代わりますから落ち着いて召しあがってくださいっ」

「うつけ！　これは食いながら焼くのがいいのだ！　わかれ！」

「いやしかし」

「いいから食え。俺の焼いたヤキトリが食えんのか！」

近衛騎士たちは、ルディ王子から受け取るやきとりを両手に持ちながらも、手持無沙汰な風情で困り顔だ。鉄板に並ぶのは大きめに切り分けた照り焼きチキン、網にはグリルチキン。みんなセルフでさらに切り分け、パンに挟んだりして食べている。そばにはマヨネーズとレタスっぽい葉っぱ。ちょっとレタスは消費が遅い。野菜食え。野菜。二個目に手を出そうとしている騎士には強制的に葉っぱを載せてあげる。

「よし、からあげ終わり！　こっちのチキン南蛮にはタルタルソースも合うからねー」

と、声をあげると、そこかしこから「はい!!」といい返事。揚げても揚げてもなくなっていくからあげの皿に最後のからあげを載せる。

「パンやら卵やら、めちゃくちゃ準備万端ね……」

「ゆうべのうちに手配しておいたんです。本当は来る途中でグレイバーソンを狩る予定だったんですが、いなかったんですよね。結構見かけるって話だったしハンバーグにするつもりでした」

「ゆうべ言ってたのほんとに本気だったんだ!?」

「でも、ちょうどよかったです。スパルナのお肉美味しいし。王都の周りにもいるのならちょいちょいとってきてもいいかもしれませんね」

脂ののった味の濃いスパルナの肉は、確かに高級感あふれるお味だった。地鶏的な。

「ちょっとりんごもいでくるみたいな気軽さでいいますね……。確かに王都周りにもいますけど、一応なかなか手に入らないんですよ？　そもそも攻撃の届くところに降りてくることはめったにないので」

「ふふふ。私にかかれば」

「やめて。そのラスボス顔やめて」

テリヤキバーガーを無言で完食したザザさんがスープを一口飲んで、ほおっと息を吐いてからスパルナ肉の希少さを説けば、あやめさんが私を窘める。ひどくないかな。グリルチキンとチキン南蛮をしっかり小皿にキープしてるくせに。

「ま、まあ、カズハさん、狩りのときは、あんまり突拍子のないことは控えてくださいね。我ながらグレートスパイダーごときの狩りで動揺すると思いませんでした。不覚です」

動揺したんだ。わかんなかった。てか、ほんと心当たりないんだけど。

「ほら！　ザザさんだって言ってるだろ！　やめてよほんとに！」

「ユキヒロは、うん、そろそろ少し慣れてください」

慣れてってなんだ。


肉は大好評のうちに綺麗に片付いて、糸腺は予定量確保できたし、残りの死骸はすべて焼却し終わっている。若手の騎士たちが淹れてくれたお茶で一服しながら、あとは帰るだけだというとき、障壁（グラスウォール）のことなんですけどね、とザザさんが切り出してきた。

「あれ、どうやったんです？　カズハさんの障壁（グラスウォール）は雷光タイプでしょう？」

辺りの岩や土を魔力で構築させる岩壁（ストーンウォール）は、その性質ゆえに地面から一定以上離して顕現させることはできない。空中に自在に顕現させるのは障壁（グラスウォール）なんだけど、それはほぼ魔力の塊と言っていいもののため、物理的な強度はあまり高くない。その代わり、触れたものを燃やしたり凍らせたりしてダメージを与えることができる。だからグレートスパイダーは進路をふさがれていたのだ。

物理的な強度を上げれば消費魔力も嵩むし展開も遅れるけど、与えるダメージも強くなる。私の場合は雷光タイプなので、触れたものを感電させる感じだ。ちなみに雷光タイプの人は割合としては少ないらしい。

「ちょっとびりびりっとしますね」

「ちょ、ちょっとですか……」

「ちょ、びりびりって、ラスボスがびりって」

引き気味のザザさんに、なににツボったのかまた笑い転げる幸宏さん。

「ぼくもできるよ！」

はいっと元気よく片手を上げる礼くん。彼の障壁は凍らせるタイプだ。

「一緒に練習したんだもんねぇ」

「ねー！」

「ほお、レイまで」

……何故礼くんだと食いつくんだ。身をのりだしたザザさんに、嬉しそうに続ける礼くんが立ち上がる。

「でもねぇ、ぼくは三枚しかまだできないの。最後の一枚はどうしても踏み抜いちゃう」

きぃんっと張り詰める音とともに現れる薄碧の障壁が三枚。高さと方角を変えて現れたそれに向かって、礼くんは三角跳びの要領で障壁渡りをするけれど、三枚目の障壁は踏み抜かれて礼くんを素通りさせてしまう。三枚目くらいになると勢いがかなりついてるからねぇ。

「足が凍る前に次に渡るか、凍っても振りほどける程度に強くすればいいんだけど、あんまりうまくいかないの。和葉ちゃんみたいに次々出してずっと動いてるの難しい」

礼くんはちょっとふくれっ面だ。それでも最初は一枚だったところを練習して渡れる枚数を増やしたのだ。自分の重さに脚力を加えてそれに耐えるだけの強度を持つ障壁（グラスウォール）は、そこそこ受けるダメージも上がる。ダメージを弱くしすぎると今度は強度が足りない。ちょうどいいバランスの障壁（グラスウォール）を素早く展開し続けるのは技術が必要となる。

「私の場合は、自分を軽くできますからねぇ。強度に集中しすぎる必要がないんです。まあ、障壁（グラスウォール）使わなくても空中移動はできますけど、やっぱり障壁（グラスウォール）使うと踏ん張りがきくし楽です。あ、あと靴かな」

実は召喚されたとき、あずきジャージにばかり目がいっていたけども、靴も学校指定の上履きだったのだ。安物のバレーボールシューズ。

「底がゴムだからですかね。これ履いてるとびりびりがちょっと軽減されますね」

「そうか、魔法耐性のある靴を使えば……あとは強度に気を配って……すみません、もう一度見せてもらっても」

お任せくださいと意気込んで障壁（グラスウォール）を三枚階段状に出して、一歩、二歩、四枚目は方角を変えて展開、三歩、五枚目もさらに方角を変えて、と、らせん状に上空を渡り続ける。みんな真剣な目で見上げている。ちょっと恥ずかしくなってきて飛び降りた。

「こんな感じです」

がたたっと一斉に団員たちが立ち上がり、各自様々な方向に展開する障壁（グラスウォール）。腰から落ちる音、あっつい！　と叫ぶ声、勢いあまって近くの人に飛び蹴りしてしまう者、なんか変な音まであちこちから起こる。なんだ。変な音大丈夫か。

なんで帰り間際に怪我するの！　とあやめさんが回復して回ることとなった。

王都に帰ってきてからは空前の障壁（グラスウォール）ブームだ。

ザザさんは四枚渡れるようになった。さすが。今日の夕食のとき、もう少し体重落としたら五枚目行けると思うんですというザザさんの控えめな皿に、生姜焼きを一枚追加してちょっとやな顔された。ザザさんは平均的な男性よりはるかに鍛えてある体つきだけど、騎士の中では細身だしハードな仕事なので下手なダイエットはよくないと思う。

「お肉増やされたときのザザさんの顔おっかしかったよね」

くすくす笑う礼くんの肩までかかるように布団をかけ直す。豪奢な天蓋付きベッドにはたくさんの枕。もこもこと暴れる枕を整えるように巣づくりしながら、私たちはいつも通り寄りそった。

「ね、おっかしかったね」

「でも悔しいなぁ。ザザさんに追い抜かれちゃった。ぼくまだ四枚できないのに」

「礼くんのほうがちょっと背高いし、脚の力あるからねぇ。ああ、あとザザさんは障壁(グラスウォール)つくるのがもともと得意なんだって。騎士団で一番って」

「むぅ」

「礼くんが三角跳びとかして見せたでしょう。あれができると動き方に幅ができるから取り入れたいって言ってたよ。だから枚数はほんとは多くなくてもいいんじゃない？」

「じゃあなんで五枚目増やしたがってたんだろ」

「……限界に挑戦したいんじゃないかな。そこに山があるからみたいな」

「えー、なにそれ」

楽しそうに笑う礼くんの目はもうとろんとしている。

「ぼくももっと強くなりたいなぁ」

「礼くんはもう強いじゃない」

「だめだよ。まだ和葉ちゃんのが強いもん」

「えー、だめなの？」

「だめ。ぼくが和葉ちゃん守ってあげるの」

うーん、前からちょっと気になってたんだけど、どうしてこんなに守ってくれたがるんだろう。

まあ、男の子はそういうものだと言えばそうなんだけど。

「そっかぁ。嬉しいなぁ。でもさ、私も礼くん守りたいからなぁ。困っちゃうな」

前髪をそっと横に流しながら撫ぜると、気持ちよさそうにまたくすくす笑う。もうまぶたはほとんど閉じている。

「じゃあ、はんぶんこにしよ」

はんぶんこってなんだとこちらもつい吹き出してしまう。

「うん。じゃあそうしよう。はんぶんこね」

「うん」

満足そうにすうっと寝入る礼くんの髪を撫で続ける。

分厚いカーテンのかかる部屋は、燭台の灯りを消すと真っ暗すぎて巣づくりができなくなってしまうからつけっぱなしだ。オレンジ色のあたたかな灯りは穏やかな眠りに誘う。

でもね、大人は嘘つきだからね。まだまだ守り手は譲れないよね。

キリ……キリ……
真夜中ふと浮き上がるように意識がはっきりすることってあるでしょう。部屋のどこかから聞こえてくる音にではなく、多分そんな感じで目が覚めた。意識がはっきりして、歯車が軋(きし)むような小さな音に気づいて、それから目を開けた。
——っ

暗い紫の束がうねりながらベッドの端に波打っている。

燭台の灯りに照らされた部分はどんよりとした赤紫色。束の向こうの闇色へと暗い紫を経て溶けている。

夢かな？　目が覚めたと思ったけどすごくはっきりした夢かな？

だって叫びたくても声が出ない夢ってたまに見るし。声出ないし？

ふかふかの布団は音もなく沈み込み、紫の毛束のゆっくりとした進みを阻むことなく。右に、左に傾きながらそれは私の目前まで迫ってきた。

無意識に後ずさると、礼くんの肩先が私の背中にあたって、慌てて上半身を起こして礼くんを隠すように両腕を開く。いやこれ夢じゃないな？　落ち着いて私。冷静さが美点の私。

私が後ずさった分、それはさらに迫ってくる。

モップのような紫の髪、海で潜った後に海面から顔出すとこうなるよねといった具合に広がっていた。ただ、濡れてはいない。もっさりと広がったそれにはところどころクモの巣らしきものが絡みついている。そして髪の向こうにあるであろう顔の辺りは、全く闇に溶け込んで見えない。

……燭台の灯りだけの割りにはよく見えると思ったら、どうやらこれは自身が薄く発光しているようだ。なのにその髪の向こうは見えない。

『この城にいるのは、暗い紫色の髪の毛がばさっと顔を隠してぼろぼろのドレスでずるずると這って歩いてるらしいですね』

思い返されるザザさんの言葉。紫の髪だわーばさっと顔隠してるわーぼろぼろのドレスだわーベッドに這い上がってるわーよし確定。

……キリ……キリ……

お前か。ゴースト、お前からする音かこれ。どうしようこれ。

心臓がばくばくしてるし息切れまでしてきた。最近じゃ十キロ走ったところで息は乱れないと判明したばかりなのに。私とゴーストの距離は三十センチほど。それ以上は進んでこないようだ。顔らしき部分は私のほうに向いていて、多分これは私をじっと見上げている。――おそらく見つめ合うこと数分。数秒かもしんないけど体感そのくらい。

ザザさんはゴーストは悪さしないと言っていた。信じるよ。ザザさん信じるよ。ザザさん見えないって言ってたけど。ああ、ゴーストは見える人と見えない人がいるとも言っていた。私、見えるほうひいちゃったんだ。元の世界で「見た」ことなんてないのに。

いいね、和葉、元の世界でのお化けの社会的地位がどうであれ、こちらの世界ではゴーストはなにもしないのが普通。ミルクとクッキーをあげるくらい普通。敵意はない。敵意がないものに歯向かうのはチガウ。いいね。てか、それじゃあなにしに来たのよ。やめてよ。

若干の現実逃避感も交えながらぐるぐると自分を落ち着かせようとしているうちに、ゴーストの髪の下からカップの端が覗いているのが見えた。私の視線に気づいたのかそうでないのか、ほんのちょっと前に押し出されるカップ。

爪のない小さな指がそえられているそれは、確かこの部屋を出てすぐの廊下の角に飾られた花瓶の横にあったゴースト用のもの、な気がする。今、その中身は空だ。

「……お、っん、ん、おかわりほしいの？」

上ずって引き攣る声で問うと、カップはまたもう少し寄せられてきた。枕元側のサイドチェストに水差しはある。けど、それはゴーストを挟んで向こう側。礼くんの前から体をどかせたくない。

「ちょ、ちょっとさがってくれます？　もうちょっと後ろ、に」

「……」

微動だにしないゴースト。通じないかーそっかー。

（ちょ、ちょっとれいくん？　もうちょっと、こっち、そうこっちにきて）

礼くんの肩から背中を布団ごと片腕で抱えて、じりじりと枕側へひっぱりあげる。ゴーストを中心に円を描くように大回りに。よかった。勇者補正あってよかった。なかったらさすがに成人男性の身体ひっぱれない。

手を伸ばしてぎりぎり届いた水差しをとりあげて、ゴーストに向き直ると、向こうもこちらに向きを変えてカップを差し出した。

「ど、どうぞ？」

水差しを傾け、水が注ぎ込まれる瞬間、さっと避けられるカップ。とぽとぽと布団に注がれる水。

「え」

慌てて水差しを戻す。上質な布団カバーは瞬間水を弾いた後にじわじわと色を変えていく。また差し出されるカップ。注ぐ瞬間にまた避けられるカップ。

「……」

「……」

繰り返すこと数回。

「……もしかしてミルクがいいの？」

差し出されるカップ。

よーし、ふざけんな？　ないからね？　いきなりこんな夜中にすっかり寝入ったところに現れてもこの部屋にはないからね？

「あのね、この部屋にはミルクはありません。なので厨房に行ってください。多分誰かいます」

労働環境に厳しい王城といえども、さすがに夜中だからと警備がないわけではない。夜勤の者たちに合わせて厨房には夜中でも誰かがいる。驚くなかれ交替制でいうなら五交替制だ。多分そんな感じ。私はイレギュラー扱いで出たいときに出てるのでシフトは詳しく知らないけども。

対峙し続ける私たち。ゴーストはあきらめない。あきらめてよ。と、ひょいと持ち上がる礼くんの頭。

「んー、……かずはちゃ、――わああああああああ!!」

「あ、れい、――ひゃあああああ!?」

礼くんはかつてない寝起きの良さを見せつけた。

具体的にはゴーストを認識したと思われるその瞬間に飛び起きて、私を後ろから両腕ごと抱え込み。

これ知ってる！　テレビで見たことある！　小学生のときにも同級生の男子が雪の中でやってた！　――バックドロップ!!

さっきは出なかった悲鳴が王城に響き渡り、夜勤の騎士は素晴らしい速さで駆けつけた。この声は確か父の会のリトさん。すぐ近くの部屋の翔太君と幸宏さんの声も聞こえる。

「レ、レイ、落ち着いて、カズハさんどうしました！」

「い、いま！　いま！　お、おばっけいま！」

「えっえっどうしたの礼く、えっ、ちょ、おなか、うわあああ血!?」

「落ち着け礼！　和葉ちゃんどうした！」

降ろして降ろして。

今、私は礼くんの肩に仰向けでかつがれている。パジャマの貫頭衣はまくりあげられ、腹もパンツも丸出しである。バックドロップを決めた後、彼は華麗に身を翻しつつ、そのまま私を右肩に乗せて部屋から飛び出したのだ。左手はリトさんの革鎧の裾を握りしめている。その裾じゃなくて！

私のパジャマの裾を！

「血!?　侵入者か!?」

警笛を鳴らすリトさん。いや待って待って待って。いや侵入者であってるのか？　いやでも。

「おろひて……」

バックドロップのときにしたたか自分の膝で自分の鼻を打ち抜いて、だくだくと出てる鼻血を手でふさいでる私の声は全くもって届かない。

「はい。終わり」

「……ありがとうございます」

もともと私が使っていた部屋で、あやめさんに鼻血の治療をしてもらって、やっと一息つけた。実はあやめさんも幸宏さんの後ろにいたらしい。杖を顕現させて握りしめたまま幸宏さんの背中にへばりついていたそうだ。

鼻血がバックドロップのせいだと知ってしょんぼりしてた礼くんは、ぎゅっと抱きしめてあげると、ほっとしたようだった。

すわ侵入者だと一時騒然となった王城も落ち着きを取り戻している。リトさんは礼くんの頭を撫ぜて「カズハさんを守ったんだな。偉いぞ」と褒めてから夜勤の仕事に戻った。

「これ、眠る前にいいお茶ですから。落ち着きますよ」

剣を摑んで駆けつけてくれたザザさんは、パジャマ代わりなのだろうか、トレーナー上下のような姿だ。訓練以外でもいつも革鎧か鎖帷子（チェインメイル）を着込んでるから印象が随分違う。剣を一人用のソファに立てかけて、みんなの分のお茶をいれてくれた。柔らかないい香りだ。

「お騒がせしました……寝てましたよね」

「いや、何事もなくてよかったです。まあ、ゴーストを初めて見たらそりゃ確かにびっくりもするでしょうし。ゴーストが部屋に入ってくることなんてそうそう聞かないんですけどねぇ」

「いたもん！　ほんとに紫の髪、ばさぁって顔にかかってて」

ひぃっとあやめさんが小さい声をあげて縮こまった。……そうか。それで幸宏さんの後ろにへばりついてたのか。でも、来てくれたのねぇと思うと、ついつい頭を撫でてしまった。や、やめてよとさらに小さな声でつぶやいてる辺り、ほんとツンデレだなぁ。

「ベッドの真ん中辺りまでずるずるってきてたの！　ほんとだよ！　お布団だって濡れて」

礼くんは、はっとした顔をして言葉を切った。ん？

続いて私以外の全員が悟ったように息を呑んだ。ん？

「ま、まちがいました。お布団ぬれてない！　ぬれてなかったです！　でもいました！」

何故急に敬語に戻る。

いや、濡れてたでしょ私が水差しで……何故全員一斉に目を泳がせはじめる……って。

「待ってください。説明します。やめて。みんなこっち見て。注目。はい注目。こっち見て。いらないから。その気遣いいらないいからね!?」

「で、そのあとはみんなでお泊り会と」

エルネスが笑い疲れたというように大きく息をついた。

ゆうべの騒ぎで気疲れが抜けてない私は、だらっと寛ぎながらエルネスに言われるがままにいつもの訓練場の隅で重力魔法の検証中だ。

「礼くんはザザさんを離さないし、あやめさんはなんだかんだと翔太君と幸宏さんを引き留めて居座るし、でね」

「だけど、ほんとに不思議ねぇ。ザザの言う通り、ゴーストが部屋まで入ってきた挙句にミルクのお代わりねだるとか聞いたことないわ」

「エルネスは見えるタイプ？」

「何度か見かけたことはあるわね。でも遠目だけ。近寄ると消えちゃうの」

「近寄るって……さすがだわー。ゴーストって正体はわかってないのよね？　魔物なのかとか」

ゴースト追っかけまわしたんだろうな……。

「一度調べてみたいんだけどね」

「カズハ殿！　これをやる！」

「おや、ルディ王子。お勉強は大丈夫ですか」

色とりどりの様々な花を両手いっぱいに抱えて、ルディ王子が現れた。

「大丈夫だ！　今日は時間をとってもらったのだ！」

「あと五分ですよ」

あ、やっぱり後ろには家庭教師が控えてるのね。

「三十分と言ったではないか！」

「花を摘んでいたせいです。あと三分」

相変わらずハードスケジュールだなぁ。最近姿を見なかったけれど、どうやらこの間の遠征で遅れた分を取り戻していたらしい。てっきりもうあのヤキトリデート？　で満足したのかと思っていた。

「で、どうしました？　――キレイですね。くれるんですか？」

整えられていない花束は、明らかに庭園からさきほど選び出したのであろうおおざっぱさで、花弁には朝露を含んでいる。まさか自分で切ってきたのだろうか。

「うむ。プロポーズには花束を渡すものだと侍女が前に言っていたからな。カズハ殿はもっと違うものがいいんじゃないかと俺は思ったのだが、やはり形式は大事だと思う」

「あー、まあ、定番ですよね。花束――はい？」

エルネスが、がっと身をよじり髪で顔を隠したのが視界の端にうつった。

「俺はカズハ殿より年下だが、あと二年で成人する。正式な結婚はそれからになるが、王族や貴族は早いうちから婚約者を決めているのが普通だ。カズハ殿、俺の妻になってほしい」

「お断りします」

「えっ早くないか!?」

いやあ、だって、ねぇ？

「何故だ！」

「結婚にもう興味がないんです」

「きょ、きょうみ……？　い、いやでも！　俺が嫌いか!?」

お。直球だね。王子。

「いいえ。嫌いじゃないですよ。でも興味もないですね」

「えええええええええ」

真摯な問いには真摯に答えるべきだろう。うん。

「……容赦ないわね。カズハ」

「この場合未来ある若者に容赦するほうが非道」

「時々あんた年齢だけじゃなくて性別も違うんじゃないかと思うわ……」

「殿下。時間です」

「え、え、え」

王子は家庭教師に引きずられていった。うん、でも、容赦のなさはあの家庭教師ほどじゃないと思う。


籠いっぱいの芋や人参、野菜類、調味液に漬け込んだ肉や魚、など、など、など、夜の分の下ごしらえを終え、厨房は手の空いた者から一服しはじめる。ビュッフェ形式の食堂の長テーブルには、軽食用のクッキーやマフィン、スコーンが山盛りに並び、王城で働く者たちの休憩を待っていた。

そして私はブラウニーを試作している。こちらにもチョコレートはある。けれど、薬やスパイスとしての使い方のほうがポピュラーで、嗜好品としてはやたら濃いチョコドリンクがある程度だ。あの有名ココアメーカーの純ココアより濃くて苦いものをミルクや砂糖で割って飲む感じ。

私たちがよく知る「チョコレート」が恋しくて湯煎して固めてみたけど、確かにチョコだ、チョコなんだけど、あの滑らかさもなくて残念感が高いものしかできなかった。多分カカオっぽい素材からチョコに至るまでの過程のどっかが抜けているんだろう。でもブラウニーならいけるかもと、ここのところ試行錯誤していた。

オーブンから出して粗熱がとれたブラウニーを切り分けて端っこを齧る。もっちりとしたチョコ生地に、くるみもどきが香ばしさを歯ごたえとともに伝えてきた。混ぜ込んだ舌触りの悪いザンネンチョコチップも、ブラウニーの生地と溶け合ってしっとりさを増すのに一役買っている。甘み、苦み、香り、舌触り。

「……よし！　私天才！」

菓子類は基本きっちりとした計量が命なわけだけど、何せすべてが「もどき」なので元の世界とは配合率が違ってくる。それを探す試行錯誤が今ここに実りました！　言うてもブラウニーは配合率が適当でもなんとかいける家庭菓子の代表格ですけどね。

休憩してるマダムたちにもなかなかの好評で、料理長も頷いてくれたからレシピを後で渡すことにする。よーしよしよし。もうすぐおやつの時間に集まってくる礼くんたちの分も取り分けた。

「じゃあ、また夜に来ますねー」

「ちょ、ちょっとちょっとカズハさん」

もぐもぐしながら手招きするマダムたち。

「ルディ殿下の求婚をそりゃもう素晴らしい切れ味で切って捨てたってほんと!?」

「……いつも思ってましたけど、みなさんの情報源はどこですか早くないですか」

噂話が潤滑油みたいなものなのはどこの世界でも同じようだけれども、さっきまで求婚のきゅの字も出ずに鍋や麺棒を振っていた彼女たちは一体いつそのネタを仕込んできたのか。

「あちこちからに決まってるじゃない！　あちこちから！」

「そんなに」

「だって殿下は侍女に作法を相談し、家庭教師に休憩頼んで、朝食のときには陛下にも宣言してたっていうし。そりゃもう城中知ってるさね！」

「な、なるほど」

情報源はルディ王子といってもよかった。オープンすぎる。

……幼いとはいえ一応デリケートなことかしらと、口外しないようにエルネスに軽く言っておいたけど意味はなかったらしい。そりゃあにやにやしながら聞き流されるわけだ。

「陛下までご存じとは」

「当たって砕け散ってこいと満面の笑みだったたって」

散るのわかってるのに窘めたりしないのね。豪気だなぁ。陛下。何事も経験ですもんね。

「しっかしなんでそんなすぐ断っちゃうの」

「や、だって、子どもですよ。あからさまに子どもですよ」

「身体はちゃんと同年代なんだから問題ないでしょ」

「私の中の人はその気になりませんよ！」

「中の人ってなに！」

厨房の人間も当然私の実年齢を知ってるわけで。口々になんでなんでと煽りつつも、目があきらかにからかいの色だ。

「——でもルディ殿下と結婚して王族になったら、カズハさん前線行かなくてもいいのでしょう？」

普段の休憩時間でも控えめに隅っこで微笑んでる人が、少し首を傾けながら言葉を滑り込ませた。

「え？　いやもともと前線行くの強制されてなんていませんよ？」

「だって、最初参戦はしないって言ってたのに、ここのとこよく訓練してるし」

「あー、最初はそのつもりだったし、今も積極的に参戦しようとはまだ思ってないんですけど……まあ、色々と考えて保留ってとこです。行くのも行かないのも私が決めていいって言われてますしね」

そう。当初参戦しないと宣言してた私だけれど、今は保留にさせてもらっている。中途半端に訓練に参加してるような状態なのに、快くそれを受け入れてくれてるわけだ。強制されてるなんて誤解があるならそれは否定しておきたい。

「そうなんですか……ずっとここにいてくれるといいなって思って」

やだなにそれ嬉しい。

「一番に試作品食べられるしね！」

「あれ、でも王族になったらさすがに厨房は無理なんじゃないの」

「あ！　そりゃそうだわ！」

けらけらとまぜっかえすマダムたち。中途半端なのは訓練だけじゃなくてここでの働きもなのにね。嬉しいなぁ。にやにやしちゃうじゃない。

礼くんは両手にブラウニーをキープして満面の笑みだ。

「おーいーしー！」

通りすがりに欲しがる父の会メンバーに、ひとかけらずつ分けてあげては、また新たなブラウニーを確保している。勇者陣はみんな甘いものが好きなので、久しぶりのチョコレートらしいチョコに満足してくれてるようだった。

「どうです？　ザザさん。こっちの人たちの口にも合いますかね」

厨房や父の会メンバーには概ね好評のようだけど、ザザさんにも確認してみる。無言でもくもく食べてるから大丈夫だとは思うけど。

「え？」

よし。聞こえないほど集中して食べてた。

「あのね、遠征のときとか普段の狩りのときにも思ったんですけど、みなさん携行食って干し肉とかじゃないですか。でね、緊急用とかいざってときのために携行するなら、即座にエネルギーになるものを持つのもいいかなって。向こうじゃ登山する人とかこういう甘味を常備したりするって聞いたことあるんですよ。口に合う味なら、まあ、このブラウニーじゃさほど日持ちしないので、チヨコバーとかファッジっていうものをつくろうかなと思って。どうでしょう？」

「即座にえねるぎー」

「えっとね、干し肉とかだと体を動かすための力になるのに時間がかかるんですよ。疲れたときには、甘いもの食べると元気出たりするでしょう。こういうのは力になるのが早いんです。体を動かすための力がエネルギー」

「ああ、わかります。なるほど」

「遭難したりしたときにこういう甘味で命つないだりすんすよー」

幸宏さんが補足をしてくれた。登山の友には羊羹(ようかん)最強だっていうもんね。残念なことにまだ小豆に近いものが見つかってないんだよなぁ。

「料理長と相談しながらつくってみますね」

私がつくったもののレシピは今までずっと料理長に渡してきているけども、最終的に仕上げるのは料理長だ。やっぱりプロにはかなわない。牡丹鍋にしろ、私の使いこなせない調味料や技術で味を調えてくれて、それから食堂のメニューに追加されていく。

「楽しみにしてます。……ありがとうございます。ほんとに」

とてもとても嬉しそうにしてくれるから、私のご機嫌はうなぎのぼりだ。

戦闘に加わるかどうかはまだ決められないけども、他のことで役に立てることがあるならそれを惜しみたくはないと思える。

「ねぇねぇ、ところでさ、王子のプロポーズって」

あやめさんが目をきらきらさせている。君もか。

「断りましたよ」

「それは聞いたけども—、でも諦めないって陛下に宣言してたって」

「あら。そうなんですか」

「和葉ちゃんモテ期じゃね？　きてるんじゃね？」

「人生初のモテ期かもしれませんね……」

幸宏さんは両手を頰にあててにやついている。礼くんはしかめっつらだ。

「和葉ちゃん、ルディ王子とケッコンするの？」

「しないよー」

「ほんと？」

「うん」

「えへへ」

瞬時にしかめっつらがほどけた。幸宏さんの目が悪戯気に三日月になる。

「礼、和葉ちゃんが結婚するのイヤか。やっぱり」

「やだよ。ルディ王子ぼくより弱いもん」

「そこ!?」

「うん。ぼくより弱い人はだめ」

「どこの親馬鹿おやじだよ。俺を倒せないなら娘はやらん的な」

「レイ……レイより強い男はなかなかいないかと」

ですよねぇ……ハードル高いなぁ。でもその設定の高さが嬉しい。

「ザザさんならいいけどさ」

「まさかのご指名来たよ。なんで？　じゃあ、俺とか翔太ならどうよ」

「えぇぇぇぇ」

「どんだけイヤなんだよ！　お前のそんな顔初めて見たわ！」

ザザさんと顔を見合わせて同時に吹き出してしまった。あれかねぇ。やっぱりお母さん役とお父さん役ってことなのかね。

「ていうか、ルディ王子って十一歳でしょう？　好きだから即プロポーズっておませさんだよね」

あやめさんがお茶を飲みながらほのぼのとした声を出す。珍しい。というか気づいてないのかな？

「あやめさん？　こっちの世界での適齢期ってわかってます？」

「え？」

「成人年齢が十三歳ですよ？」

「……え？」

あー、気づいてなかったかー。ザザさんに、言ってやってと目配せすると、僕ですか!? って顔がぶんぶんと横に振られた。仕方がない。

「えー……、いやほら、そのくらいに結婚する人が多いですねというか傾向でしかないですよ……?」

「なんで慰め口調から入るの!?」

「いやいやいやいやいやそんなことないですって」

「や、顔笑ってるじゃない! どういうこと!」

しまった。面白すぎたのが顔に出たらしい。

「聞いた話だと女性は十五歳から十八歳ですって」

「はあ!?」

「まあ、成人年齢から考えるとさもありなんといいますか。なのでルディ王子の年齢で婚約を考えるのはさほど不思議でもないといいますか」

「……十九歳は」

「いわゆる行き遅れに片足突っ込んでんじゃね!」

げらげらと幸宏さんがとどめをさした。

「だ、大丈夫ですよ! アヤメ! 縁談は多分これからたくさん来ますから!」

「来ないかもしれないの!? というか見合いじゃなきゃ見つからないの!?」

「え、見合いじゃ駄目なんですか?」

「え？」

首を傾げ合うザザさんとあやめさん。恋愛結婚が主流だと思ってるとかみ合わないのも当然か。

「あやめさん、あやめさん、貴族層だと結婚は見合いが主流ですよ。歴史なりで習ったことあるでしょう？　ザザさん、あっちじゃ結婚は恋愛結婚が主流なんですよ」

「あ……なるほど」

「そしてザンネンなお知らせがあります。あやめさん」

「な、なに」

「今私たちの一番身近にいる、あやめさんくらいの年齢の男性は主に騎士団のみなさんです。あのザザさんもいる宿舎に住んでる若い男性たちですね」

「うん」

「彼らは独身ではありますが、大半はすでに婚約者がいます」

「ということは」

「自力で恋愛にこぎつけるためには、少数のまだ婚約者のいない人を探すか、奪うか、出会いをよそに求めるかしかありません」

　あやめさんの視線から目をそらすザザさん。まあ、あやめさんの年齢じゃ結婚なんてまだまだ先だし、すぐしたいわけでもなかっただろうけども、恋愛対象になる人まで少ないとは思ってなかっただろう。しないのを選ぶことと、選ぶ余地が少ないことは全く違う。

　十九歳にして、三十路（みそじ）を越えた女の気持ちを味わうわけだ。お気の毒に。うそ。ちょっと思ったより面白かった。

「あ、あの、アヤメ？」

軽く呆然としてるあやめさんにザザさんが恐る恐るフォローに入る。

「あの、本当は僕から言う話ではないんですけど、これから縁談がどんどん来るはずですから。アヤメだけじゃなくてみなさんにです」

ほお？

「えっとですね、勇者と縁を持ちたい貴族はいっぱいいるんです。もちろん年齢的にも個人の資質としてもふさわしい人間で」

ああ、エルネスが言っていた、自国で安住してほしいってやつかな。

「で、ですね、今みなさんの存在は公式に広く告知はされていません。もちろんこのあいだの舞踏会も、あくまでも国の上層部、貴族や王族だけの話です。それはみなさんが勇者として成熟するまでの安全策だとお話ししましたよね。まあ、そうはいっても噂は止めようがないので知ってる人間は知っているからこそ、先日の襲撃があったわけですけど」

遠征先でしっかりと護衛がついていたこともそうだ。なんなら王都内で買い物ひとつするにしても、私たちには護衛がつけられる。勇者という存在を狙う輩がいるからだ。このカザルナ王国と同盟している二大国以外の、南方諸国や政治的もしくは宗教的団体などなどなど。少なくとも戦闘組が前線に出るほどに成熟するまでは、そういった輩の攻撃から守るためにそうしていると説明された。

そしてつい先日、エルネスに教わった宝飾店へ向かったあやめさんが襲撃を受けたばかりだ。もちろん護衛についていたザザさんたちの手で、なんの問題もなく事は済んでいる。

「なので、派手に動くわけにもいかないと縁談を持ち込みたい者たちは自粛して牽制しあってる状態だったんですね。でも、王子が張り切ってカズハさんに求婚して却下されたわけです。ですから、我も我もとこれから来ますよ。みなさんにその気があるのであれば、たっぷりと選べます。現にこの間の舞踏会でもダンスのお誘いはひっきりなしだったでしょう?」

「わ、私は壁の花だったけど」

「カズハさんは年齢的に見合う参列者が少なかったからですかね……みなさんの詳細な情報は事前に流してないので」

「ほっほお……ですって。あやめさん」

「そ、それなら……え……えっと、いやでもちょっとやっぱり!」

あやめさんはひとしきりおろおろと挙動不審になってから、思い切ったように立ち上がり食堂から駆け出して行った。

「……エルネスさんとこだな」

「ですね」

「え。なんで神官長のとこなんです?」

「礼のザザさん、あやめのエルネスさんってね。駆け込み寺っていうの?」

舞踏会前には、エルネスのイメージが崩れたとショックを受けていたあやめさんだけれども、当日のエルネスの華やかさに憧れが勝ったのか、なにかとエルネスを頼ることが多くなってる。

「ほお。って今の流れでなんで神官長なんですか」

「そりゃあ恋愛の相談では？　エルネスならその辺りは実力者かと」

「いや待ってください！　え？　それは、え、いや神官長は駄目でしょう」

慌てて立ち上がったかと思えば、気をとり直すように座り、そしてまた立ち上がるのを繰り返しはじめる。

「ザザさん、エルネスだって私に話したようなことをあやめさんには言いませんって。さすがにお試しだのなんだのを礼くんの前で口にするわけにもいかないのでぼかしながら宥めた。

「そ、そうですよね……いや……そうか？　ほんとにそうか？」

そしてまた立ち上がるザザさんを見て。

確かに勇者付きとしてと虫を追い払う役目ならば、私だけではなくあやめさんにも同じようにエルネスの恋愛指南を避けさせようとするだろう。

――なんかちょっと面白くないなって思った。

父の会メンバーのリトさんと、騎士団長補佐役のセトさんは親戚らしい。だけど、リトさんはドワーフの血が入っていて、セトさんはエルフの血が入っているということで見た目は全く似ていない。ずんぐりとした体格に若干背が低めのリトさん、すらっと長身でどちらかといえば女顔のセトさん。性格も多分正反対といっていいように見える。

「えー、あー、リト」

「団長、無理ですわ。俺にあの神官長は無理です」

「だな。よし。セト行け」

「……危うい方向になったらすぐ呼びに来ます。お願いしますよ団長。ここか部屋にいてくださいね」

「た、頼んだ」

きりりと涼やかな目を細めて、セトさんはあやめさんの後を追っていった。てっきり自分で追いかけるかと思ったのだけど、ザザさんはセトさんを差し向けることにしたようだ。エルネスどんだけ騎士団に警戒されてるの。なにやったんだ。

「——ザザさんがそんなに気を遣うようなことじゃないでしょう」

幸宏さんはさきほどまでとはがらりと違う空気をまとわせてつぶやいた。

「どうしました。チョコチップ苦いとこでもありましたか」

「それこそこっちじゃ『行き遅れ』な程度にあやめは大人扱いされる年齢っすよ。あんま甘やかさんでいいっす」

毅然とスルーされた。

笑い上戸の幸宏さんは、感情の起伏が激しそうに見えてもなかなか怒りを露(あらわ)にすることはないのだけど、苦々し気に吐き捨てる今の表情は隠そうともしていないのがうかがえる。

「甘やかしてますか？　でも神官長のあの手の行動を手本とされるのはちょっと」

「だっていつもならザザさんは自分で止めに行くとこだろうに、わざわざセトさんに向かわせてるじゃないっすか。それっていつまでもあやめがぐずぐずびくびくしてっからでしょ」

「――あー、そっちですか」

「ザザさんたちがいなきゃ、あやめは殺されるか攫われるかしてるとこだ。なのに守ってくれたザザさんを怖がるとか筋違いにもほどがある」

そりゃそうだ。頷かざるを得ないくらいには、私もここのとこのあやめさんの反応には思うことがある。とりあえず重々しそうに頷いてみたけど、誰も見てなかった。背が低いと人の視界に入りにくい。

あやめさんを襲撃したのは五人。騎士団長を筆頭にした精鋭騎士三人を相手取るにはあまりにお粗末な人数で、しかも個々の戦闘能力までお粗末なものだったらしい。

火球の奇襲は、魔力を素早く感知したザザさんの障壁で防がれ。

武器を持って襲いかかってきた三人はそれを振るうこともなく瞬時に騎士二人に制圧され。

死角からあやめさんへ忍び寄ろうとした二人はザザさんの剣で斬り捨てられた。らしい。

目的がなんだったのかはわからない。捕縛した三人は雇われただけらしく、あやめさんが勇者であることすら知らなかったそうだ。雇い主は残りの二人。一人は首を刎ねられ、もう一人が刎ねられたのは手首だったけれど、仕込んでいた毒で自害してしまった。訛りから南方諸国の出身らしいことが推測されているだけだ。

そのザザさんが怖かったと。いつもあんなに優しい人が平然とためらいなく人間を斬り捨てたことが、人間を斬ったのにいつもと変わらない穏やかさが怖かったと、城に帰ってきたあやめさんは私たちにだけそう告げた。

一応彼女もわかっているのだ。その恐怖感を見せるのは筋違いで失礼であると。ただ理性では抑えられない部分が、振舞いに出てしまっている。一定の距離から近づけない、不意に視界に入ると一瞬硬直してしまう、そして申し訳なさそうな顔をしてしまうことが却ってその恐怖心の存在を見せつけてしまっていた。

ザザさんはそれを悲しそうにするわけでもなく、ただいつも通りの笑顔でいつも通りの振舞いで、気がつかないふりをしながらあやめさんが強張らないであろう距離を保っている。

だから今も自分がエルネスを抑えに行くのではなく、セトさんを派遣したのだろう。

「ユキヒロ、慣れてなきゃ怖くて当たり前なんです。こちらの人間だって同じですよ。特に荒事が身近じゃない女性はね。アヤメだけなわけじゃない。そして慣れる必要もない環境をつくるために僕らがいるんです。追いついてないので理想にすぎませんし、みなさんには慣れてもらわざるを得ないのが実は悔しいんですけどね」

いつも通り優しい笑顔で、いつも通り柔らかな声で、ザザさんは言う。

あやめさんが怖かったというその瞬間を、私も見てみたかったなと思った。

「それにアヤメだって充分気遣ってくれています。隠そうとしてくれてるじゃないですか。時間が必要なんです。大丈夫ですよ。――でも、ありがとうございます」

「そんなイケメンなのになんで独身なんですか。もしかして荒事が身近じゃない女性に振られたんですか」

「カズハさんやめてください。なんですかその切れ味。カズハさんも隠そうとしてくれていいんですよむしろ隠してください。少し」

情けないほどに眉尻を下げた幸宏さんは、どうかすると礼くんよりも幼く見えるような表情をしていた。ザザさんはその幸宏さんの肩を励ますように宥めるように力強く摑んでひとゆすりしてから、私へと視線を戻す。

「そういえば、カズハさん。明日、給食事業の報告がありますよ。同席されますか？」

「ほんと仕事早いですよね。もうザザさんは内容知ってるんです？」

「今のとこ王都にほど近い地域での試行結果ですけどね。概ね好調で少しずつ授業に加わる子どもが増えてるそうです」

「……給食って、あの学校の給食？」

翔太君がブラウニーの最後のかけらをお茶で飲み下して訊く。

「ええ、こちらにはその制度がなかったんです。カズハさんに聞いて導入したんですよ」

「学校に来るのと給食となんの関係があるの？」

「この国は南方諸国に比べ豊かではありますけど、辺境まで行き届いているわけじゃないし、餓死こそ少ないですが比較的貧しい地域もあります。それでも国内では子どもに対する教育は欠かせないとして学校は無料なんですよ。字の読み書きや計算もそうなんですが、なにより魔物や賊からの自衛のために護身術を指導しなきゃいけませんからね。騎士団からも年に一度は指導役に派遣します」

「うん。それ習った」

「でもね、貧しければ貧しいほど、子どもも労働力です。どうしても通わせられない家庭もあるんですよね。だけど学校で子どもに食事をとらせることができるならということで、なんとか昼食時間とその前後くらいの時間は学校にあてさせる家庭が増えたんです」

「へえ……、えっと、学校に通わせるために給食が役に立つって和葉ちゃんのアイデアだったってこと？」

「そういうわけではないです。ザザさんに給食の話をしたときにはこちらの学校の状態を知らなかったですからね。陛下にも話を聞きたいと言われて話しただけですよ」

「あー、俺も聞いたことあるな。学校給食の成り立ちだったか、途上国の支援方法だったかで。どっちか忘れたけど」

幸宏さんもお茶のおかわりをすすりながら、もういつも通りの軽い風情だ。

「私、前は給食のおばちゃんだったじゃないですか。まあ、子どもたちの個々の事情は知らないんですけどね。個人情報ですから。でもね、いるんだって話はやっぱり聞こえてくるんです」

「なにが？」

「給食で食いつないでる子ですよ」

「……は？」

翔太君は眉間に深い皺を寄せて私を睨みつけた。いや私を睨んでもねぇ。

「おうちでは満足に食べられなくて、給食でやっとおなかを満たしてる子ども」

「それは、貧乏だから？」

「さあ。どの子がそうなのかもわかりませんでしたし。ただ、私二十年近くやってましたけどね、絶えず常にいるんです。学校全体のうち一人二人は。でもそれぞれ理由は違うというか、貧しいからだけが理由とは言えないこともあるらしいですね」

「うーん……社会問題としてそういうのがあるってのは聞いたことあるけど、ほんとにあるんだなやっぱり」

「まあ、現代日本においても、学校給食にはそういう側面があるっていう話です」

仲間内にそういった子どもがいない限り遠いところの話にしか聞こえないだろう。それくらいに現代日本は豊かではある。私だって職場柄小耳に挟んでなきゃ違う世界の話くらいにしか思わなかった。

いくら子ども好きではないといっても。

おなかをすかせてる子どもが身近にいるという現実は容赦なく胃を締めつけるし、なにをしてあげられるわけでもないことに罪悪感が苛んでくる。

生き物は、小さくて丸々とした生き物を庇護したくなる性質を持つという説があるそうだ。犬が猫の子を育てたりといった種の違いをこえた育児はそれによるものだとか。だから大抵の生き物の子どもは、自衛として小さく丸々とした愛らしさを持つのだと。科学的に正しいのかどうかは知らないし、都市伝説かもしれない。けれど体感として納得できる説だと思う。

「同席は遠慮しておきます。私はほんとに制度があることを話しただけですし。でも教えてくれてよかった。嬉しいです」

大樽いっぱいの生ごみふたつを重力魔法で浮かせて、厨房裏口からゴミ置き小屋へ運ぶ。これが終われば今日はおしまい。このまま部屋に帰って、お風呂も終わってるであろう礼くんと軽くおしゃべりしてから私もお風呂だ。今日は訓練の合間に、父の会メンバーからカードゲームらしきものを教わっていたようだからそのお話かもしれない。

鼻歌に合わせながら大樽をふわふわ踊らせつつ、小屋の奥に積み上げてから、浄化魔法をかけ直す。

「確かに重力魔法は手品っぽいけども、その曲をサビまで鼻歌う人初めて見た」

「うひょうっ——あ、びっくりした。翔太君か」

扉の外から覗き込んでる翔太君は少し気まずそうな顔をしてる。ノリノリなの見られて気まずいのは私のほうだよやめてよ。

「で、どうしました？」

何事もなかったようにとりすまして小屋から出る。

「……あの、ちゃんと謝ってなかったから」

「うん？」

「前にさ、魔動列車で」

「あー、やっぱり気にしてたんですか」

そりゃそうよねぇ。あれからろくに口きいてくれてないし。

「ごめんなさい。僕、勝手だった」

「ふむ」

「ほんとはすぐちゃんと謝ろうって思ってたんだけど、言い出しにくかった」

「私そんなに怖そうでした？」

「ううん。気にしてなさそうだった」

「うん。怒ってないですからねぇ。しれっと普段通りに戻ってくれてよかったんですよ」

あやめさんなんかはその辺り上手なのよねぇ。キャラの違いってやつかな。

「和葉ちゃんは大人なんだね。やっぱり」

「こんなになりですから、うっかりしちゃうでしょ」

「うん」

くるりと回って両手を広げてみせると、安心したように翔太君は微笑んだ。

「でもやっぱりきっと、和葉ちゃんは優しいからつい甘えちゃったんだと思う」

「優しかぁないでしょ」

「だって、さっきすごい嬉しそうだったもん」

「さっき？」

「給食のこと。うまくいってるっての聞いて、すごく嬉しそうだった」

「いやまあ、嬉しかったけれども」

「子ども好きじゃなくても、優しいのは変わんないんだなって」

買いかぶりではないかな？　なんか居心地悪いな？

「僕さ、多分思い出した」

「あー……そりゃまた……そっかあ。聞きましょうか？　なんならお茶でも飲めるとこ移動する？」

召喚される前の、モルダモーデが言うところの「絶望」の話だろう。どこかなにかが抜け落ちたような表情で一瞬だけ遠くへ視線を向けてから、翔太君はにかっと笑って見せた。

「ううん。礼君待ってるし。でも、そのうち聞いてもらってもいいかな。教えてほしいこともあるんだ」

「答えられるかどうかわからないけども」

「うん。でさ、それでさ、僕ピアノ習ってたことあるって言ってたでしょ」

「うんうん」

「和葉ちゃん、踊りたくなったらさ、伴奏させてよ。今度」

「まじですか。いいの？」

　生演奏で踊るとかなんて贅沢な。先日の舞踏会ではもちろん生演奏だったわけだけど、実に楽しかった。あれをなんと独り占めできるだなんて！

「僕がお願いしてるんだってば」

「じゃあ明日」

「はやっ！　うん、楽しみにしてる」

　痞（つか）えがとれたような笑顔で部屋に戻る翔太君を見送って、小屋の扉に閂（かんぬき）をしっかり下ろす。浄化魔法で腐敗は遅れるにしても食べ物のにおいは防げない。城の裏手は切り立った崖に囲まれてるとはいえ、それなりに樹が密集した森だ。紛れ込んだ野生動物がにおいにひかれて荒らさないように戸締まりは徹底されている。

　しっかしほんとよく出来た子たちだなぁ。ことあるごとに、そう思う。

　礼くんがとびぬけて天使なのは当然としても、みんなそれぞれ自分の内面をしっかり見つめようとする根性がある。あやめさんだって今は恐怖心を持て余しているけど、制御しようとしてる。そのうち折り合いをつけて自分なりの答えを出すだろう。

　あまりに遠い記憶すぎて定かではないけれど、私はあのくらいの年齢のときにどうだったかなぁと思うと、もうちょっと馬鹿で甘ったれだった気がする。

「カズハさん」

「うひょうっ——あ、びっくりした。リコッタさんか」

　なんだなんだ。暗がりから人を驚かすのが流行ってるのか。

リコッタさんは、ずっと厨房にいてくれたらいいのにと言ってくれた人だ。細身で儚げな女性。三十代半ばくらいだろうか。

「驚かせちゃった？　ごめんなさい」

「いえいえ。驚きましたけど。あれ？　今日は夕方であがりじゃなかったでしたっけ？」

「あのね、私の郷里の果物が手に入ってね。王都じゃあんまり出回らないからお裾分けと思って」

小屋の戸口を照らすぼんやりとした灯りの下に差し出された小ぶりの籠には、大粒の巨峰くらいの果実がおさまっていた。瑠璃色から桔梗色、藍、浅葱と熟し具合で鮮やかなグラデーションが創り上げられていて、美味しそうというより鉱物的な美しさがある。

「綺麗ですねぇ。これ」

「でしょう？　あんまり数がないから、こっそり。ね？　一粒どうぞ？」

「おお……ではありがたく。これ、皮のままいけるんですか？」

こくこく頷くリコッタさん。濃い色のがやっぱり熟してるのかなと、遠慮なく一番藍色の一粒を頬張る。ぷつりと柔らかく弾ける皮から甘い果汁が口内に広がり――え？

視界がぐるりと暗転した。

失ったことすらなかったことにするほどの

キリ……キリ……キリ、キリキリ……キリ……

ぜんまいを巻くようなその音が遠くから降ってきて、私の意識を深いところから引き上げていく。小学生の頃に使っていたアナログ目覚まし時計をセットする音。息子が幼稚園の頃にはまったぜんまい式ミニカーを、バックで滑らせる音。娘が幼稚園の頃にねだった、バイオリンを弾く猫の仕掛けがあるオルゴールのぜんまいを巻く音。断続的なそれは、ゆらりゆらりと私を引き上げながら揺さぶる。

――キリキリ……キリ……

なんだろう。また夫がテレビをつけっぱなしで寝たのだろうか。もう起きなきゃいけない時間だろうか。朝ご飯をつくらなくては。目覚ましはまだ鳴らない。もうすぐ鳴ってしまうだろうか。後頭部から首筋、肩甲骨の間くらいまでがずっしりと重く強張っている。

手足は冷たいのに汗ばんでいる。

関節が鈍く痛む。

いやだな。起きたくないな。でも朝ご飯つくらなきゃ。

頑張れば起きあがれる。だったらご飯つくらなきゃ。

みんな勝手に食べてくれないかな。パンだったら、ああ、だめだ。寝る前に炊飯器のタイマーをセットしてしまった。炊き立てのご飯がもったいない。

つくれなかったら買って食べるからお金ちょうだいって言うんだもの。夫がだらしないって小声で言うんだもの。起きたくない。動きたくない。でも毎朝のことだもの。きっと動き出したら体はちゃんと温まってくれるはず。動かなかったら動けなくなってしまうから——ああ、礼くんならきっとだいじょうぶ？　って心配してくれる。

寝てなきゃだめーって言ってくれるだろうな。

和葉ちゃん、おはよーって起き抜けの笑顔で——。

礼くんがいない。

冷え切った手足では温められなかった硬い寝床に覚えはない。あっという間に布団の中をあったかくさせる礼くんがいない。その事実が一気に意識をはっきりさせた。どこ、ここ……。

うなじを逆撫でする本能の警告で飛び起きようとして、体がついてこないことに気づく。なにかに押さえつけられているのかと、目だけで辺りを見回してそうではないことにも気づいた。後頭部から背中にかけての強張り、手足の冷たさ、関節の鈍痛、実に久しぶりで懐かしくもない前の世界での目覚めの感触のせいで、前の世界を夢見ていたようだ。

それと手首と足首に鎖がじゃらりと巻かれている、これのせいでもあるらしい。横向きになっていた体をゆっくりと起こす。うん。落ち着けば動く。あちこち重くて痛いけど。

明かり取りの小窓すらない石積みの壁。隙間隙間に苔がむしている。暗闇に目が慣れるのがやけに早いと思ったら、この苔自体が発光している。ヒカリゴケ？　じめじめした空気は澱んでいて少しかび臭い。

ぎしりといやな音で軋むベッドは木製で、湿ってるのにざりざりと硬いシーツは、粗い目から藁がところどころ突き出ている。刺さる。痛い。

王城のふかふか布団にすっかり慣れた身だから、かなり堪えたんだろうか。この身体の強張りは。一瞬実年齢の体に戻ったのかと思ったけど、見おろす体は相変わらずの十歳ボディだ。十四歳ですけど。

んー……攫われた？　さっきまでどうしてたっけ？　襲われたっけ？　直前の記憶を探って、やっぱりリコッタさんからもらった果実を口にして以降の記憶がないのを確かめる。襲われてはいない、な？

部屋のイメージは地下牢。王城の中は普段自分たちが使う辺りのことしかよく知らないけど、なんせ王城だから地下牢くらいあっても不思議ではない。でも扉は木製だ。檻じゃない。で、あの陛下がこんな不衛生なとこを放置しておくだろうか。手が回らない部分があったとしても仕方がない広さだけど。というか、そんなところにこんなふうに私を入れる理由がない、はず。じゃあやっぱり攫われた？

「――不覚っ」

悔しい。どいつだ。どこのどいつがこんなことを。どのくらい気を失ってたんだろう。礼くんの寝る時間は過ぎてしまっただろうか。やっとしがみつかずに、寄り添うだけで眠れるまでになってたのに。心のデスノートの二番目にこんなことしでかした奴の名前を記してやることを決める。一番目はモルダモーデだ。

とはいえ、まずは脱出。馬鹿め。こんな鎖とあんな木製のドアなど私の障害にはならぬ。

「ふぉ!?」

ふんっと、立ち上がろうとして、そのままベッドから転がり落ちた。

重い？　この鎖重い？　すごい重い？　え、ていうか視界がぐるぐるちかちかする。貧血？

リコッタさんが木の椀とパンを載せたトレイとともに木製ドアを開けた。鍵を開けたような音はしなかった。

「おなか、すきましたでしょう？　こんなものしか今は用意できませんけど」

リコッタさんは笑顔だ。満面の笑みだ。厨房でマダムたちが爆笑してるときでもこんな笑顔してなかった。

背中と関節の強張りはとれないし、手足も冷たいまま。指先なんてちょっと感覚が鈍い。風邪でもひいたかと思ったけどどうやらそうでもないらしい。あれか。あの果実のせいか。

「あの果実、なんだったんですか」

「ログールっていうんです。一部の獣人に人気の果物なんですよ。お酒と同じに酔っぱらえるんです。でも人族がそのまま食べると強い眠り薬みたいになっちゃうんで、ごく少量を薬として使ったりします。気をつけてくださいね」

いやあんたが言うか。

「ああ、それでは食べにくいですよね。——あーん」

木の椀からすくったひとさじのスープを、二度ほどふうふうと冷ましてから口元に突き出された。

正気か？　いやこれはちょっと。

「リコッタさんのくれたもの食べてこうなったんですよ。食べると思います？」

ベッドの脇にしゃがみこんで、鎖が巻きつく手足を投げ出したまま顔を背けると、スプーンがさらに追ってきた。

「ログールって効き目は早いけど、抜けるのも早いんですよ。もう体に残ってないはずですから大丈夫」

「なにを大丈夫と言ってるのか知りませんけど、体中重くて痛いです」

「それはログールのせいじゃないですよ。ほら、それです」

スプーンを椀に戻して、私の首元を指さす。うつむくと確かに首になにかが巻かれている感触があった。

「魔吸いの首輪です。犯罪者の魔力を吸い上げて拘束するためのものなんです。ごめんなさいね。

そんなもの勇者様につけるだなんて。あとほんの少しだけですから。着いたら外してもらえることになってます。はい、パンならいいですよね」

「その理屈はさっぱりわからないです」

ちぎったパンをひとかけら口元に突き出してきたリコッタさんは、きょとんと目を瞠る。

「ログールのせいじゃないですし、これもパンですからログール入ってないですよ。ね？」

私が避けたひとかけらを、自ら口に含んでみせて、また新たにパンをちぎって差し出してくる。

えー……やだー。私のわからない理屈はそれじゃないー。

リコッタさんは正気に見える。視線はしっかりと私の目を捉えてる。質問にもちゃんと答えてくれている。ぎりぎりだけど、ぎりぎりでちゃんと。

魔力を吸い上げる首輪。つまりこれは魔力切れというやつだろうか。確かにその症状もこんな感じだと聞いた気がする。王国魔法使いの頂点に立つエルネスですらまるで及ばないという魔力量を誇る私たちにとって、魔力切れとは座学の一部でしかなかった。一番最初に受けたエルネスの講義、体内の魔力を感じて操作する感覚を思い出す。

ない、わけじゃないと思う。魔力切れの状態は知らないし、いつもよりかは少ないと思うけど、確かに魔力はしっかり感じ取れる。だけど思い通りに練ることができない。練ろうとすると、貧血で失神する直前のようにぐるぐると視界が回りだす。

「ほら、ちゃんと食べないといけませんよ」

くらりと傾いた私の上半身を支えて、パンを口元に添えるリコッタさんはにこりと穏やかに微笑む。

遠い、遠い記憶。

おたふくかぜで寝込んだ小さな私の口に、すりおろしたりんごを運んでくれる母と重なる笑顔。

ぐぅとおなかが鳴った。……とりあえず腹が減ってはなんとやらだ。

スープは薄味でしたが滋味あふれて美味しかったです。パンはちょっと硬かった。

「……ごちそうさまでした」

「ふふふ。向こうに着いたらちゃんとしたものつくりますね」

「向こうってどこですか」

「南方のね、小さな国です。……国なのかしら。イプシェとかなんとか？」

「なんとかって」

「そこなら魔族も来ませんし、戦わなくてもいいんですよ。住むおうちも用意してくれることになってます。大きくはないでしょうけど、三人で暮らすなら充分なはずです。ああ、家具は好みがありますもんね。一緒に選びましょうか」

「さんにん」

「娘も後で紹介しますね」

「私と、リコッタさんと、リコッタさんの娘さんの三人？」

「はい。きっと仲良くできますよ。私も子ども二人養う分くらい稼げます」

両手を握りしめて気合を入れるようなポーズをつくるリコッタさんは、とても幸せそうだ。えっと、どっからどう突っ込むべきなのか迷うとこだけど。

厨房の女性陣は、騎士の遺族が多い。特に身寄りがなくなってしまった人。そしてリコッタさんは、騎士である旦那さんは殉職して、娘さんは幼いうちに亡くなってしまっていると、確か、前に聞いたことがあった。

――もうこれあれじゃないか。完全にあかんやつじゃないか。

「ここ、どこなんですかね」

「王城の下辺りかしらねぇ」

何故かリコッタさんはベッドの端に腰かけ、私を膝に乗せている。ほんとなんで。身体に力は入らないし、様子見と触らぬ神になんとかの精神でおとなしくはしてみてるけども。なんで。

髪を梳いてくれる指が細く柔らかく、優しい。普段ひっつめているお団子は解きほぐされて、うねうねであちこち飛び跳ねている髪を丁寧に梳ってくれている。真っ黒で硬めの直毛はさほど手触りがよいとは言えないと思うけど。

娘は私と違って細く柔らかなくせ毛だった。私の母に似た髪質。つるつるとした感触が楽しくて、小さな頃はこうして手櫛(てぐし)で撫でていたものだ。

「王城の地下ってことですか。よく誰にも見つからずに私を運べましたね」

「ううん？　城の裏手はすぐ山になってるでしょう。あの厨房の裏口のすぐそばにある山の森。そこの奥にね、入り口があるんです。普段は岩肌に隠れているんですけど、呪文を唱えると開くんですよ。すごいでしょう」

　くすくすと楽し気に、内緒話のトーンが頭頂部から降ってくる。すりすり頬ずり。もうどうしようほんと。

「城の人、みんな知ってるんですかそれ」

「だーれも知らないの。だから秘密ですよ」

「じゃあなんでリコッタさんは知ってるの」

「ねえ、リコッタさんってなんかよそよそしいわよね。リコでいいわ。ああ、でもそのうちママって呼んでくれたら嬉しいかも。うふふふ」

　いやいやいやいやいやいや……うふふじゃないよ……。

　いくら殉職した騎士の身内だといっても、雇用を優先されるとはいっても、王城という場所で働くからには、身辺調査は当然されている。むしろ、遺族だからこそ優先ではあれ無条件ではない。人は大切なものを失ったとき、その怒りや悲しみをどこにどんな形で向けるかは誰にもわからないからだ。その辺りは、やっぱり優しいだけの王ではないなと思う。そうでなきゃ国を管理などできないだろう。

　勇者召喚の儀を行う日が近づいた頃、王城に出入りする者すべての身辺再調査もされたと聞いている。だって上層部や家族持ちはともかく、身寄りのない人は基本的に住み込みで、それは勇者たちと生活圏を同じにするということだから。リコッタさんもそうで、私たちが暮らしている棟とは違う使用人の宿舎に住んでいた。勤めはじめてもう七年以上たつという。ということは娘さんや旦那さんを亡くしてから少なくとも七年以上たっているということだ。

なにが引き金になったのだろう。それとも誰にも悟らせないまま、この状態で過ごしていたのだろうか。

「あ！」

「うぉう！」

急に立ち上がったリコッタさんの膝から転がり落ちた。石畳というか、結構でこぼこした床なんだけども。かなり痛いんだけども。軽やかに扉に駆け寄るリコッタさんはまるで気にしてくれてない。じゃーんと効果音がつくような大仰な手つきで扉を開き、

「紹介しますね。――娘のリゼです」

キリキリと軋む音とともに、ばさりと顔を隠して垂れさがる紫の髪を左右に揺らしながら匍匐(ほふく)前進で入室されるリゼさん。そうですか。ゴーストにも名前があったんですか。

いやいやいやいやいやいやいや……いやもうほんとどうしよう……。

リゼさんは、匍匐前進をやめると上体を起こしてぺたりと座り込んだ。リコッタさんは愛おしそうに目を細めながらも娘に触れようとはしない。ただ向かい合って座り込んで語り掛けている。

どこで遊んでいたの？　ああ、いいのよ。おかえりなさい。喉は渇いていない？　おなかは？

ああ、ミルクがあればいいのに。あの人たちは持ってきてくれるかしら。きっともうすぐお迎えが

来るからね。一緒にいい子で待ちましょうね。

リゼ――ゴーストはぴたりとその動きを止めている。軋む音もしない。すっかり置物の風情だ。リコッタさんには『娘』が返事をしているように聞こえているのだろうか。反応のなさに全く頓着してる様子がない。ただ一方通行の会話が続いている。

ねえ、リゼ、ほら、あの方がカズハさんよ。あなたと同じくらいの年。そう、きっといいおともだちになれるわ。妹が欲しいって言ってたものね。そうよ一緒に暮らすのよ。カズハさんはとても優しいの。ふふ。ああ、素敵ねぇ。

お、同じ年？　妹なんだ？　私のほうが？

これから行くところはね、南の小さな村なんですって。暖かいところだっていうからきっと畑もつくれるわ。一緒にトマトルも育てましょう。リゼ、あなたの大好物だものね。ああ、大丈夫。魔物なんていないわ。もうなんにも怖いことなんてないのよ。リゼ、お料理も一緒にしましょう。そうそう、刺繍も途中だったわね。行く途中でお洋服も買いましょう。カズハさんとおそろいがいいわ。なんて素敵。

ヒカリゴケの薄明かりと、リコッタさんが持ち込んだランタンの灯りと、あの夜に見たのと同じゴースト自身がまとっている光で、部屋はそれなりに明るくなっている。ヒカリゴケとゴーストの光は同じ淡い緑色で、ランタンはオレンジ色。本来ならおどろおどろしいであろう造りの部屋は、その灯りのせいでやけにファンタジー色が強くなっていた。

　リゼと呼ばれているゴーストは、あの晩よりも明るいこの光の下で見ると質感があからさまに『おばけ』ではないことがわかる。かといって生物でもない。人形だ。陶器のようなすべらかな肌、水気のない紫の髪。床を匍匐前進しているせいか土埃やクモの巣をひっつけて、すり切れたドレスもぼろぼろに色あせている。所謂(いわゆる)からくり人形だから、動くとあのきりきりと軋む音がするのだろう。

　エルネスが近寄ると消えてしまったという話だし、あの晩だって礼くんが部屋を飛び出した後に戻ると跡形もなく姿を消していた。そのからくりがどんなものなのかわからないけれど、タネも仕掛けもあるのだと思う。

　リコッタさんは滔々(とうとう)と少し先の未来を語る。娘と過ごすはずだった過去をこれから訪れる未来として。それは母と娘が紡ぐであろうささやかな日常。極々平凡な、夢として語るほどのことでもない程度の当たり前な日常。

　たとえこの世界が現代日本に比べ、生き残るのが少し厳しい世界だとしても、大多数の人々はやはり今日と同じ明日が訪れると信じて暮らしている。騎士の妻であったリコッタさんは標準よりも裕福であっただろうからなおのこと。夫がいつ殉職するかわからない職であったとしても、それが日常になればやはり明日も同じ日常だと信じて暮らしていたはず。

失われた日常を、失ったことすらなかったことにして、リコッタさんは語り続けている。

そこになんで私が入り込んで語られているのか、それが問題だ。

何故私がその未来に当然のごとく登場しているんだ。

いや、待て、冷静になれ和葉。それは今は問題じゃない。リコッタさんに聞いたところで理路整然とした回答など得られるはずもない。そりゃあ、彼女にとっては理路整然とした当たり前のことなのだろうけども、私が納得できる回答ではないだろう。

ごつごつとした石床は冷たい。ひんやりとした空気が沈んでいる。冷えるわぁ、やだわぁ。ただでさえ手足が冷たいのに。女子の足腰に優しくない部屋だ。もぞもぞゆっくりと重い鎖を手繰り寄せて束にして、足元にとぐろを巻かせる。ハンマーを振り回している私にならネックレスにしたっていいくらいの軽さだったはずだ。普段なら。

魔吸いの首輪の効果なんだろう。魔力を練りにくいせいで普段の力がまるで出ない。でもまあ、持てないほどじゃない。なんとか床からベッドの上に座り直せた。だるい。

少なくとも今すぐどうこうという危機はない。リコッタさんが私を傷つけることも今はないだろう。とはいえ、さっきから言葉の端々に『これから迎えに来る人たち』が登場している。その人たちがどういうつもりなのかわからない。あやめさんを襲撃した輩と同じ集団なのか、それとも違う集団なのか。勇者を狙う者たちの目的も組織も様々だと聞いている。だけど、どの組織であったとしても、私をこのまま城に帰してくれることだけはないはず。それは困る。礼くんが待っているのだから。私はあの王城での暮らしが気に入ってるのだから。


息を静かに吸って、吐いて。

規則正しく脈打つ鼓動を意識して。

目は閉じず、警戒などおくびにも出さず、仲睦まじい母娘を眺める風を装ったまま。

指先に、つま先に、細い血管の一筋一筋にめぐる流れを探って。

初めて魔力を感じ取ったときを思い出しながら、すっかり慣れて無意識にまで落とし込んでいた練り方をもう一度丁寧に再現する。魔力を練るのは、カレーのようなとろみのある液体を鍋でかき回すことによく似ている。私という器の中で、あふれることのないように静かに、焦げつかないようにむらなく、ゆるゆると一定の速さでもってめぐるように。

魔吸いの首輪の効果なのか澱んでいた魔力の凝りを解きほぐす。

残り少ないカレーを温め直すときは焦げやすいのと同じ。

いつもよりはるかに少ない魔力が体のすみずみまでゆきわたるように丁寧に丁寧に。

魔力の流れと同調してぐるぐると回りかける視界や吐き気を抑えながら、耐えられるギリギリのラインを探り。

——ほんの少しだけ、手足の先にぬくもりが戻ってきはじめた。

会話をしながらでも乱れない程度に魔力をめぐらせるコツを摑んでから、リコッタさんに語り掛けた。

「私、どのくらい寝てたんです？」

散々私のことをリゼとの会話に登場させておきながら、私の存在を忘れていたかのようにぱちくりと見返したリコッタさん。忘れていたかのようにというか忘れてたよね。これね。二人、いや一人と一体の世界に入り込んでたものね。

「――どのくらいでしょう。んー、半日はたってないと思いますよ」

「お迎えが来るんでしたっけ？」

「ええ、もうすぐです」

「お迎えに来る人ってどんな人？　何人くらい？」

「親切な、なんでも知ってる人です。この地下の部屋や入り口も教えてくれましたし」

ほほぉ。城の人間も知らない秘密の通路を知っているとな。

「リコッタさんは優しくしてもらったの？」

「ええ、ええ、だってその人、カズハさんが前線に連れて行かれるって教えてくれたんです。だから助けなきゃって」

「……それがリコッタさんの『優しくしてもらった』ことなの？」

「カズハさん、死んじゃうじゃないですか。前線なんかに行ったら死んじゃいますよ。こんなに小さい女の子なのに」

「私、強いよ？　一応勇者だし」

「駄目です。夫だってそう言ってました。でも」

くっ、と息を呑み、リコッタさんの瞳孔がゆるゆると左右に揺れ、すぅっと瞳の色が薄らいだ。

一瞬だけの硬直のあと、視線をリゼへと戻してふにゃりと表情を緩める。

「リゼ？　おなかすいてない？　大丈夫？　そう、いい子ね。もうちょっと待っててね」

「リコッタさん？」

「——ああ、カズハさん、喉は渇いてませんか？」

また、私の存在を今思い出したかのように、目を瞬かせる。

「ううん。大丈夫。ありがとう。リコッタさんはどのくらい厨房に勤めてたんだっけ？」

「七年くらいになりますかねぇ。みなさんとてもいい人ばかりで」

「……どうして厨房に勤めはじめたの？」

「みなさんと同じなんですよ。厨房の女性はほとんどそうです。境遇が似ているからですかね、お互い本当に気のおけないというか」

「どう、同じなの？」

「それは、夫とリゼが——リゼ？　おなかすいてない？　大丈夫？　そう、いい子ね。もうちょっと待っててね。ああ、カズハさん、喉は渇いてませんか？」

正しい質問を選ばなければ、延々と同じ答えを繰り返すゲームと同じに。

この先の未来にあってはならない過去を口にできないリコッタさんは、母親が子どもに一番神経をつかうであろう空腹と渇きを気遣い続ける。

そうか、触れちゃいけないんだね。失ってしまったことにもう触れたくないんだね。

母親で、いたいんだ。

七年も隠し通していけるだろうか。境遇の似ている、優しい女性たちに囲まれて気づかれずにいられるだろうか。だったらこうなったのはつい最近のことなんだろう。

厨房と宿舎を往復するだけの毎日なら、王城で子どもに触れる機会は少ない。ルディ王子や王女殿下だって、王族の住まう棟から出てくることはさほどない。

私のこの姿が引き金になったのかもしれない。

失った娘とおそらく同じ年頃であったであろう私の姿が、娘と同じ年頃に見える私が前線へ行くという話が、彼女の背を押したのかもしれない。

幼い子どもを失った母親の痛みなど、私にわかるはずもない。わかると思うほど不遜ではない。

ああ、けれど、給食で食いつないでいる子どもがいると知ったとき、テレビのニュースが子どもの事故や事件を伝えるとき、果ては子どもが命を落とすドラマを観たときですら、もしこれがうちの子たちの身に起きてしまったらと、恐怖が背中を冷たくなぞる感触を覚えたものだった。

経験を伴わない妄想ですらこうなのに。子どもの死という実体験を基にした仮定に、私だったら耐えられるだろうか。

乱れた魔力の流れで、またぐるぐると視界が回りはじめた。

傾いた体を右手でベットの端を摑み支える。ふぅっと、細く息を吐き軽く頭を左右に振る。いかん。これは今考えることじゃない。

厨房の女性たちだって似たような境遇だと、リコッタさん自身が言っている。リコッタさんだけがこうなってしまった要因を探るなんて無意味なことだ。私だったらどうだろうだなんて仮定も無意味。

「私と、リコッタさんと、リゼ、さんで南の村で暮らすんですね？」

「ええ！　素敵でしょう！」

「でも私、王城の外のことなんて右も左もわかりませんよ。リコッタさんも行ったことないところなんですよね？　家とか、どうするんです？」

「ちゃんとね、親切な人が全部用意してくれるんですって。だからなんの心配もしなくていいんですよ」

「この秘密の通路とか部屋を教えてくれた人？」

「そう」

「その人が、私たちが三人で生活できるように色々してくれるって言ったの？」

「そうですそうです。親切でしょう？」

「そのために、私をこうして連れておいでって？」

「お城の人はみなさん優しいですけど、こうしないと一緒に行けないですからねって」

なるほど。最終的に私をどうするつもりなのかはわからないけれど、なにかに利用するのか、邪魔なものを消してしまうのか、どちらにしろその目的のために、この『母親』をまず利用したわけだ。娘ともう一度ともに暮らせるという甘言を餌として。――なるほど。

「待ち合わせ、してるんですか？　もうすぐ迎えが来るのでしょう？　時間決めているとか？」

「リゼがね、連れて来てくれてるはずなんです。すぐ近くにもう来てると思うんです。リゼが帰ってきてから結構たってますもんね？」

「リゼ、さんが？」

「リゼすごいんですよ。この部屋に来るまでの通路、ほんとに迷路みたいで、ああ、この部屋はね、入り口から階段を下りてまっすぐ歩いたところにあるから、私だけでもカズハさんを連れて来られたんですけど。でも他の入り口から入るととてもこの部屋までたどり着けないんです。そんな迷路なのに、リゼ、道案内できるんです」

「へぇ、すごいですね。リゼさん」

　するとこのゴーストは、その正体不明の輩たちの道具ということだろうか。……ゴーストの存在は、この世界の人間が『いて当たり前のもの』として認識するほど大昔からあるものなのに？　そんな由緒ある組織なわけか？　勇者を攫うという敵対組織の駒がそんな昔から忍び込まされていたと？　いくらなんでもにわかには信じがたい。けど、今はゴーストが道案内をしていることだけは事実として受け止めるしかないだろう。

「じゃあ、その人、人たち、か。何人かで来るんですよね？　もう近くに来てるのならなにしてるんだろう。何人で来るか知ってます？」

「……さあ？　あ、でもきっと色々準備してるのかもしれませんね。ほら、遠いでしょう。私たちの行く村。きっと何週間もかかる旅になりますもん」

「どうやって村まで行くんだろう？　魔動列車かしら。でもそれだと騎士団が見張ってますよ。きっと」

「この通路ね、王都のずっと外までつながる道があるんですって。王都の外からここまでリゼの道案内でお迎えに来ますって言ってましたから、きっと帰りもリゼの道案内でそこまで行くんだと思います。その後は馬車ですかねぇ――あ」

軋む音をたて、リゼがばたんと這いつくばった。ずるずるとドレスを引きずり、扉とは反対側の壁へと向かい――？　まとっているぼんやりとした薄緑の光る靄は、リゼの姿をわずかに揺らめかせて、時折その姿をふっと見えなくさせている。ほんの瞬きほどの間。……これが姿が消えてみえるタネか？

光学迷彩って聞いたことがある。あれはフィクションよね。幸宏さんならなにか知ってるだろうか。けど百五十年前にそんな概念あった？　それに多分ゴーストはもっと昔から存在している。いやでも、科学的知識は正確でなくてもいいんだ。姿を消すアイテムや魔法のお話は古今東西どこにでもある。きっとこの世界にだって。

リゼに気を取られすぎて、扉を蹴り開ける荒々しい音に飛び跳ねた私は、またベッドから転がり落ちた。蹴り開けられた扉から、つんのめりつつ飛び込んできた男が三人。小柄な初老の男と若い二人の男だ。一人はがちがちの筋肉で肩を盛りあげている大きな男で、もう一人は背こそ高いけど影の薄いやせ細った男。なんか典型的な悪役三人組。おっきいのちっさいのほっそいの。

「……や、やっと、あ、当たった」

「ったく、どうなってんだあのガラクタ。大丈夫なのかよ帰りよー」

影の薄い男が見たまんま気弱げにつぶやき、筋肉男が忌々しげに吐き捨てる。もしかして迷子か？　初老の男が筋肉男に警告するように軽く咳ばらいをしてから、リコッタさんへ向き直った。

「すみません。待たせてしまったようですね。——そちらは順調に？」

「ええ、ええ、ご紹介しますね。カズハさんです。カズハさん、ロブさんです。この方が色々と助けてくださったんですよ」

助けてって、この鎖で両手両足つながれた上に首輪まではめられているのに。抗議がわかりやすいように両手を軽く上げ眉間に皺を刻んでみせる。もちろんロブさんとやらに、だ。リコッタさんにはわからない。

「ああ、はじめまして。——本当に可愛らしい勇者様なのですね。ひどい話です。こんなに幼い方を戦場においやるとは」

華麗なるスルーを決め込んだロブさんは、リコッタさんへ優し気な笑みをみせた。彫刻刀で切り込んだような薄っぺらな笑顔。

「ねえ、ロブさん？　これ、外してもらいたいんです。あと首輪も」

じゃらじゃらとこれ見よがしに鎖を鳴らして注意をひいてみる。ロブはその場で中腰になり、薄っぺらな笑顔をさらに深め、

「ごめんねー、もうちょっと我慢できるかなぁ？　これからぁ、とーってもいいところに行くから

ねー、ついたらはずしてあげようねー、もちろん、ほら、このおにいさんが抱っこしてくれるから重くないよー」

きもっ!!　なにそれ!!　思いもよらぬ猫撫で声に鳥肌が立った。反射的に身体が縮こまって体育座りになってしまう。

「あんたガキに嫌われるタイプだろ」

「――お前ほどじゃない。……ところでリコッタ、リゼを知らないかい？　実は来るときにいつの間にかはぐれてしまってね」

「まあ、それでリゼだけ先に帰って来てたのですね。リゼなら……さきほどまでここにいたのですけど」

この部屋に扉はひとつしかない。ロブたちが入ってきた扉だ。その反対側の壁に向かっていたリゼは忽然（こつぜん）とその姿を消していた。あれね。手品の初歩よね。他のなにかに注意をひいてトリックをしかけるっていう。この場合の他のなにかっていったらロブたちなんだけど。――一瞬じゃん。ないわ。イリュージョンにもほどがある。

「リゼったら遊びに行っちゃったのねぇ」

のほほんとした声に、筋肉男がおいおいおいと小さく突っ込んだ。わかる。わかるけどお前がすんな。

リゼが道案内だと言っていた。てことは、リゼが戻って来ないとこいつらは私を王都から連れ出せないわけだな？　はぐれてからこの部屋まではたどり着けたようだけど、随分と迷ったっぽいし。

ここから迷わず出られるのは、リコッタさんが私を連れてきた道、王城の裏に続く道を行くしかないとみた。ざまぁ。

「……あのガキ今すっごいむかつく顔しやがったぞ」

「そ、そんなこと、か、か、かわいい、よ、ね、ねえ、おやつ、たべる？」

おいおいおいおいおいなんかほっそいひとこわいこわいこわい。おやつってその干し肉のかけらか。今それどっから出した。むき出しでポケットに入れてたのか。

怖気の立つイベントの連続に魔力が乱れて、目がまた回りかけるのをこらえた。

すぐに連れ出されないとして、どこまで抵抗できるだろうか。細い男は扉のすぐそばで外を警戒してる位置。ロブはリコッタさんのそばに立ち、筋肉男は私とロブとの間に立ちふさがっている。

今の身体の状態で一気に殲滅は厳しい、と思う。いつもみたいに動けそうにない。どこまで動けるのか、確かめる前にこの三人組が来てしまった。

「――みなさんと対等に戦える者など、魔族以外にはいないでしょう。けど、だからこそ、魔族や魔物以外とは戦わないでください。たとえ、みなさんを守ろうとした僕らが傷つけられてもです。戦うのは、僕らが殲滅され、かつ、敵がまだみなさんを傷つけようとしたときです。させませんけどね。そんな状況には」

勇者を政治的に外交的に利用することは許されない。それは召喚を五十年ごとに交替で行う三大同盟国間での約定のうちのひとつだ。これが守られているからこそ、同盟は破棄されることなく継続している。

大陸を南北に分断する三大同盟国の北側には魔族の国。南側にはたくさんの小国家群。小国家群とはいえ、国の体をなしていない地域も多いらしく、小競り合いのあげくに消滅や吸収、分離、乱立を繰り返している。

南方諸国に比べ、はるかに安全で国民の生活が安定している三国。それぞれ王国、教国、帝国と政治体制が違うため、南方諸国に対する姿勢も違う。帝国は南方の地から要請があれば、併合することもある。宗教国家である教国はその教義ゆえに、どこかと紛争が起こることもある。カザルナ王国は基本的に不干渉。けれども、三国とも勇者に対する姿勢は変わらない。

優先順位からいえば、召喚の儀は五十年ごとに交替で行われること、どの国が召喚したかにかかわらず勇者に対して常に誠実であること、魔族との戦いへの参加も含め勇者の行動は勇者の意思によってのみ行われるものであること、そして魔族以外への戦力としないこと、など――世界を守る勇者という存在を召喚することができるのはこの三国だけであり、強大な戦力ともなりえる勇者をめぐる諍(いさか)いを回避するために必要な約定だった。

礼くんの中身が十歳の子どもだからと戦闘への参加を止めようとしたのは、『常に誠実であること』が『勇者の行動は勇者の意思によってのみ行われること』よりも優先するためだそうだ。最終的には、勇者である礼くんの意思の通りに保留として落ち着いているけれども。

主観により解釈の変わる緩い約定だと思う。なにが誠実で、なにがそうでないのかはそれこそ主観の違いで変わってしまう。どんな教義かは知らないが、素人目にみたって、宗教国家である教国の考える誠実とカザルナ王国の考える誠実が同じとは限らないのは予想できる。

けれどこの三国は、このきれいごとともいえる約定をもって、衰退も崩壊もすることなく国を維持し続けている。そこが南方諸国とは違うところです、と、誇りと威厳に満ちた声でカザルナ王は言った。魔族と魔物以外とは戦わないでくれといったザザさんと同じ表情だった。

「なあ、どうなってんだよ。帰りどうすんだぁ？」

筋肉男――ザギルがベッド寄りの壁にもたれながら、ロブに問いかけた。こいつは私と一定の距離を常に保っている。私から手が届かないけれど自分からはいつでも手が届く位置。私を見たままの年齢だと侮ってはいつつも、まるで警戒していないわけでもないらしい。足運びひとつとっても、体術を得意としていそうなことくらいは私にもわかるようになった。リゼは戻って来ない。そろそろ焦りはじめているのか、ロブはザギルに答えようとしない。

「あのー、そろそろお尻冷たくて痛いんです。ベッドに上がるの手伝ってもらえますか」

侮られているなら、今はそのほうがいい。できるだけ無力の子どもの顔で見上げてみると、ザギルは一瞥してロブをまた見やる。あしらうように片手を振るロブに小さく舌打ちをしてから私の首根っこを摑まえてベッドに引きずり上げた。

「……ありがとうございます」

いくら小さめだとはいえ両手両足に鉄の鎖つきの身体を片手で持ち上げるのは、筋肉がお飾りではない証拠だ。まあ、お飾りの筋肉を育てる文化はこの世界にはないけど。

どこか羨ましそうな声をあげている細い男のことは、視界に入れないようにした。ヘスカと言ったか、こいつはなんの役割なんだろう。おそらくリーダーはロブで、他の二人は雇われの護衛だ。ザギルが見たまま近接主体なら、ヘスカは魔法使いだろうか。もっとも、三人とも剣を佩いているので、ザギル以外は戦闘ができないってわけじゃないと思う。そりゃそうだよね。

リゼの道案内なしでは、王都を出ることもできないのは結構なんだけども、いつ戻るかもわからないリゼをただ待っているだけの時間はかなり重苦しい。というか、もしかして馬鹿なんじゃないだろうか。一番重要な逃走経路をそんな不確定な手段のみに頼るだなんて。

王城の裏手に出るのは一本道だそうだから、こいつらを無力化してしまえばリゼの案内はいらない。王城に帰れるだろう。けれど、三人を一瞬で制圧しないとリコッタさんを人質にとられると思う。

「どうして私を連れて行くの？　なんのため？」

漫然と時間が過ぎていくだけなのもなんなので、情報収集をしてみることにする。

「きみはねぇ、戦争に利用されるところだったんだよ。ひどいだろう？　だからね、助けてあげるんだ。私たちの国には魔族なんて来ないからね」

ロブはまた猫撫で声で答えた。魔族が来ない？　ふぅん？　それは南方と北の間には三大国があるからだと思うけどねぇ。

「でも、勇者がいなくてカザルナ王国が負けちゃったら、魔族はそっちの国にも行くんじゃないの？　そっちの国だって困るんじゃないの？」

「ああ、かわいそうに。そう教えられたんだね。本当にひどい。戦うだけで問題は解決しないだろう？　戦争などするものか。愚かなことだよそれは。うちの国はね、対話を大事にするんだ。外交で解決するからね、君はなにも心配しなくていい」

……わぁ。会話できる魔族と会えることもほぼないってことすら知らないのか？　モルダモーデとの接触が、百年以上ぶりの対話だったのに。

「戦わないのに、なんで私を連れて行くの？　なんのために勇者が欲しいの？」

「きみのような小さな女の子に戦わせるなんて許されることじゃないだろう」

「きもっ！」

「え」

あ、しまった。つい本音が。いやだって、問答無用で少女誘拐拘束監禁とかしておいて、どの口が対話だの許されるだの抜かすのかと思ったら、ねぇ？

「やっぱガキに嫌われるタイプなんじゃねぇか」

胸の筋肉を震わせて嘲り交じりの豪快な笑い声をあげるザギルは、すぐにその笑いを引っ込めて目を細めた。

「雇い主の狙いなんていちいち詮索しねぇけどよ、俺はここからどうやって出るつもりなのか知りたいねぇ。俺はあんたらの護衛で雇われただけだ。迷宮みたいな古代遺跡の探索も、この国の騎士団とことを構えるのも契約にねぇぞ」

ほお。古代遺跡なのですか。ここは。

「……お前らのようなごろつきにはわからんのだ。勇者というものの価値もな」

「価値ぃ？」

「三大国の繁栄は勇者を召喚できるからだ。技術も富も権力をもたらす勇者がいるから繁栄できてるのだよ。勇者さえいれば、我らの国が並び立てる」

「へぇ、こんなガキになにができるんだ？　まあ、俺の金になるわけじゃないなら関係ねぇけどな？」

「ああ、関係ないとも。だから黙ってろ」

技術も富も権力もって、心当たりないわぁ……。なんだそれ。異世界チートとかそういうアレ？

「出る方法を言うなら黙ってやらぁな」

まあ、確かにジャージとか給食とか持ち込んだけども。

ジャージを実際に開発したのは研究所の人たちだし、給食は陛下が制度化したものだ。過去に持ち込まれた蒸気機関を使った魔動列車だってそう。運用し続けていられるのも、この国が自分たちでしっかり管理しているから。浄化魔法だって汎用化させたのはエルネスたちのような研究者だ。

勇者が異世界の概念を持ち込んだとして。それを有益なものにしているのはこの世界の住人にほかならないわけだけれど、果たしてこのロブたちの国に同じことができるのか？

「あのオートマタはすぐ戻る。今までだって呼ばずとも我らが望めば現れたんだ」

「来ねぇから言ってんだろ。あのガラクタ」

おーとまた。西洋からくり人形。こいつら、それはわかってるんだ。

「あなたたちの国がつくったの？」

「オートマタを？　まさか。あれは古代遺跡に住まうもの。愚かな他の国はゴーストなどと呼んでいるがね。我らはあれが古代につくられたものだと知ったのだ。他の国とは違う、選ばれたのだよ」

選ばれたという言葉に陶酔のにおいをにじませるロブは、気色の悪い猫撫で声をやめたようだ。正直助かる。魔力が乱れてしょうがない。

「……つくれるの？　つくれないの？」

「――古代文明は勇者の知恵でつくられたものと言われている。その文明でつくられたオートマタが我らを選んだのだ。次に勇者の恩恵を授かるべきなのは我らだ」

「つくれないんだ」

「今は勇者がいないからな」

「私あんなのの仕組み知らないよ？　つくれない」

「まだ三大国は我らが気づいてないと思ってるのだろうなぁ。勇者の存在は、存在そのものが恩恵であり、繁栄をもたらすものだと、とうにばれているのに。だからこそ独占し続けてきたのだと」

「えっ、ほんとに馬鹿なんだ」

「え」

あ。いかん。また本音が。でも馬鹿だとしか言いようがないでしょ。まさかなにもしなくても、勇者がいるだけで知恵がどこからか降ってくると思ってるだなんて。大体、勇者の知恵でつくられたものと言いながら、勇者がいるだけで万事オーケーとかなにをどうしたらそうなる――そうか。だから私みたいな子どもでも勇者なら用は足りると思ってるんだ。勇者であればそれでいいなら、誘拐するのは無力そうなほうを選ぶに決まってる。

「ロブさん、あの、リゼもまだ戻らないですし、カズハさんの鎖を外してあげるわけにはいかないでしょうか。ここは床も冷えるし女の子の身体にはよくないです」

リゼを人の娘として扱わない会話は認識できなかったのか、脈絡もなくリコッタさんが待遇改善を申し出てくれた。そうそう。女の子は腰を冷やしちゃいけない。せめて両足首をまとめてくっている鎖だけでも外したい。

「いや、リコッタ、それはちょっと無理だねぇ。どうやら勇者様はまだ私たちの誠意を疑ってらっしゃるようだ。国まで戻れば、おわかりいただけるとは思うが」

――他人を馬鹿といった者が馬鹿。私の馬鹿!!

ほんのちょっと漏れてしまった本音を根に持たれてしまうとは。

「カズハさんは私とリゼと暮らしてくれると言いました。鎖を外したって問題ありません」

これまでの柔らかで物静かな風情から一転して毅然とした態度をとるリコッタさん。いや言ってないけどね？　一緒に暮らすとは言ってないけどね？

「リコッタ、勘違いしちゃあいけない」

「はい？」

「問題があるかどうか決めるのは君ではない。私だ」

「な……きゃっ!?」

　鈍い音とともに、リコッタさんの身体が壁に叩きつけられる。平手打ちなんかじゃない。拳で、リコッタさんの顎を殴りつけた。ほんとにどの口が「対話を大事にする」とぬかしたんだ。

　元々魔力の繊細な操作は得意じゃない。練習してかなり上手くなったと自分では思ってるけど、エルネスにはまだ「量に任せて力業するのやめなさい」と言われる。魔力操作は体調や感情にも左右されるそうで、そうすると常に冷静な私が得意じゃないのはおかしいはずなのに、実際そうなのだから仕方がない。

　呼吸を整え毛細血管の一筋まで意識してと、さっきまでできていたことができない。首輪のせいで制御できない魔力はぐつぐつと沸騰するかのように暴れている。座ってられなくて、ちくちくするベッドに顔をうずめたまま動けないのに視界は激しく回り続けるから、身体ごと激しく振り回されている錯覚に陥る。

　これは怒りのせいだ。

　打ちつけられた壁際にうずくまりピクリとも動かないリコッタさん。その姿が、回り続ける視界から外れない。これじゃ反撃どころの話じゃない。怒りのせいで、その怒りの原因を排除できない

なんて無能すぎて許せない。動けない腹立たしさがさらに怒りを加速させる悪循環。

「――やっと首輪の効果が出てきたのか？　勇者とやらには効かないのかと思ったぜ」

「く、首輪つけてて、す、すわってられる、わけ、ないからね」

「勇者は魔力量が桁違いだというからな。魔力を吸い上げるのに時間がかかったんだろう」

ザギルの小山のような肩が若干落ちる。そうか。首輪してたらこうなるのが普通だったのか。なのに私はしれっと座り込んだまま、平然と会話までしてるから警戒して距離を保っていたと。失敗した。この姿勢を崩さないままばれないように魔力の制御を取り戻さなくては。

「で、どうすんだよ。帰り道の確保ができないなら契約はここまでとさせてもらうぜ。前金はもらってるしな。残りの金もらったとしても騎士団相手にするなんざ割に合わねぇ」

「ここから迷わず出られるのは王城の裏への扉だけだ。お前らはそれすらも知らんだろう」

「はっ。馬鹿言ってんなよ。俺らがこの部屋にたどり着いた道とは逆方向に行きゃいいんだろうが。来るときにお前がそう言ったんだぜ」

「馬鹿はお前だ。扉を開けるには呪文が必要なんだ。契約を続行するしかお前らに道はない」

「その呪文とやらは知ってるんだろうな？」

「ふん、この女にそれを教えたのは私だ」

舌打ちするザギルを小馬鹿にするように鼻を鳴らし、ロブはうずくまるリコッタさんを蹴り上げる。ぶわっと背中が燃えるように熱くなったけれど、苦しそうな身じろぎをしたリコッタさんに少しほっとした。

「王城の裏山を抜けて出る。いくら王城の騎士団といっても隙ぐらいつけるだろう」

「……運べるのはガキ一人までだ。あんたやそこの女の面倒まで見切れねぇぞ」

「問題ない。どうせこの女は保険としての人質程度の価値だ。捨てていく」

「けっ」

「まじないをかけるのは国に戻ってから万全の態勢で行う予定だったんだがな。暴れられると厄介だ。生きてりゃいいんだ――壊せ」

「い、いいの」

それまでおとなしかったヘスカの眼が急にぎらつきはじめた。

「得意なんだろう？　まじないは心が折れているほどかかりやすい。好きにしろ」

「ふっ、ふふふっ、か、かわいそ、うだね」

ヘスカはゆらりゆらりと上半身を揺らしながらにじり寄ってくる。壊す？　心を折る？　わー、なんかすごく予想できてきた。

「……ま、じない」

「賢い勇者様もご存じないですか？　ええ、安心してくださって結構ですよ。我が国に着けばすべて忘れられます。大切にお迎えしますからね。何不自由ない生活をお約束しましょう」

ジャージは狩りや訓練のときしか着てないから、今は長袖シャツとひざ丈のズボンだ。靴も脱がされていて、足首に絡められた鉄の鎖が素肌に冷たい。その鎖をなぞり、そのままふくらはぎまで、ヘスカの爪が滑る。

「ほ、ほっそいねぇ、おれちゃいそうだ、ね？　ふっ、ふふ」

すべて忘れられるまじない。洗脳とかその類いだろうか。

ロブは部屋に来たときのような薄っぺらではない笑顔を見せる。愉悦に満ちた醜悪な笑顔。

「ログールの味はわかりましたかぁ？　生の実じゃあ無理だったでしょうねぇ。でもあれを特殊な方法で精製すると非常に美味らしいですよ。欲しいものはすべて目の前に見えるようになりますからねぇ。――リコッタは幸せそうだったでしょう？」

母は完璧な妻であり、母だった。
研究者である父の教え子でもあった母は、仕事上でも家庭でも父を助け支え、娘である私にも優しく道を示すような人だった。同級生が愚痴るように理不尽に怒られたことなどない。不機嫌な顔すらも見たことがない。
ただ、私のそばにはいなかった。フィールドワークや出張の多い父に同行してしまうからだ。我ながら手のかからない子どもではあったけれど、母がいつでも笑顔で私に接することができたのは、一緒に過ごす時間の少なさのせいでもあったのではないかと自分が母親になってから思うようになった。
でもそれまでは、私にとって母は綺麗で優しい完璧な母に見えていた。周囲にも羨ましがられていたから、身びいきでもないはず。

和葉ちゃんのママ、きれいー。

えー、怒られたことないの？　いいなぁ。

お父さんのお仕事手伝えるなんてすごいのねぇ。

中学や高校に入っても定期試験の答案を採点でき、間違えているところの正解を教えられる母。平均以上の点数をとってはいるけど、けして上位には入らない成績を咎(とが)めることなどない。

進路も私の希望が最優先で反対などされはしない。それどころか志望校のランクや傾向までいつの間にか調べてさりげなく助言してくれる。

習い事レベルでしかないバレエも、もし私が本格的にその道に進みたいと言えば、それなりの教室に通えるように計らってくれただろう。

まだ私が小さい頃は、面倒がらずに料理や掃除の手伝いをさせてくれた。幼児にもできるお手伝いなんて、教える労力も時間も余裕がなければそんなにできることじゃないと、これも自分が母親になってから知った。

私は愛されて何不自由なく育った娘だと、自分も周囲も思っていたし、それはけして間違いじゃない。

悪い点数だろうと良い点数だろうと変わらない笑顔に私自身が物足りなさを感じていたとしても、

母からしてみればそれは私が頑張った結果だからと思ってくれたからだろう。

志望校が公立であろうと私立であろうと全寮制であろうと、なにが好きでなにがしたいのかを母自ら問うてくれることはなかったとしても、それは私の自主性を尊重してくれたからだろう。

どんなバレエ教室に通ったところで、引っ越しや親せきに預けられることでしょっちゅう変わらざるを得なくて、そして発表会には来てくれることがなかったとしても、それは父の仕事故に仕方がなかったことだからだろう。

子どものお手伝いなんてかえって手がかかるだけだとしても、そのわずかな時間を費やして小さな私の願いをかなえてくれたのだろう。

大人になって、母親になって、母が私にしてくれたことは確かに愛情故だったと理解できる。けれど消えないのだ。理解はできても、子どもだった頃の私が消えない。

今度帰ってきたときに見てもらおうと、答案をきれいに重ねて積み上げていた私が消えない。

合格ラインが見事にばらばらな志望校を選んで調査票に書いた私が消えない。

バレエの発表会で、周りの子たちが母親にメイクしてもらっている中、一人で先生にしてもらっていた私が消えない。

お手伝いさんや曾祖父に教えてもらってできるようになった掃除や料理を褒めてもらえて喜んでもらえて、それが嬉しくて家事を一手に引き受けたところで、帰ってきてくれる頻度は上がらないのだと気がついた私が消えない。

綺麗で優しい母が大好きだった。いつもそばにいてくれたらどれほど素敵だろう。綺麗なのはちょっと無理かもしれないし、勉強を教えるのも母ほどは上手にできないけど、家事はできるし、笑顔でいることもできる。

与えられたものと、欲しかったもの、その両方を自分の子どもにあげたいと、あげられる母親になりたいと、憧れは強く私を焦がすほどにふくらんでいった。

かなったのなら、きっと子どもだった頃の私は満足するだろうと、そう思ったのだ。

それが正しかったのかはもうわからない。結局私はそんな母親にはなれなかったのだから。

「ふふっ、あ、ああ、細いのに、やわらかい、ふわっとし、してるね」

ヘスカは、私の両手首をまとめた鎖ごと左手で摑み、仰向かされた私の頭上に圧しつける。無防備にさらされた二の腕の内側を右手で弄びながら見せる恍惚とした表情は、なるほど、本当にこの類いのことが得意なんだろうと思わせた。

大丈夫。大丈夫。殺されはしない。殺してしまっては奴らの目的は達せない。

残り二人の位置関係を把握しながら、反撃の機を待てばいい。

魔力をめぐらせているのはばれないように、魔吸いの首輪が効いているように見せかけて、そのときまでじっと待つんだ。たいしたことじゃない。

「ん、ん？　な、なにをされ、るのか、わかってる、のかな？　ち、ちいさいのにわるいこだな

――でもざんねん」

左の二の腕が、いきなりかっと熱くなった。

まるでそういうスイッチみたいに、なにをされたのか把握もできないまま、私の喉を悲鳴がこじ開けていく。

いつの間にかヘスカの手に握られていたアイスピック。それが二の腕に突き立ち、ピアスみたいに皮膚と骨の間を貫通している。

唾液を飲み込むような籠った笑い声をたてるヘスカは、アイスピックにゆるりゆるりと円を描かせ、突き立てたまま皮膚の外側へ向けて引いていく。

「ほそ、くて、すぐ、ひ、ひきちぎれ、ちゃうね？」

「あっやっやだ、やめ」

押さえつけられたままの両手首、ヘスカに跨(また)られて動かない下半身、アイスピックに吊り上げられるように上半身がついていこうとするけれど、広がっていく腕の穴。ぷつ、ぷつ、と裂けていく肉。

「やっやああああ、あ、あ」

「ち、ちぎれた、ら、つつつまんない、から」

裂けきれる直前に抜かれたアイスピックから、ぱたたっと頬に降り注ぐ血。

なんなの。これなに。なんで。

にやにやと歪んだ唇から舌を見せつけるように突き出して、あふれ伝う血を脇から舐めあげていく。傷口にたどりついた舌先は、ゆっくりとその裂け目をねぶりかきわけていく。

なにしてるのなんでそんなことしてるのやめてやめてやめて
思考は拒絶と嫌悪と激痛に支配されて、体内で魔力は暴れ狂うのに体そのものは動かせない。喉は意味をなさない音しかこぼさない。ちかちかと視界でまたたく光がにじんでいくのは、勝手にあふれ出ている涙のせいだ。

「ああ、ああ、き、きみ、ほんとに、か、わいい」

ヘスカは腕から口を離して私の目を覗き込み、アイスピックはナイフに持ち替えられ、シャツを裾から首元まで切り裂いていく。刃先を肌に浅くひっかけながら。ぽつぽつとにじむ血が赤い線を引いた。

「……あ、あれ?」

「――どうした」

「こ、このこ、ずいぶん魔力、の、のこって、てる?」

「ああ? そんなわけねえだろ」

熱に浮かされた眼を冷ややかにさせ、みぞおちから撫でおろして丹田の辺りで掌を押し込んでくる。やっぱりこいつは魔法使いか。熟練していくと他人の魔力残量を、触れることで感じられるようになるとエルネスは言っていた。当のエルネスは一定の範囲内に対象がいれば触れずともわかるらしい。

『もっとも魔法使いは接近戦をそもそも避けるから、戦闘中にそれが役に立つことはないんだけどね。……まあ使いどころはあるといえばあるというか、元々直接戦闘以外で使うものというか』

　エルネスが濁した使いどころはこういうことだったのかと理解できた。

「す、すご、いね、さすが、ゆうしゃ」

「おい、油断するな」

「ふ、ふふふっ、ま、魔力は、ある、だけじゃねぇ。く、苦しい、よね、みだれてる。こ、こんなんじゃ、なあんにも、なあんにもでき、ないよね、ねぇ」

　干し肉のかけらが入っていたポケットを漁って取り出した小さなケースを、私の目の前でからからと鳴らして振り、飛びだしてきた赤い錠剤を一粒つまんで見せてきた。

「さ、さっききいたで、でしょ。ログール、いろんなしゅ、種類、ある、けどね、赤がでた、ね。ふふっゆ、ゆうしゃは運も、いいね」

　ナイフがさきほどよりも少し深く、左胸と鎖骨の間辺りを走る。

「い、いたいのも、きもちよ、よくなる、よ」

　愛情深い前戯のように、ヘスカはその傷口に錠剤を押し込んだ。


　なにをされているのか、もうはっきりとはわからない。

　右の二の腕、脇腹、左の乳房と、炎を幻視するような熱さが襲ってきて。

それは確かに激痛だと脳は認識しているのに、体内を駆けめぐる波は甘やかな痺れも伴っていて。下腹部から次々湧き上がる魔力が、私という器を内部から突き上げては荒れ狂い首輪に吸い上げられていく。

遠くからビル風が吹き抜ける甲高い音が聞こえる。ああ、でもこの世界にビルなんてない。なんだろう。裏山の崖から来てる音だろうか。嵐になるのだろうか。礼くんは怖がらないだろうか。コロッケでもつくろうか。怖いよね嵐は怖いだからコロッケパーティしたら怖くなくなるよきっとねそしたらそのうちおかあさんだっておとうさんと一緒に帰ってきてくれるああおなかすいてたのありがとうとよろこんでくれるただいまって言ってくれるああはやく帰ってきてくれないかななんだか風の音がどんどんおおきくなってきてるおうちの中にまで吹き荒れてきてるわたしのなかでまであばれてる怖いよなんでかえってきてくれないの怖いよなんでわたしひとりでいるのわたしが嵐につれていかれてしまうわたしが嵐になってしまうほらとおくでおんなのこが泣き叫んでるきっと怖いところだいきたくないよこわいよかえってきてはやく

「な、なにしてるの」

おかあさん

おかあさんだかえってきてくれた

おかあさんがわたしをみつけてくれた

「――リゼ！　いやああ！　やめて！　リゼ！　リゼ！」

だれ

おかあさん
かずはだよリゼじゃない
「お、かあさ、ん、たすけ、て」

愛も願いも呪いとなって

『おかあさんたすけて』

ひゅうひゅうと鳴る絞られた喉から転がり出た意味のある言葉は、自分の寝言に驚いて目が覚めたときのように私の意識を急浮上させた。——ばっかじゃなかろうか。

なぁにがおかあさんだ！　なにがたすけてだ！　なんたる不覚なんたる屈辱！

耳の中では鼓動が鳴り響いてる。

荒い息はおさまらない。

体中が熱くて痛い。

荒れ狂う魔力のせいで吐き気もひどい。

止まらない涙で視界は薄らぼけている。

けれど、もう脳内はクリアだ。

「やめて！　リゼ！　リゼ！　いやああああああああ！」

「おーっと、と」

躓(つまず)きながら這うように駆け出したリコッタさんを、ザギルが胴をすくいあげ押しとどめた。泣きわめいてもがいても、ザギルの腕はリコッタさんの腰ほども太く微動だにしない。

「ヘスカ、早くしろ」

「う、うるうるさい、お、おばさ、んのこえ、つまん、ない、だまらせ、てよ」

「うぉっ！　俺に当たるだろうが！」

要求しながらもヘスカは左腕を薙いで振り、リコッタさんを抱えたまま横跳びに躱したザギルの後ろの壁が小さく弾けた。ヒカリゴケがきらきらと残滓（ざんし）を散らす。

リコッタさんはひたすらに私のほうへ届かない手を伸ばしている。失った娘の名を叫びながら。

私が母の姿をリコッタさんに重ねたように、今は私がリゼに見えているのだろう。

欲しいものが目の前に見えるだと？　リコッタは幸せそうだったでしょう、だと？　なにが？どこが？

扉近くにはロブ、投げ出した私の足に跨るヘスカ、リコッタさんを抱えたザギルはロブとは反対側の壁のそば。三人は三角形の頂点の位置にいる。

ザギルの苦情など歯牙にもかけず、ヘスカは私の内ももに手を差し入れた。

「んー、や、やっぱ、り、こここれ、じゃ、ま」

私の膝を立たせ、足首の鎖にかかった錠を覗き込みながら、ごそごそとポケットを探っている。

「——おい」

「へ、へいき、だし。は、はやく、しろっていった、し」

ポケットから取り出された小さな鍵が、錠をカチリと鳴らし——今！

「――っ」
魔力を制御しなくては、私の身体に負荷がかかりすぎると言われた。人よりはるかに頑丈ではあるけれど、それを超える魔力量はまだ成長中の身体を蝕(むしば)むと。魔法の安定した発動のためではなく、私の身体のためにエルネスは制御を教えてくれていたのだ。

ぎしぎしと軋む関節、筋肉に刺さる鋭い痛み。
そんなものはシカトしてしまえばいい。
畳み込んだ両脚で、ヘスカの顔を蹴り飛ばす。
触れていれば重力魔法はかけやすい。
インパクトの瞬間だけ魔法を発動させれば、ヘスカはロブへと一直線に落下する。

許さない許さない許さない
三秒だ
三秒でころす

蹴りの反動にのり、ベッドから跳ね起きて。
縛られた両手で、四つ足の獣のように床を殴り。
ザギルの足元まで一秒。

この世界に来るまで、当然喧嘩のひとつもしたことなどなかったけれど、教えられた体術は驚くほど早く体に馴染んだ。コサックダンスの原点が武技であるように、体術を基礎におく舞踊は多い。とある格闘家も言っていた――

ザギルは一瞬怯(ひる)みながらも、すかさずリコッタさんを私に向けて突き飛ばし防御の構えをとる。突き飛ばされたリコッタさんを躱し、ザギルの右側足元と背後に張った障壁(グラスウォール)を三角跳びで回り込めば。

天井をかすめる踵が、ザギルの頸動脈めがけて振り下ろされる。

――バレリーナとは喧嘩をするなと。

踵落としに沈んだザギルは、顔面を床に打ちつけて動かなくなった。

二秒。

ヘスカに巻き込まれて壁に叩きつけられ重なり倒れるロブの頭上へ、着地の衝撃を膝で吸収して跳ぶ。

ハンマーの顕現は手元から三十センチ以内。今の私には振り回せないけれど。

初めての顕現で地響きをたてて大地にめり込んだハンマーが、天井の高さから自由落下したらどうなるか。

許さない

ハンマーが石床を割る音は、ロブの肩から上とヘスカの胸から下を圧し潰す音をかき消した。

三秒。

思いっきり肩から落ちて、痛みと衝撃でまだ残っていた涙がこぼれた。嗄れた喉から思わず知らず低いうめき声が漏れる。視界に躍る光と影の斑点を軽く首を振ることで打ち消して、強張る関節を慎重に伸ばしながら顔を上げれば、ロブとヘスカの残骸と、倒れたままのザギルと、見開いた目で硬直しているリコッタさん。

立ち上がれなくて、それこそ生まれたての子馬的に震える手と足で、リコッタさんへと這って近寄った。

「——リコッタ、さん?」

「……ひっ」

呼びかける私の声に、びくっと両肩を震わせて、ザギル、私、またザギル、そしてハンマーの下に視線が泳いで。

「あ、あ、あ」

私にしっかりと視点を合わせ、リコッタさんは後ずさりながら悲鳴をあげた。

「いやあああああ！　やっ！　リゼ！　リゼどこ!?　逃げてリゼ！」

まあ、そうだろう。そうだよね。

そりゃあ、大の男、しかも明らかに戦闘職の男たちをたやすくねじ伏せるどころかこの惨状だ。もう、とてもリゼには見えないに決まっている。むしろリゼに危害を加えかねない襲撃者に見えているらしい。

手が届くか届かないかのぎりぎりの位置まで這って、近づいてからぺたりと座り込んだ。本当はロブたちを隠すように位置取りしたいのだけど、ちょっと私のサイズでは無理だろう。

「なにも、しないから」

「や、やああ！　こないで！　こないで！」

「うん、ここまで。こっから近寄らない。ね？」

続く悲鳴の息つく合間に、なだめる言葉を滑り込ませていく。リコッタさんは、背をベッドに押しつけて、私から少しでも距離をとろうとしている。

魔族以外と戦わないでくださいと言ったザザさんの話には、もうちょっと続きがある。

『人は、強大すぎる力を恐れます。王城の人間、みなさんと身近に接する人間ならばさほど表には出てこないでしょうが、この国は広いです。国民も多いです。最大の脅威である魔族と戦う勇者になら、当然尊敬もあこがれも集まります。けれどその力がひとたび自分たち、人へとも向くものであると思えば。それだけではすまなくなるのが人というものです。王にも国にも、人の内心を完全にコントロールすることはできません。――まあ、個人的に言わせてもらえば僕も嫌ですから。理不尽で不当な恐怖にあなたたちが晒されるのはね』

幸宏さんはなんともいえないような、でも反論したそうな顔をして、他の三人はちょっとよくわからないですって顔をしていた。ザザさんははっきりとは言わなかったけれども、まあ、今のこのリコッタさんの反応がすべてだろう。

私たちは異端であり、化け物であると。

視界の隅にじわじわと流れる血が入り込んでくる。ほんの少しだけ顔を後ろへ向ければ、ハンマーの下で赤黒い塊が表面張力と広がる血に引っ張られてゆっくりと蠢(うごめ)いているのが見える。――臓物など魔物を捌いていれば慣れてしまうし、なんら変わらない。

まだヘスカの手が痙攣(けいれん)している。

思ったより抵抗感も罪悪感もない。

家の中を素足で歩いてて、ワラジムシを踏んづけてしまったようなそんな嫌悪感が少しあるだけ。

私という人間はもともとこうだったのかな、と、前の世界での私と比べようともこんな経験をしたことは当然なかったので比べられない。元から人の命を奪うことに抵抗などない人間だったんだろうか。法律を順守する善良な市民だったはずだけども、この世界ではこれは違法ではないわけだし、と考える辺りがなんかこう色々と怪しいといえば怪しい気もする。それともこの世界へと渡るときに、なにか色々置いてきてしまったのだろうか。答えなど見つからないわけだし、まあ、いいかなどっちでも、と思う。

ごめんね、ザザさん。せっかく気遣ってもらったけれど、少なくとも私はやっぱり化け物で間違いはないかもしれないね。

つらつらとそんなことを考えながら、息切れがおさまるのをぼんやりと待っていた。

ああ、体中、痛くないところがないくらい痛い。

私の息切れがおさまってくるのと反対に、リコッタさんは息を荒く弾ませている。こんだけ悲鳴をあげ続ければそれは疲れることだろう。それとも少しは落ち着いたのか。

「リコッタさん」

縮こまった手足は緩んではいない。

「帰ろ？」

「……リゼ、リゼは」

「他の人に、一緒に捜してもらえるように頼んであげるから」

どれほどログールを使われたのだろう。エルネスなら治療の目途を立ててくれるだろうか。治療できたとして、果たしてそれが幸せだろうか。もう一度リゼのいない世界を思い出すことが、幸せだろうか。

「きっとまた、村はずれの丘にいるんだわ」

「そこはリゼのお気に入りなの？」

「小さな花があちこちに咲いているの」

「うん」

「薬草だから、本当に地味な花ばかりなの」

「うん」

「でもリゼはそこで遊ぶのが好きだから」

「そっか。じゃあそこをまず捜すようにするね――立てる？」

驚かさないようにおびえさせないように少しずつ近寄る。――ほら、こわくない、とか言いたくなるわ……。

「捜してくれるの？」

「うん。いいよ」

膝立ちで三歩ほど近寄って伸ばした私の両手へ、リコッタさんが手を置こうとしたその瞬間。リコッタさんのゆらゆらと力ない視線が急に定まり、そんな力が残ってたのかと思うほど力強く引き倒される。

「……ふっ」

あのいやらしい笑い声に慌てて身を起こし振り向けば、ヘスカの手が力なくぱたりと床に落ちたのが見えた。あの状態でまだ生きてたのか。ほんと虫っぽい。もうぴくりとも動かないことに詰めた息を吐き出すのと同時、リコッタさんが音もなく倒れた。

「え」

じわりと赤い染みがリコッタさんのおなかのあたりに広がりはじめる。

「え……？」

待って。なに。待って待って。

「リコッタ、さん？　ちょっと」

抱え起こそうとして、両手がまだ鎖でまとめられてることに気づき、それならと横倒しになっている彼女を仰向けたとたん、とぷり、と血があふれ出た。

ヘスカが最期に魔法を撃っていったんだと、リコッタさんは私をかばったのだと、やっと思い至る。

「リコッタさん？　リコッタさん、目を開けて、リコッタさん」

呼びかけ続けながら、シーツをはいで腹に圧しつける。不衛生でも、ないよりはまし。みるみるうちに染まるシーツ。

回復魔法は適性がなければ発動すらしない。規格外だというあやめさんはともかく、幸宏さんだって翔太君だってちょっとした怪我なら治せるくらいには使えるし、礼くんは怪我は無理だけど体力回復を使える。

　私だけ、何故か戦闘特化なのだ。かなり頑張ったけれども全く無理で、エルネスにも諦めろと肩を叩かれた。

「……リゼ？」

「リコッタさん、リコッタさん、大丈夫だからね、帰ろうね」

「そこに、いたの、怪我、ない？　ああ、よかった」

　小刻みに震える白く細い指先が、私の頬に触れる。そっと、そっと、愛しげに。

「帰ろう？」

「ええ、帰り、ましょうね」

　シーツがそのままでは大きすぎる。まだ赤くない部分を歯を使って引き裂いて包帯がわりにしたいのにうまくできない。がたがたと震える自分の手が忌々しい。

「……その女、あんたを攫ったんだぞ」

「回復魔法は!?」

「無理だ」

「つかえない！」

　錆びついた声をかけてきたザギルが、舌打ちして立ち上がった。舌打ちしたいのはこっちだ。硬い甲殻を持つグレートスパイダーの頭も砕ける蹴りだったのに。万全でなかったとはいえ、死んでなかった。ヘスカもそうだったし、私はどうやらツメが甘い。

「——次はちゃんと死んだか確かめる」

「雇い主がアレじゃ仕事は終わりだ。見逃せ」

顎をロブのほうへしゃくって見せるザギルは、足に力をこめる私に手のひらをむけて制した。

「鎖の鍵、ちょうだい」

「持ってたのはヘスカのはずだ」

「じゃあとってきて」

「あれの下だぞ。もう内臓もろとも砕けてるだろうよ」

「ほんっとつかえない」

「……なかなかに理不尽だな。勇者サマ」

手足を怪我したのなら腕や脚の根本を縛るとか患部を心臓より高く上げろとかあるのに、腹部はただ傷口を押さえるしかできることがない。シーツはじゅくじゅくと赤黒く重みを増していく。私の震える手は、ちゃんと一般人であるリコッタさんのおなかが耐えられる程度の力加減ができているかどうかわからない。止血どころか潰しちゃいけないものまで潰してないかと不安に駆られる。

「その女が裏切ったせいで、あんたはこんな目に遭ったんだと思わないのか？　薬漬けだろうとなんだろうとそれはあんたには関係のないことだろう」

けろりと立ち上がったようだけど、やはりダメージは残っているのか首筋をもみさすりながらザギルは壁に背を預けている。

「……リコッタさんは扉を開ける呪文を知ってるから」

「あのピックには、血を固めにくくする薬が塗ってあるって聞いたんだが」

よくうまいこと通したもんだ。血は止まっている。痛いけど。普通にめちゃくちゃ痛い。

がふたつ空いている。どの穴も臓器は傷つかないように空けられたのだろう。このささやかな胸

前開きに切り裂かれたシャツを寄せつつ左の乳房を見ると、脇側からすくい縫いしたかのように穴

ぞれ貫通している小さな穴から新たな出血はない、ように見える。リコッタさんから手を離して、

自分を見おろせば体中血塗れだけど、これは多分リコッタさんの血だ。両の二の腕、脇腹、それ

「あんたの傷は——血止まってるのか？」

ったりと胴に巻いていった。

進められている。まるで枕を整えるかのように軽々と彼女の上半身を支えつつ、裂いたシーツをぴ

ていたけど、ザギルはその見た目の印象や口調に反して理性的だ。リコッタさんの手当も手際よく

ザギルから目を離さないように場所を譲り、リコッタさんの手を両手で包んだ。なんとなく思っ

「呪文がないとここから出られないのは俺も同じだ」

「変な真似したら本当に今度は殺す」

られた両手ではそれができなくて困ってはいた。

本当に、ほんっとうに面倒くさそうにちんたらと近寄るザギルを牽制するも、確かに私のこの縛

「あんたのかわりにシーツを裂いて腹に巻く。近寄らないとできねぇだろ」

「こっち来るな」

「なるほどね」

「……だからあんな穴を広げるようなやり方してたの」

「いや、それは趣味だろうな――ん？」

ほんと死すべきして死んだのねヘスカは。いやむしろもっと苦しめるべきだったかもしれない。

ザギルはまじまじと、胸元を凝視してる。このささやかな胸に興味があるのか。お前もか。お前もなのか。

「なに」

「ちょっとその鎖見せてみろ」

胸じゃなかった。シャツから手を離すと胸元がはだけるのだけど、全くもって見られてないのがわかったのでまあいいかと両手首を突き出す。何重にも巻かれたごつい鉄の鎖のあちこちを軽く引いていくザギル。絡んでいるように見えた部分を、するりと私の指先がくぐった。と、けたたましい音をたてて鎖は自重で床に落ちていく。

がしゃん――とぐろを巻いた鎖の上にのった南京錠。鍵はかかったままだ。

「……」

「……手品？」

自転車のチェーン錠をかけるとき、しっかり巻きつかせようとするあまりに意味のない部分に錠をかけてしまったりする経験をしたことはないだろうか。あれである。あれである。あ・れ・で・あ・る!!　リコッタさん！　リコッタさん!!

「……まあ、人間を鎖で縛るなんて真似、やったことある女のほうが少ねぇだろうしな」

「――くっ」

足のほうももしかしてそうだったのか！　縛られているように見えて絡まってただけか！　足の鎖さえなければと！　あれだけ！　あれだけ耐えたのは一体！　リコッタさん！

やり場のない怒りのままに床の鎖をヘスカたちの残骸に打ちつけようとしたけど、めまいが襲ってきてしゃがみこむしかできなかった。

「おい、動けそうなら行くぞ――本当にこの女連れてくんだな？」

リコッタさんは意識を失ったままだ。浅く早い呼吸は確認できるけど、早くちゃんと手当しなきゃいけないことには変わりない。三回深呼吸して立ち上がる。

「呪文まだ聞きだせてないし」

小さな舌打ちをして、ザギルはリコッタさんを片腕で抱き上げた。

「変な真似したらわかってるよね」

「こっちはまだ右腕痺れてんだ。自由になる左腕をふさいでまで担いでんだからわかれ」


通路もやはり縁の欠けた古い石壁がヒカリゴケに覆われている。ぴちょんとどこかから水滴の落ちる音。右腕がまだきかず、左腕でリコッタさんを担いでいるザギルの代わりにランタンを掲げていた。私の身長ではザギルの顔は下から照らされてちょっと怖いことになっている。リコッタさんが言っていた通り、通路は一本道でしばらく歩くと上へと続く階段に突き当たった。ランタンの灯りの向こうは闇に落ちているけど、階段は緩い弧を描いているのがわかる。

両手も両脚ももう自由だ。重い鎖などもうない。だけど首輪はまだ外れていない。その鍵はロブが持っていたらしいから、まあ、ハンマーの下だ。

——きっつい。

先の見えない延々と続く階段は、今の身体では正直かなりきつかった。ランタンを持っている腕の傷は三割増しで痛い。脂汗の流れる首筋が冷たい。どんだけ深いのこの遺跡。

「なんだっけ。イプシェなんとか？　その国に帰るの？」

朦朧（もうろう）としてくるのを誤魔化せないかと、ザギルに問うてみる。

「……オブシリスタな。かすってるとも言いにくいぞそれ」

ザギルはさすがというのか息切れもしてない。私だって普段ならこの程度駆け上がれるし。覚えれなかったわけじゃないし。リコッタさんが言ってた通り言っただけだし。

「ま、そのうちまた変わるだろうけどよ」

「なにが？」

「名前だよ。俺が覚えているだけで四回か。頭が変われば国名も変わる。——国って言えるのかどうか知らんが、国だと名乗れば国なんだろ」

統合、消滅、乱立が繰り返される南方諸国。確かにその時々の支配者が国だと自称すれば国なんだろう。

「ふうん。で、帰るの？」

「帰るっつってもな。雇い主がアレじゃ戻るメリットどころかデメリットしかねぇ」

「アレは下っ端でしょ？　こんなとこに出張ってきてるんだから。その上の人間に捕まったらヤバイってこと？」

「……まあ、どこにでも一時的に潜伏ならできる」

「他の国とか行けばいいんじゃないの」

「俺みたいなんが稼げるのはああいう荒れたとこなんだよ」

「脳みそが筋肉質に見えるタイプってこと？」

肉体言語のほうが得意そうにしか見えないものなぁ。でも見た目ほど脳筋じゃないように思えるのに。

「くそが。勇者サマは知らんだろうけどな。この国、三大国みたいなんが特別なんだ。違う種族が共生してるとこなんて南にはねぇよ。混じりもんはどこ行っても混じりもんだ」

「まじりもん」

はて、とザギルを改めて見上げる。うん。怖い顔ではある。典型的な悪人面だ。混じってるってハーフかなんかってことかな。

「あ。目。目光ってる――ひゃあっ」

ランタンをザギルの顔がよく見えるように高く上げてたら階段にけつまずいた。

「ぜいぜい言ってるくせにくだらねぇことしゃべってっからだ」

　オパールのような遊色を浮かべて光る虹彩（こうさい）に呆れをにじませ見おろすザギルは、それでも階段を上がる足を止めている。四つん這いについた手足は小刻みに震えている。痛い。しんどい。

「この女捨てりゃ、あんたを担げるぞ」

「――なんで私は捨てないの」

「ここから出て騎士団と鉢合わせしちまったときに、あんたがいれば交渉できるかもしれねぇ。あんたがいなきゃ、死に物狂いで追われるだろうな。――ガキのあんたがあんだけバケモンなんだ。他の勇者サマはどんだけだって話だよ。しかも勇者付きの騎士団ってザザがいるって話じゃねぇか。冗談じゃねぇ。さすがに逃げ切れる気がしねぇよ。鉢合わせさえしなきゃなんとかなるだろうけどな」

「ザザさん、有名なんだ？」

「氷壁のザザが絡んでるなんて知ってたら、話が来たときに逃げてらぁ。引き受ける奴なんてヘスカみたいな気狂いしかいねぇ」

「氷壁！　ははっ、かっこいいなぁ」

　お約束の二つ名！　やっぱりこっちにもあるんだ。笑って吐いた息で勢いをつけて立ち上がる。

「ねえ、その目、もしかしてランタンなくても見えてるの」

「夜目は利くぞ」

「早く言ってよね！　それ！　気ぃ利かないわー」

　ランタンを腰の高さまで上げていたのを下ろした。私の足元だけ明るきゃいいんじゃないか。痛む腕でランタン持ち上げてたのに。

「頼んでねぇだろ……」

「わかんなさいよ」

「知るか」

照らされている段差に一歩足をまた乗せる。大丈夫大丈夫。

「で、どんな種族なの」

「あ？　俺か？」

「他に誰いんの」

「あー、俺は混じりもんっつうか、先祖返りだな。どっかで竜人が混ざってたらしい」

「りゅうじんって？　獣人とは違うの」

「知らねぇのか」

「この世界育ちじゃないんで」

「純血はもういないから本当のとこは知らんが、ヒトの姿をした竜だとか竜との混血だとか言われてる。俺はまあ、人より丈夫で夜目が利いてとかそんくらいだ。寿命も長いかもしれんな」

「それで私の蹴り入れられても平気なのね」

「意識刈られたのなんてガキんとき以来だ。なんだよあれ」

「踵落としだね」

「ほんっとふざけんなだぞあれ」

「仮にも勇者ですし」

「……はあ、ほんっと知ってりゃ逃げたのによ」

「普通に断るってのはないの。仕事選べないの。底辺なの」

「あんな……あの国で仕事選べるヤツなんざ一握りもいねぇよ」

「そうなんだ」

「おう」


いよいよ雑談もつらくて、黙々と階段を上り続けてしばらく。

「……リゼ」

リコッタさんが小さく掠れた声でリゼを呼んだ。ザギルの背に垂れていた手が力なくさまよう。そっとその手を握ると、わずかに曲げられる指が、握り返そうとしてるんだと伝えてきた。

「もう少しだからね、リコッタさん」

「リゼ？」

「……一緒に帰ろうね」

ザギルは空気を読んでるのか黙ったままだ。読めるんだ。空気。

手にぶらさげたランタンの灯りは四方へと私たちの影をたちのぼらせる。ザギルの背に頬を預けてるリコッタさんの顔色はオレンジ色の灯りを受けてもなお白い。

「リゼ、もう、いたく、ない？」

「痛くないよ」

「こわくな、い？」

「怖くなんてないよ」

「ごめ、ん、ねえ」


リコッタさんの娘さんが、どうして亡くなったのかまでは知らない。そんなものいちいち詮索したりしないから。

大切な人間を失ったときの悲しみがなにに向かうかなんて、きっと誰にもわからない。人によって違うだろう。時間が癒やしてくれるかもしれない。嘆きを憎しみに変えなくては生きていけない人もいるかもしれない。怒りが支えてくれるかもしれない。奪われた己を責め苛むことで立っていられることもあるかもしれない。

白く冷たい指先で、浅く速い呼吸で、夢うつつの意識で、ただ自分以外の誰かを案じ続けている。もういない誰かに詫びている。


「いいよ。怒ってないよ。帰ろうね」

「――ああ、そう、ね。帰らなきゃ、ね、パパも、待ってる」

「うん」

「リゼ」

「うん」

「おまじ、ない、ね」

「おまじない」

「そう、照らせ、照らせこのよるを、みちびけ、導け、いくべき、道、へ、我がいとし子をしゅごするものよ」

「照らせ照らせこの夜を導け導け行くべき道へ我がいとし子を守護するものよ？」

「そう、ふふっ、じょうず、ね」

わずかにひっかかる程度だった指先の力がさらにすぅっと抜けた。

「リコッタさん？」

「——まだ息はある。意識が沈んだだけだ」

ザギルは階段を上がるペースを上げも落としもせずに歩き続ける。

全く関係のない第三者を巻き込んで、乞われてもいない優しさを押しつけて、当人が望んでもいない安全を確保して。巻き込まれたほうは迷惑でしかない。自分が楽になりたいだけのエゴだと言われても致し方なかろう。自分の行いがなにをもたらすのかも考慮できない浅はかで、愚かで、哀れな人間へと、リコッタさんをそう追い込んだのは、そりゃあ直接的にはロブやその後ろにいる輩だけれど。

リコッタさんは私よりも若い三十代半ば。いくら平均寿命が低めのこの世界でも、まだまだこれから先、新しい人生を歩むことができた年齢だ。もう一度幸せを摑むことだってできたかもしれない。せめてもう少し、苦しみが癒えた時間を過ごせたかもしれない。それをリコッタさんに許さなかったのは、紛れもなく自身のその深い愛情だ。

「ねえ、ロブのボス？　この誘拐の主犯の情報ってなんか持ってる？」

「知らねぇ」

「ほんとつかえない」

多分嘘は言ってないと思う。なんとなく。

愛は地球を救うとかね、もうね、みんな愛というものを過大評価しすぎだよね。

こんなの呪いと変わらない。


階段をのぼりきった先は幅十メートル、奥行き五メートルほどの長方形の小部屋だった。扉などない。今まで通ってきた階段や通路と同じ石壁だけがある。若干ヒカリゴケは少ないかもしれない。

一応真正面の壁を探ってみたけどよくわからなかった。暗いし。なにを探していいのかもわかんないし。それっぽい取っ手とかへこみなんかはなかったと思う。

「呪文って、アレだよね。やっぱり」

「アレだろ」

やっと帰れる。礼くんが待ってる。

「照らせ照らせこの夜を導け導け行くべき道へ我がいとし子を守護するものよ」

しばし待つ。

「……」

「……」

見回してみても、どこにも変化は見当たらない。

「てーらせーてーらせーこーのーよぉるをみちーびけぇ」

「歌なら曲違ったら駄目なんじゃねぇの。なんの歌だそれ」

「……くっ」

疲れに耐えられなくなって両膝をついた。うそぉ。あの流れでこれが呪文じゃないとかないわぁ。

「入るときと出るときで呪文が違うってこともあるかもしれんな。俺らが入ってきた入り口とは呪文違うし」

「ああ……それは確かに」

ザギルはリコッタさんを抱えたままだ。

「あなたたちが来た道は、そんなに入り組んでたの」

「入り組んでたもんじゃねぇよ。あちこちにトラップあるし結構強い魔物もいたな。あのガラクタについてけば回避できたんだけどよ」

「ふむ……魔物なら私がいれば」

「そのザマでか」

「く……」

「く?」

「く、くやしいのぉくやしいのぉ」

「なんだそれは……どっちにしろ道わかんねぇよ。古代遺跡はどこもそんなもんだっつうし」

「いっぱいあんの。こういうとこ」

「大陸中にあるっていうな。俺はオブシリスタにあるひとつとここしか知らん」

「ふうん」

古代遺跡に住まうもの。リゼ、オートマタのことをロブはそう言っていた。確かザザさんもゴーストは古い建築物には大体いるって言ってたはず。そういうのは古代遺跡の上に建てられていることが多いってことかな。いやでもこの遺跡を城の人が知らないってことは意図的に残されてたというわけでもないわけでって、まあいい。

石壁に耳を寄せても、ひんやりとした感触しかないし、壁の向こうの気配もわからない。でもここから来たのだから、この向こうには王城があって、礼くんがいて、あやめさんたちがいて、エルネスや騎士のみんなやザザさんがいる。きっとみんな私を捜してる。

ああ、またなんか腹立ってきたな。どのくらいたってるんだろう。もうあれから一晩以上たっているのは間違いない。礼くんは私がいないとちゃんと眠れないのに。

「――リゼ！」

「っ、おおう⁉　なんだ急に」

階段の向こう、なんの気配もない暗い空間に向かって叫ぶ私に、驚きと警戒で後ずさるザギル。

「あんたねぇ！　ここ開けなさいよ！　どうせそのへんにいるんでしょう！」

「いんのか⁉」

「あんたはリコッタさんのこと散々利用したんだからね！　リゼのふりして！　オートマタだから

わかってないなんて許さない！　あんたはわかってて利用してた！　わかっててリゼのふりしてた！」

反応はしていなくても、リコッタさんの言葉を真正面から聞いていた。目と目を合わせてた。

「リゼのふりしてたんだ！　最後までやり通しなさい！　母親を、あんたの母親をここから出しなさい！」

せっかくおさまってきていた息切れがまたぶりかえすほどの大声は、反響しながら階段の奥へ吸い込まれていく。

ログールがどれほど強力なまじないをかけられるのかは知らないけれど。もういない娘の幻影をどこまでつくりだせる薬なのか知らないけれど。そもそもその甘言をもってリコッタさんを陥れたのはロブたちで、ロブたちを置き去りにしたということは、完全にあいつらの操り人形ではないということだろうけれど。

どっちが主導だったのか知らない。そんなこと今はどうでもいい。ただ間違いなく、彼女の悪夢の後押しをしていたのだ。子を求める親の弱さを利用した。

あの歯車が軋む音は聞こえてこない。

「……まあ、来ねぇわな」

「……よーし、わかった」

震える膝をおさえながら立ち上がる。いける。いけてみせる。

「そっちがその気なら」

「お、おいおいおいおいおい」

三歩壁から離れて、ハンマーを顕現させた。ザギルは五歩ほど素早く後ずさる。

「ここがあんたの家なんでしょう！　壊してやる！　全部壊してやる！」

「待て、待て待て待て、部屋ごと崩れ「知るかぁああ！」」

ハンマーにロブやヘスカの名残はない。どんな仕組みかわからないけど、いつも新品の白木だ。やろうと思えばいつでも餅をつけるくらいに。

どんなに荒く振り回しても、どんなに硬い魔物に叩きつけても、傷ひとつつかないハンマーが、轟音をたてて石壁に食い込んだ。散るヒカリゴケがエフェクトのようにきらめき、天井からがらがらと拳大のかけらがいくつも落ちてくる。

ちかちかと視界に飛ぶ火花。ずきずきと痛む関節と筋肉に走る紫電。まだいける。

壁に片足をてこにしてつき、ハンマーを引き抜けば深さ五センチ直径一メートルほどのへこみを確認できた。外の空間はまだ見えない。

「こっち側の壁まで崩れてんだけどよ！　おい！」

「あんた丈夫でしょ！　リコッタさんかばいなさいよ！」

「あほか！　そこまで丈夫じゃねぇわ!!」

「文句はあのガラクタに言えぇぇぇぇ！」

ふらつく足元にまた力をこめてハンマーを構え直し、もう一撃と腰を落とした瞬間。溶け込むような柔らかな光をまとったリゼが、ちょっと離れた壁際に湧いた。

「……わかればいいのよ」

「……ほんと敵に回すもんじゃねぇな」

キリキリとあの音をたてながら、リゼは壁に向かってなにかしている。覗き込もうとした私の襟首をザギルが引っ張って、その反動で尻餅をついた。

「おま……無防備に近寄んな」

「変なことしてたら壊さないと」

「……わかりませんね」

「変なことかどうか見てわかんのかよ」

はあ、と深いため息をこぼしザギルは壁の大穴へと視線を戻す。

「あれよ、あんだけ壊れてよ」

「うん」

「開くのか……？」

「え」

いやいやいやそんな。

「……俺らが入ってきたとこは、岩に偽装された部分に切れ目が急に入って開いたぞ。仕組みわからんが」

「……えぇー」

た、確かになにかしらのギミックで開く扉なら。それが壊れたらそりゃまあ仕掛けは動かない、か……？

「そ、そこはほら、なんか魔法的ななんかなんじゃ、ないの」

「知らねぇよそんなん……つか、ほんとに考えてなかったんか――っと」

リゼから発している小さな歯車の音ではない、もっと重々しい作動音が響いた。ザギルは私の首根っこを掴んだまま、正面の壁を睨みつけて身構える。私は動けなかった。疲れてて。

さぁっと差し込んだ、ヒカリゴケよりわずかに明るい光。

しゃらしゃらと降る葉擦れの音。

止まっていた空気が風で動いて、前髪がそよぎ。

岩壁を切り取って一枚の絵画のように、月明かりが照らす深い木立が現れた。

――左手側に。


「「そっちかよ!!」」


開いた壁から外に足を踏み出してすぐ、といっても私はほとんど這ってたけども、また作動音をたてて壁は閉じた。もうどこが開いていたのかわからない岩壁は、周囲の樹々が覆うように隠している。

「……照らせ照らせこの夜を導け導け行くべき道へ我がいとし子を守護するものよ」

壁は開かない。

「もしかしてさ」

「おう」

「呪文っていらないのでは」

「はあ？」

「扉の開閉はオートマタがやってるだけなのでは」

「だから開かない、と。そりゃ家を破壊する奴は入れないわな」

……今度城に来たら壊してやる。

「おい、こっちだ」

目の前の鬱蒼と茂る下草をかき分け、ザギルはずんずんと進もうとする。

「……立てねぇのか」

さすがにもう限界のようで、手足に感覚がなくなってきていた。まあ、よく持った。私の手足は頑張った。早くリコッタさんを連れて手当をしてあげたい。あやめさんならすぐ治してくれる。

「――ザギル」

「んだよ」

「私、一応それなりに貯金ある」

「あ？」

「あんたを雇うから、リコッタさんを城に連れて行って」

「ばっかじゃねぇの。速攻殺されるわ」

「えっと、ほら、私のこのシャツとか持って」

「脱ぐな。その血まみれのぼろきれ持った男のいうこと、信じるのかあんたんとこの騎士団は」

「……ないか」

「ないな。ちょっと待ってろ」

暗闇に姿を消したあと、すぐにザギルは手ぶらで戻ってきた。

「リコッタさんは」

「この先に少し開けた場所がある。そこにいったん置いてきた」

私の腹に左腕を回してひょいと小脇に抱え、また同じ方向へと下草をかき分け踏み入っていく。

「ちょ、草、草が、ぶ」

「うっせぇ」

ザギルの腰ほどもある草はびしびしと私の頬を容赦なく叩く。いやちょっとやめて。十メートルほども進むと、草の代わりに風がざぁっと顔を撫でた。

薄雲が月の光を照り返しながら浮かんでる。合間にみっしりと瞬く星。樹々はまちまちの太さで己の縄張りを主張するように背を伸ばして、夜の闇を抱え込んでる。眼下に広がるのは波立つ梢(こずえ)と、街の灯りと、煌々とすべての窓を輝かせている王城や周囲の宮。王都を抱き込む深い森のあちこちには、光の柱が何本も立っていて、それが四方へ移動しているのがわかる。

王城裏手のこの山の、切り立つ崖の上にある小さな草地に私たちはいた。

「――ちっ、さすがに総動員で捜してやがるな。なんだよあの数」

あのサーチライトみたいな光の柱は、騎士たちだろう。王城を中心にいくつも展開されている。崖下遠くからは怒声も木霊してる。私を捜してくれている。

「リコッタさんは」

「あそこだ」

草地と木立の境目にある木の根元に、リコッタさんは腰かけていた。うつむいた顔は髪に隠れている。

「そばにつれてって」

ザギルは黙って私をその場に降ろして、握り拳大の球を手渡してきた。

「――わかってんだろ。おら、信号火だ。この国のもんじゃねぇけど、まあ、騎士団御用達じゃない合図が上がれば駆けつけるだろ。ちょっと離れたとこ狙って投げつければ打ち上がる。木のそばにいたら枝が邪魔になる」

「あんたは？」

「俺が行ってから、そうだな、三百数えたら使えって――てめぇ！」

投げつけた信号火は、きゅいんと鋭い音とともに打ち上がり紫色の火花を夜空に散らす。

「行っていいよー捕まらないようにねー」

「くそが！　覚えてろ！」

ぱたぱた手を振る私を振り返りもせずに、ザギルは比較的緩やかな崖の斜面を駆け降りていく。

筋肉重そうなのに意外と身軽だなぁ。草地に倒れ込むと、湿ったにおいが鼻をくすぐった。

「リコッタさん、帰れるよ」

「カズハさん！　カズハさん！　カズハ！」

「――あ」

頬をぺちぺちと軽く叩かれてるのに気づくと、目の前にザザさんのどアップがあった。

「あー、なんかちょっと寝てたみたいで、うぉっ」

視線をめぐらせると騎士のみんなの顔が鈴なりに囲んでいて、ちょっとびくっとなる。

「目を覚ましたぞ！　無事だ！」

「うぉおおおお！」

そこかしこからあがる雄たけびに軽くのけぞった。

「すみません。心配かけました」

起き上がろうとして、ザザさんに抱きかかえられてるのにようやく気づく。ぎゅうっと肩を握られて起きるのを押さえられた。

「急には動かないで。おい、明かりをもっと寄こせ。指は動きますか。足は――」

掲げられたランタンの灯りが光を増して、私の身体を照らし出す。怪我を確認するザザさんの眼がはだけた胸と腹のあたりで留まった。自分のマントの留め金を素早く外し、私に巻きつけてくれる。ザザさんはいつでも紳士だ。なんかすごくどす黒いオーラが背中からたちのぼってる気がするけど、うん、紳士だ。

「リコッタさん、は」

「帰りましょう。レイも待ってます」

「リコッタさんは」

ザザさんはいつだって紳士だから、伝えるか一瞬だけ迷って、首を横に振った。そっかぁ。間に合わなかったんだ。そっかぁ。

「ザザさん」

「はい」

「着いたらすぐ着替えるから。それまで、礼くんに私を見せないで」

「――はい。城で待ってますよ。夕方までは一緒に捜してたんです」

「泣いてなかった?」

「そりゃもう鼻水も垂らしながら。あんまりにも休まないんで無理やりベッドに押し込んだんです」

「ですよねぇ」

目線がぐんと高くなった。お姫様抱っこなんて。やだわぁもう。仕方ないよね。手足は冷たいままで全然感覚が戻ってないもの。

「ザザさん」

「はい」

「なんで氷壁なの？」

「それ今聞くことですか」

「かっこいいなぁと思って」

「なにを――、それ」

首輪に今気づいたのか、ザザさんは凝視したあと、大きく息を吸い込んだ。あれ、なんかザザさん髪の毛逆立ってないか。

「神官長が外せるはずです。少し待ってくださいね。――必ず報いは受けさせます」

「顔怖っ」

下草も、密集した枝も葉も、騎士たちがどけて道をあけてくれている。そこを軽やかに駆け抜けているのに振動はそれほど伝わってこない。私を抱き上げてるままなのにまるで息を乱していない。めっちゃ怒ってる。これはめっちゃ怒ってる顔なんだ。ザザさんはこんなふうに怒るんだ。この顔かなぁ。あやめさんが怖かったたっていう顔は。

「ザザさん、大丈夫です」

「なにがですか」

「きっちりこの手で片付けました」

急停止したザザさんに並走していた騎士たちがたたらを踏む。

「片付け……？」

「問題ありません」

「――なお悪い」

「甘やかしすぎはいけませんよ。問題ないです。私は自分のお返しは自分でできます」

へらっと笑って見せると、彼の額が私の額に押しつけられた。手足が動かないから、ぐりぐりと額をこすりつけてあげる。冷たくなっている手足に、マントの硬めの生地を通してぬくもりが伝わってくる。

これが怖いだけだなんて、小娘にはわからないかもしんないねぇ。

好意や愛情は、人によって形を変える。形が違うから、受け取る側がそれとわからないことだってある。人間同士のことだから相性だってある。

私が子どもの頃、母の愛情を感じることができなかったように、あやめさんにもザザさんの優しさが見えにくくなったのだろう。でもきっと、そのうちあやめさんにだってわかるようになる。こんなにもこの人はわかりやすく優しいのだから。

リコッタさん。

私から見たらあなたは呆れるほど愚かで哀れな人だ。自らの愛情に囚われて、自分で自分に呪いをかけて、その愛情が他者を巻き込むこともわからずに、ただひたすらに幻影を求め堕ちていった人。

けれどもね、あのとき、あなたが私の母に見えたとき、私に向かって手を伸ばしてくれたとき。やっと迎えに来てもらえたと、嬉しかった。そのまっすぐでわかりやすく暑苦しい愛情が、小さな私の欲しかったものだと思った。

人間、教えられていないことはなかなか自分でできないもので。与えられなかったものを自分の子どもに与えようとしても、どうしていいのかわからなかった。

リコッタさん、あなたは私が憧れたものを持っていた。

愚かで哀れで、とても綺麗な人だった。

勇者たちのマーチ

城へはあっという間に着いた。時々意識なかったからのような気もする。ザザさんの腕の中はあったかくてとても安心できて、ふわふわとした夢心地は体中の痛みを少し和らげた。

「神官長は！」

「今こちらに向かってます！」

「――和葉ちゃん見つかっ、なんだよそれっ」

「ちょっやだ」

自動ドア並みに開かれた扉をくぐると、幸宏さんたちが出迎えてくれた。なんだよそれってそんなひどいかなひどいよねそりゃね。血まみれだし。ほとんど私の血じゃないはずだけど。

「アヤメ、回復はやめろ！」

「なっ」

「まだだ！　ショウタ！　レイのところに行け！　呼ぶまで来させるな！」

「は、はい！」

向かってるのは医務室かな、研究所のほうかな。ザザさんは何故か回復魔法をかけようとしたあやめさんを制止した。痛いのになんでかな。

連れて行かれたのは、入ったことのない部屋だった。幾分簡素なベッドだけど、普段私たちの使ってるものに比べてってだけで平民な日本人には豪華な部類に入る。

「――あ」

ベッドに寝かされそうになって、つい声が出てしまったら、ザザさんは抱き直してベッドのそばの椅子にそのまま腰かけた。わぁ。なんか恥ずかしい。名残惜しくなってたのがわかったのかどうなんだそうなのか、やだもうなんでわかったんだ。どうしてこれでまだ独身なんだ。身もだえしそうになるも、手足は相変わらず全く動かない。なんでだろう。ここまで動けないだなんて。おっかしいなぁ。緊張の糸が切れたってやつかな。

「カズハ！」

部屋に飛び込んできたであろうエルネスの声に、首を回すこともできない。

「大丈夫ですから。神官長に見せますよ」

ザザさんが巻き付けてくれたマントを少しはだけさせ、エルネスが首輪に手を添わせて息を吞んだ。

「――カズハ、なにか飲まされたりしたわよね？　なにかわかる？」

「えっと、ログール、の薬」

「何色だった？」

「赤。左胸に、埋められた」

「なっ――」

ザザさんの筋肉が強張るのがわかった。てか、エルネスさすがだなぁ。なんでそんなすぐわかるんだろやっぱプロか。

幸宏さんは事態を呑み込めてないからか、苛立たしそうにしつつも口をはさめないでいる。大丈夫わたしもわかんない。あやめさんは両手にオレンジ色の光を灯して回復魔法を待機させてる。エルネスが、やたらと優しい手つきで頬を撫でて、これまたひどく優しい声で呼んだ。

「カズハ」

「え、やだ、私死ぬ？」

「死なないわよ！」

「おおう……びっくりした。気持ち悪いんだもの……」

「あんたね……あのね、まずね、その首輪」

「うん。魔吸い」

「そう、魔力を吸うんだけどね、効果は、わかるわよね。つらいでしょう」

「うん」

「でね、相当無理したわね？　あんたの今の身体の中、見た目よりずっとズタズタなの。言ったでしょう？　魔力が蝕むって」

「ほんっとちゃんと訓練すべきだったよね」

「訓練どうこうじゃないからね？　無茶するなって話だからね？」

「あ、はい」

「どんどん吸われていく魔力に追いつこうと、あんたの身体はこれまでになく魔力を生みだそうとしてる。それもどんどん吸われていってる。で、そこでこの首輪を外すと、勢いづいてるのに行き場のなくなった魔力が暴れまくるの」

「あー、それは」

あれだな、遺跡のあの部屋で何度もなったアレだ。あれはつらい。

「本当なら、私が魔力調律するから痛みはほぼ無効化できる。あんたの魔力量は馬鹿げてるから少し時間はかかるかもだけどね」

「うん。よろしく」

「話はこれから。ログールの赤はね、本来痛みを緩和させるためにあるんだけど、真逆の使い方もできるの。そして他人の魔力の干渉を受けつけない。首輪も似たような効果があってね、ログールと相乗効果が出てるの」

「つまり？」

「魔力調律ができない。回復魔法も使えない。一番痛みが少なくて済むのは、ログールが完全に抜けるまで首輪はつけたまま。ログールが抜けてから首輪を外して、それから治療することになる」

「えー……抜けるまでどのくらい？　ってか、もう抜けてると思ってた」

「普通なら完全に抜けるまで十日はかかる。正直、時間的にいって今この程度しか残ってないのが不思議なくらい。あんたが魔力使いすぎて効果薄めたのかしらね。そんな症例当然ないんだけど。

この具合なら多分あと数日で抜ける」

「……なんで回復魔法も使っちゃだめなの？」

「効果がほぼない上に激痛だから。拷問に使われるくらいね。しかも今のあんたのぼろぼろの体じゃ五割増しどころの痛みじゃないと思う」

うぇぇぇ……。そうか、だからザザさんはあやめさんを止めたのか。

「でも、ログール、今効いてないよ」

幻覚も見えてないし。おかしかったのはヘスカにいたぶられていたあのときだけだ。エルネスは眉間に皺をたてて、なんだかひどく悲しそうな顔をした。

「あんた、自分が今ずっと涙をこぼし続けてるのわかってる？」

「へ」

エルネスは、もう一度私の頬を撫でて、それから濡れたその手を見せた。ザザさんを見上げると、自分が痛いような顔をしていた。

「いつから？」

「――目を覚ましてからずっとです」

「うそぉ」

頬が濡れてるのもわからないのに？　そんなのある？　あれなの。そんな顔して私ずっとザザさんと普通に話してたの？　それこわくない？

「ピークこそ幻覚が強く出るけど、それを越えると発作時以外は認識のずれ程度におさまるの」

「にんしきのずれ」

「何か違っていてもおかしいと思えなくなる、周囲も気づかない程度にね」

それは。それは、

「せん、のうに、つかう？」

「――大丈夫よ。私たちがそんな後遺症残させない」

心臓が、冷たい氷の塊になったようだった。


――欲しいものはすべて目の前に見えるようになりますからねぇ

「や、だ」

認識のずれ？　欲しいものは目の前に？

――紹介しますね。娘のリゼです

じゃあ、今目の前にいるエルネスは？　ザザさんは？　本当のこと？　認識のずれではなく？

このザザさんの体温は？　痛くないように、それでもしっかりと掴んでくれている手は？


――リコッタは幸せそうだったでしょう？

私が今、リコッタさんになっていないと、誰が言えるの？

「やだ、とって」

自分が涙を流していることすらわかっていなかったの？　私が？　この私が？　そんなことすらもわからないのに、今この目の前にいる人たちが幻覚でないと、言えるの？　私はまだあの地下の部屋にいるんじゃないの？


視界がテレビの砂嵐のようにざらつく。

耳鳴りが部屋の空気を埋めていく。

確かに感じられていたぬくもりが遠ざかっていく。

煌々と照らされていたはずの部屋はヒカリゴケの薄闇へと。


動かせないこの体を押さえつけているのは誰——脳髄を鷲掴みにするこれは恐怖。


「カズハ！　カズハ！」

エルネスの、いつもは落ち着いた低めの声が硬く上ずっている。遠ざかる耳鳴り。

「こっちを見て！　見るんだ！」

私の顎を摑んで、覗き込むのは普段はハシバミ色で今は金色の眼。瞳のふちが薄青く輝いている。ピントが合いはじめる視界。

「息を吸って、そう、吐いて、もう一度ゆっくりでいいから」

喉は細く空気をふさいでて、ひゅうひゅう甲高い音をたてていた。ザザさんの大きな手が、私の頬を包んでる。エルネスの細い指が、私の指に絡んでる。

「な、に、いまの」

「発作ね。薬のせい。怖かったね、つらいね、でも薬のせい」

「大丈夫ですよ。僕らがついてる。こちらが現実です、必ず引き戻します」

「慣れてる、ね？」

「残念ですが、ええ、慣れてますよ。たいしたもんです。帰ってくるのが早い」

「任せなさい、ね？」

二人から視線を外せば、幸宏さんの青白い顔とあやめさんのくしゃくしゃの泣き顔。

ああ、うん。そんなにひどかったか。

「エルネス」

「なに？」

「ログール、私の魔力で早く効果薄まってるって言ったね」

「……そうね。薬効と今の状態から見て間違いないと思う」

「暴れさせりゃ、早く抜けるね？」

「やめときなさい。確証はないし、発作はつらいけど、それよりは」

「首輪とって」

「カズハ」

「こんなのが続くんじゃ礼くんと会えない。とって」

「……うちの精鋭が根をあげる痛さですよ。魔力量がある分それ以上です」

「仮にも勇者ですから」

あの幻覚よりマシだ。私が私でなくなる恐怖よりマシ。

「あんなものに私を支配なんてさせない。さあこい」

「あんた、ほんっと男前……」

やっぱいまのなしって多分覚えてるだけで三回ほど叫んだ。
普通さ、無事帰着できた段階でめでたしめでたしじゃない。次の章へいくじゃない。私が読んだ異世界ものはそうだった。うん。甘かったよね。
エルネスが首輪を外した瞬間からログールが抜けるまでの三時間ほど、ずっと痛みで叫ぶ私をザザさんが抱えていてくれたらしい。後半は暴れだしたから、幸宏さんの手も借りて。ほら勇者パワーあるから。ログールが抜けてエルネスの魔力調律が始まってすぐ失神して、そのまま昏睡状態で丸一日。

目が覚めたら礼くんがしがみついたまま目の周りを真っ赤に泣き腫らして眠っていた。私も目の周りどころか白目まで真っ赤になってた。私のは内出血だけど。おそろいだねって笑った。

寝たきりになってかれこれ一週間になる。

外傷だけはあやめさんが綺麗に治してくれたけど、血管に添って全身に張りめぐらされている魔力の通り道、魔力回路は自然治癒に任せるしかないそうで。おかげで全身が攣ったような痛みに二日ほど悩まされた。

「幸宏さんって呼ぶから何言うのかと思ったら『クスリ、ダメ、ゼッタイ』ってつぶやいて落ちるんだもんな……」

「記憶にありませんけど、まあ、大事ですよね」

「なんで俺を名指しなんだよ。言うだけ言って落ちられた俺どうなるの——あやめ、それ貸せ？な？」

あやめさんが真剣に削っていた果物を、幸宏さんがとりあげて皮をむいてくれる。なにその愛らしさ。あざといくらいだよあやめさん。

みんな訓練の合間にちょいちょい顔を出してくれていた。礼くんはおとといまでずっと離れなかったけれど、もう訓練だけは参加している。それ以外はまだべったりだ。

「ほい、どうぞ」

「はい！　和葉ちゃん、あーん！」

礼くんが素早く私の口元に果物を運んでくれる。いやもう普通に自分で食べられるんだけどね。トイレも一人で行けるし。せっかくだから食べさせてもらうけど。

「おいしい？」

「おーいしー」

「皮むいたの俺なのに」

「持ってきたの私なのに」

「二人とも大人げない。ねえ、和葉ちゃん、コッペリアとせむしの仔馬どっちがすき」

「どっちもめっちゃすき！」

「おっけー、定番も入れたいよね。チャイコフスキーかな」

翔太君はベッド横のサイドチェストを使って、大きめのノートになにやらせっせと書きつけている。

「くるみ割り人形のワルツとか？」

「いいね、それもいっとく」

「翔太さっきからなにやってんの」

「譜面つくってる。僕は覚えてるけどお城付きの楽団用に」

え。まじで。最近楽団の人たちのとこに出入りしてるってのは聞いてたけど、部屋のピアノ借りてるだけかと思ってた。

「あれ。翔太君やってたのピアノだけだよね」

「うん。でもオーケストラの音も覚えてるし、曲教えたら楽団の人も一緒につくってくれるよ。プロだもん」

「天才おる」

「天才いるぞここ」

「うーん。すごいのは楽団の人たちだよ。さすがって感じ」

くすぐったそうに鼻の頭を掻いてから、翔太君は譜面にまたえんぴつを走らせる。

「なああなあ、ジャズとかやれっかな」

「あ、どうだろ。でも面白がってくれると思う」

「翔太、クラシックだけじゃないの？」

「音楽ならなんでも好き」

「どっどらくえとかは！」

「いいね！　あ、でもそれじゃ和葉ちゃん踊れないよ」

「お任せなさい。セトさんたちを仕込めば」

「まじか」

あやめさん、真っ赤な顔して満面の笑みだ。やだもうどうしたのかわいい。スライム好きだもんね。翔太君も幸宏さんも楽しそうだ。礼くんもドラクエの曲を口ずさんでる。たーたたんたんたんたんたんたんたーん。

風がカーテンをふくらませて、窓枠で切り取られた青空が覗く。小さく小さく遠くからスパルナの鳴き声。なんて穏やかな日々。

「スパルナいますね。からあげがいいですかね」

「「「狩りなんてまだ駄目！」」」

エルネスの両手に私の手をそれぞれのせると、ぽわっと薄紫色の靄が包み込み、手首から私の魔力回路を通ってするすると魔力が体内をめぐっていく。ひんやりとして少しくすぐったい気がする
これは、エルネスの得意技らしい。魔力調律の一種で私の魔力回路を確認してくれているそうだ。

集中しているエルネスの伏せた目を縁取るまつ毛は長くて艶やかだ。すっぴんのくせに。いいなぁ。

「よし。ほんと壊れっぷりもだったけど回復っぷりも見事ね。日常生活での魔法は解禁でいいよ」

「やったー！」

もうね、ほんと「ちょっと便利、なくてもなんとかなる」ってね、アレ嘘。そのちょっと便利ってのがなくなるとかなりストレス。トイレとかトイレとかトイレとか。ほら、水と風の魔法で結果的ウォシュレットがここの主流だから。言わせないで。慣れって怖い。

「じゃあ早速スパルナでもって、あっ痛っごめんなさいっ」

「日常生活ね、日常生活。狩りは違うからね。段階踏んでいきなさい」

脳天チョップが降ってきた。冗談なのに。

「ザザも野放しにしないでねこれ」

「いやちょっとそんな人を野獣みたいに言わないでよって、ザザさん？　どうしたんですか」

礼くんたちは訓練中で、何故かエルネスはザザさんも連れて部屋に来てくれてたんだけど、彼が脱力したようにしゃがみこんでた。

「よかった――ほんと何か後遺症でも残ったらと」

心配かけちゃったなぁ。陛下も部屋まで詫びに来てくれたんだよね。王城内部に手引きした人間がいたわけだから。

「ごめんなさい。陛下にも言ったけども、そもそも私が無防備に得体の知れないもの食べたからなので……、それにほら、エルネスだって後遺症なんて残らないって太鼓判くれてたじゃないですか」

「あん？　そんなのはったりに決まってんでしょ」

「へっ!?」

だらっと椅子の背にもたれて、こめかみを右手で押さえながら左手をひらひらさせるエルネス。彼女がこんな風に姿勢を崩すことは珍しい。

「前例がないもの。ここまで魔力回路壊されるなんて。桁違いの魔力量に見合わない子どもの身体ってのの弊害ね」

「えっと、えっと、他の子たちはここまでならない？」

「あんたほど成長途中の子どもの身体で召喚された人はいないからね。ばっかみたいに力業使う人も記録にないわ」

わあ……これはエルネスもものすごく心配してくれてたんだ……申し訳ない。毎日魔力調律に通ってくれてたもんね……。

「するとこれは……らっきー？　あっ、ご、ごべんなだい」

ひらひらさせてた左手で両頬をむにゅっと摑まれた。

「ったく、あんたは……ほら、ザザ、次はあんたの番」

はて？　ザザさんもエルネスの診察受けるんだろうかと、椅子を譲ろうとしたら、手で制された。もうひとつ椅子を部屋の隅から持ってきて、私と向かい合わせに座る。

「ザザの特技ね。ちょっと珍しい魔力操作なんだけど。対象者に触れることで、相手の精神状態を平常に近いとこまで引っ張ろうとするの。直接相手の魔力を操作するわけじゃないから魔力調律とは違う」

「私今すごい平常心」

「夜中何度かうなされて起きてるってレイから聞いてるわよ」

「ぐっ……礼くん、心配してた？　不安がってない？」

「そりゃ心配はするでしょ。まあ、ぼくとくっついてたら大丈夫みたいって言ってたから全力で肯定しといたわ」

「……ありがとうございます」

ほんとなぁ……情けないことに面目丸潰れだ。守るのもはんぶんこどころじゃない。

「どういたしまして。あんたは詳しく言わないし、まだ言う必要もないけどね、状態を見ればなにをされたのかは大体わかる。精神の回復に時間がかかるのは当り前。むしろ驚きの打たれ強さだわ。ただ、無意識のダメージってのは必ずある。多少の自覚はあるんでしょ?」

「そりゃあ、まあ、ねぇ。ストレスは確かに普段よりあると思うよ。許容範囲におさまってるけど」

ここで意地や見栄はってもしょうがないので正直に申告する。うなされることもあるのはばれてるし。

「そこでこのザザよ。とりあえずちょっと試してみなさい。痛くないから」

「や、優しくしてくれる?」

「変なニュアンス入れないでくださいね二人とも。えー、カズハさん、そんな大仰なものじゃないですから。気休めよりちょっとマシな程度です。手、貸してください」

さっきエルネスがしてくれていたように、差し出された両掌に両手をのせる。大きな手は私の手首まで包んでしまった。

「力抜いて、雑談しててもいいですよ」

そう言われましても。

お互いつながれた両手をじっと見つめる。あったかいなぁ。子どもにはかなわないけど、男の人も手あたたかいよね。礼くんとベッドにはいるとすぐにほかほかになるし。

――あ。

くるんでくれたマントのしっかりとした生地。

しゃらしゃら鳴る葉擦れ。

流れていく梢とその隙間からこぼれる星明かり。

騎士たちがいくつものランタンでつくってくれた道。

私を抱きかかえて城へと連れて帰ってくれた夜に感じたそれが、また私を包んでくれている。浮き沈みする意識の合間、揺るぎなく支えてくれているそれに気づくたび、とてもほっとしたんだ。

椅子は同じ高さだから、自然と私はザザさんを見上げる形になるのだけど。変わらず私たちのつながれた手を見つめる瞳は、ハシバミ色よりも少し金色がかった虹彩を薄青い光が縁どっていた。

「城に帰ってくる途中も、首輪とったときも、これ、してくれてた？」

「ええ、これは魔力に直接干渉するわけじゃないんで痛みはないですしね。劇的な効果はないですが、まあ、つなぎというかいくらかの支えにはなります」

「これは、ザザさん疲れないの？」

「なんの心配してるんですか」

苦笑してるけど、瞳はまだ金色のまま。

「だって何時間もかかったよ。エルネスだって調律の後は若干しなびてるし」

「なんてことというのあんたは」

ザザさんは一度顔をそむけて肩を震わせたけどすぐ立ち直った。プロだ。

気持ちいいなぁこれ。油断するとうとうとしてきちゃいそう。

　低く静かな声が、触れている手のひらから伝わる温度にのって、ゆったりとしたさざ波のように広がっていく。

「これね、使ってくる魔物や人は少ないんですが、幻覚魔法への対抗技術が元になってるんです。応用のうちのひとつって感じですかね。神官長の調律みたいに繊細な操作は必要ないんで、そんなに消耗しません。鍛えてますしね――仮にも騎士ですから。はい、終了です」

　薄青のかわりに悪戯な光を浮かべて、にやりと笑うとかもうそれ反則じゃないだろうか。

「うん、確かに若干の不安定さはありますけど、しっかりとこっち側にいますね。本当にたいしたもんです」

「こっちがわ」

「まあ、境界線ね。正気と狂気の間。誰でもうっかりつい踏み込んだりふらふらしたりするものだけど、軸足がどっちにあるかで決まるというか。ザザのそれはふらついてるのをなだめて呼び寄せるって感じ」

「かならずひきもどすっていってくれたのはそれかぁ」

「めまいや耳鳴りはしませんね？」

「うん、だいじょぶ、です。……ありがとう」

「カズハ、少し横になりなさい」

「ん」

手を離してベッドに潜り込むと、うとうと感が少し薄れた。ちょっと残念。

「ザザさん、慣れてるって」

「これまであちこち配属になってますから、南方方面にもいたことがあったんです。そのときに仲間が敵方に捕らえられたり罠にかかったりとかでね。でもカズハさんほど回復早い奴はいなかったですよ」

南方許すまじ。ザギルが言ってたようにしょっちゅう敵も変わるのだろうけども。

でもそっかぁ。適切な処置ってやつか。私もザザさんの仲間も幸運だ。

「ねえ、ザザさん、この技は無意識に発動しちゃったりしないんですか。寝起きにうっかりとか」

「え？　いや、ないですよ。制御できますし。こういった場合ならともかく、一応当人の許可なく使う類いのものじゃないんでって……寝起き？　なんでです？」

「や、ざっくりといえばそれ正気に戻す技じゃないですか」

「まあ、そうですね」

「それ、恋人とかにうっかり使ったらどうなるのかなって」

「……は？」

「……斬新な角度から斬りこんできたわね」

「だって、色事なんて正気の沙汰じゃないようなもんでしょ。さーっと正気に戻っちゃったりとか」

「え？　え？　いやいや、使いませんし、いや、えぇ？」

「あー……それで」

「神官長、それでじゃないです。ないですよ。うっかりもないはずです」

(はずっていった)

(はずって言ったわね)

「な・い・です！　よし、そろそろ仕事に戻ります。カズハさん、もうすぐレイも戻る時間ですけど、まだもう少し休んでてください。いいですか。ないですからね」

早口でまくしたてながら椅子を元の位置に戻して、去り際にもう一度「ないですからね」と念を押していったザザさんが、若干よろめいていた気がする。

「ねえ、カズハ」

「うん」

「あんたその赤面、なんで三分前に出さないの。なにその無駄遣い」

「そういうことというのやめたまえよきみ」

あれは適切な処置だ！　フラグじゃないよ！　解散だ解散！　散った散った！

ピアノも僕用に調律してもらったんだぁと、ご機嫌な翔太君に招かれてやってきました音楽室。
普段楽団の人たちが使っている一室は、当然学校の音楽室より一回りも二回りも広く、分厚い絨(じゅう)

毯（たん）に猫足のローテーブルとゆったりとくつろげるソファが一角に用意されている。けど私たちは予備の椅子を引きずって、翔太君のピアノを包囲していた。いや、楽団の人たちもスタンバってるしベストポジションはあのソファのあたりだとは思うんだけども、なんとなく。

「まずは指慣らしー」

そう軽く言って、鍵盤に走りはじめた指先からこぼれ落ちるのは光の粒。

パッヘルベルカノンからのきらきら星変奏曲、礼くんが（これ知ってる！　わかる！）の顔していちいち私の顔を見る。途切れることなく幻想即興曲。楽団の弦楽器の人たちが弓を揺らして曲をなぞっている。

軽やかに転がり続ける私たちもよく知るメロディに、……ん？　アレンジ？

主旋律は盛り上がりに向かっているのに何か違う裏メロが入ってきてる。小さくこっそりと忍び込んでくるそれは徐々に主旋律と手をとって、くるくると手を取り回り、いつしか主旋律が入れ替わっていくこれ――！

「……スライムが現れたっ……」

両手で口と鼻を押さえて天を仰ぎ、小さくつぶやくあやめさん。どんだけスライム好きなのあなた。

「剣と魔法と冒険の世界にはこれだよね」

こともなげに笑って言うけど指は止まらない翔太君、めっちゃ超絶技巧よね？　脳みそふたつあるの？　しかもなにこれこんなに重厚な曲だった？　ピアニストは一人オーケストラとはいうけれども、これはその領域をまざまざと見せつけすぎる。

伝説の勇者はそこからひょいと世界線を越えて、スーパーメカへと乗り換える。

「サンダーバードっ――滾(たぎ)るなおい！」

幸宏さんが音をたてずにじたばたしはじめる。メカ好きか、好きだよね。

国際救助隊が青いスーツを脱ぎ捨てて、赤い全身タイツでパンクロックを踊りだす。

「すぱいだーまん！」

礼くんが小さな声をあげ、すちゃっと椅子から飛び降りてあのポーズ。破顔する翔太君。ヒーロー縛りか！　ヒーロー縛りだね！　次は！　次はなんだ！　順番にそれぞれのツボをついてきてくれたんだね！　次は私の番だよね！　お、お？　なんだ聞き覚えは確かにある……同じように記憶をたどる顔した幸宏さんと目が合った瞬間、幸宏さんが崩れ落ちた。

俺との愛を守ったか！　旅立ったか！　愛をとりもどしちゃったか！　ツボってそっちかよ！

翔太君は素晴らしいドヤ顔で、世紀末を駆け抜けていった。


「やっばいな翔太、まじ天才じゃん。ラスト最高。世紀末覇者！」

「ラスボスにふさわしいと思って」

モノ申したいが、実に素晴らしいメドレーだったので何も言えない。幸宏さんは笑いすぎ。翔太君の指はまだ休まない。惜しみない称賛でもまだ足りないというように。

「というか、守備範囲広いですね。時代的に」

「そう？　有名どころには違いない選曲じゃない？　私もわかるもん」

「ぼくもみんなきいたことあるー」

「あー、それもあるけど、僕、ネットの動画配信してた時期があって。リスナーのリクエストでやったりしてたんだ」

「おお！　私もその手の観るの大好きでしたよ！　翔太君もやってたんですね」

バレエばかりじゃなくて演奏もかなり漁った。確かにこういう演奏系の配信は多かったよね。

「うん。まあ、すぐ親に見つかってアカウント消されちゃったんだけどね」

乱れなく鍵盤を走り続ける指先。

「……は？」

「そろそろ本番いっちゃうよー」

それぞれ戸惑いを隠せないままいったん席に戻ると、翔太君は全く陰りのない満面の笑みで楽団の人たちへと目配せをする。

「へ？　え？」

「でもここでは好きなだけ好きなように弾ける」


——高らかな和音とともに産声をあげる世界。

一拍の空白から、楽団の弦が緩やかに弧を描き、金管楽器が空気をひそやかに波立たせはじめる。

降り注ぐ色とりどりの光をまとうように降り立ち、歩みはじめるピアノの音色。

最初は戸惑うように、探るように、一歩ずつ、一歩ずつ。

ああ、これはあの、私たちの新しい始まりの部屋だ。

ファゴットが、クラリネットが、迎え入れてくれる。

コントラバスが寄り添ってくれる。

フルートが手を引いてくれる。

黒鍵が、白鍵が、もつれることなく指を絡ませていく。

翔太君はその年齢の平均よりも少し小柄で、ふっくらとした頬は幼げで。どちらかといえば全体的な印象は大人しめだ。

顕現させる武器こそ荒々しいものだけれど、その扱いは繊細で緻密。正確に狙いを定め、振り回すためではなく制御するためにその鉄鎖を操る。

私のように場を殲滅するのではなく、場を整えるための戦闘スタイルを得意としていて、それは彼の印象ととてもよく馴染むのだけれど。

メゾフォルテで、一歩前へと踏み出す。

開かれる扉。

トランペットが鬨(とき)の声をあげる。
足並みを揃え整然と行進するのはバイオリン。
フォルテで先陣を切り。

いつもならまだ頼りなげに見える狭い肩からは、今、力強く羽ばたく翼が広がっている。

エメラルドに波打つ草原をフルートが走る。
ファゴットが深い森の梢を揺らす。
青く青く広がる空を目指せとティンパニが背を押して。

フォルテッシモ・フォルテッシモ
歓びの歌声をあげて翔けあがるのは大空の覇者

「わぁ……わぁ……」
「やばくない」
「やばいでしょ」

「やばいですよっやばいですよっ」

全員、言語野に支障をきたして勇者補正の拍手をしまくった。

「へへ。楽団のみんなすごいでしょ。まだまだこれから一緒に組み上げていくんだ」

照れ笑いながら、でも満足げな翔太君はもういつもの幼げな顔。

「やばい翔太やばいて」

「これっこれって翔太つくったの」

「カザルナ王国勇者のマーチって感じでつくってみた。まだ途中」

「おおう……おおう……」

ふらふらとした足取りで言語野の壊れたカザルナ王が、カーテンの後ろから現れた。

いたんかい！　しかも隠れてたんかい！　ほんっとフットワーク軽いなおい！

The march of the braves will go on.

不枯の花【書きおろし閑話】

「エルネスさんてエルフの血が入ってたんですか？」

「そうよー。五代前だけど、私はちょっとエルフが濃く出たみたいね」

ヒト族にしてはほんの少しばかり尖った耳の先を見せると、わぁと感嘆の声があがった。こちらの世界での結婚適齢期を聞いたと執務室に飛び込んできたアヤメが、やっと落ち着いたとばかりに紅茶のカップをソーサーに戻す。

セトが追いかけてきたけど叩き出したから、部屋には私たち二人だけだ。

「そっか、種族が違えば寿命も違うってそういえば習いました」

「種族のせいだけじゃないけどね。戦闘力が低い子はどうしたって生き残りにくいから」

アヤメたちの国ではほとんどの平民が戦う術を持たないのに、その平均寿命はこちらのヒト族のそれを超えるらしい。百五十年前の勇者たちが語ったという平均寿命より随分長い。それだけ向こうの世界は進化が速いということだろうか。

「だから結婚適齢期というより、初婚の適齢期よ。それ」

こちらでは当たり前のことだからわざわざ初婚かどうかなどあえて口にしない。向こうでは結婚は生涯で一度きりが多数派らしく、こういうわずかな認識の食い違いが説明不足を生むというのが興味深い。

「元々適齢期が低かったのはヒト族なの。魔力も身体能力も他の種族に比べて弱いし寿命も短いからね。それでも疫病がなくなったここ百年ほどで随分平均寿命が延びた。で、それもあって混血が進んだのよー。城内見ても混血が多いでしょ。南方なんかはどの国も荒れてるから種族関係なく寿命は短いし増えないけどね。種族同士の争いごとも酷いもんだし」

「ぱっと見、混血が多いかどうかはわかんないけど……どうしてそれで混血が進むんですか」

「ヒト族ねー、繁殖力が強いのよね」

「はんしょくりょく」

「魔力量が多かったり長命種だったりすると生涯で持てる子の数が少ないの。まあ種族が違ってもそうなんだけど、一度血が混じれば次世代からは混血同士で、こう、お互いの特性がちょうどいい塩梅に落ち着くというかね」

「……ヒト族の繁殖力が受け継がれる？」

「そっそ。必ずしもそんないいとこ取りばかりでもないんだけど、それでヒト族に合わせるような形で適齢期が全体的に下がったわけ」

「んと、それなら長命種は寿命が短くなっちゃうんじゃ」

「個々で見るなら寿命は読めないんだけど、短くはなりがちね。でも数が増えるってのは強いわよ。やっぱり」

そうなんだ、と今ひとつピンとこないような顔をしているのは、やっぱりこれもカズハのいう異文化コミュニケーションってやつなのかしら。

「そ、その、私は」

もじもじと両手の指先同士を絡めながら、アヤメは口ごもって。

「あんまり、その恋愛事とかよく、まだわかんなくて、でも別に嫌ってわけでもなくて。だけど向こうじゃ別にそれでもいいというか焦る必要もなくて。あ、でも、なんか聞いてたら、こっちじゃ恋愛とかそういうのなくてもいいかんじ「そんなわけないじゃない！」えー」

やだわ。この子なにを言ってるの!?　詰め寄ろうとしたら勢いよくドアが開いた。

「恋愛は大事ですがアヤメさんは初級から始めてくださいって団長が言ってました！」

叫ぶだけ叫んでドアをまた閉じたのはセト。あんたまだいたの!?

混血が進んでいると言っても、それは王都や繁栄している大都市でのことだ。長命であればあるほど純血種だけの集落から出て暮らすことは少ない。混血である私はいくつかの種族がともに暮らす町で生まれ育った。
「エルフの血が入ったのは結構前の代と聞いていたけど、随分濃く出たようだ。……幼いな」
王都から魔動列車ではるばるやってきた青年は、ともすればぶしつけとも言えるほどに遠慮のない視線を向けてくる。

長命種であれば青年期が長く、老いるのも遅い。けれど肉体的に青年期に至るまでの年齢は種族で違う。獣人系は早くに成人と変わらない姿になるが、エルフ系の私は二十二歳でもまだ少女にしか見られなかった。青年は手入れの行き届いた指先で、床中に積み上げられた本を一冊つまみ上げてパラパラと流し読む。伏せられた長い睫毛(まつげ)は髪と同じ赤みがかった金色。王族は大体顔がいい。

「ジョゼ王太子殿下は十八歳になられたとか。見た目に惑うとはなかなか幼い」

「ああ、すまん。妻は十七歳なんだがこうすっかり成熟してるものだから」

「帰れ」

両手で宙に曲線を描く青年を風魔法で外へ叩き出した。

この国の王は大抵の場合ヒト族だ。他種族と結婚した王もいないわけではないが継ぐ子を生(な)せなかった。南方諸国でよく起こる王位継承争いがほぼ起きないこの国では、子の多さは何をおいても優先されることであり、国の安定に欠かせないものだ。暇ではないだろうに、この数年ちょくちょくと顔を見せるこのジョゼ王太子も、もうすぐ三人目の子が生まれるという。

元々ジョゼは第三王子だった。上の二人は幼くして亡くなっている。疫病が姿を消しても病がすべてなくなったわけじゃないし、ヒト族は他種族に比べて身体が弱い。

「そろそろその気になったりしないか？」

「なりませんね」

王太子がなんだってわざわざ遠方にまで足を運んで通うかといえば、王城仕えの勧誘だ。あらゆる種族の中でも特に長寿なエルフは魔法の研究に没頭している者が多い。暇だし一人でできるからだと私は思ってる。集落から離れたがらない純血エルフと違い、土地にこだわらない混血で魔法の扱いに長けて研究分野が多岐に渡り、かつ成果をあげている私はとても魅力的な人材だそうで。まあそれはそう。

「でも興味がないわけじゃないだろう？　勇者召喚や古代魔法陣にも関われるし」

「この国での次の召喚は百年以上先でしょうよ。今はこの魔力回路の研究のほうが興味あるので」

「それだって王城でもできるだろー！　わかってるんだぞ！　この！　この山になってる資料の引っ越しが面倒なんだろ！」

積みあがる資料や本の隙間に慣れた仕草で腰を落ち着けたジョゼは、埃を払う仕草でそれらを叩いた。失礼な。足の踏み場がないのは仕方がないとして、埃はさっき風魔法で払ったばかりなのに。

「頼むよエルネス。君が必要なんだ」

今日もジョゼは聞き飽きるほどに聞かされた言葉を吐いてから王都へ帰っていく。

ジョゼが幼い頃はまだ前回召喚された勇者のうち一人が王都にいたらしい。憧れと郷愁の色を碧眼ににじませて彼のことを語る時、すっかり精悍になった顔つきが少し幼くなる。

「穏やかで優しく強い人だった。静かに暮らすことを望んでたからめったに会えなかったけど」

異世界から有無を言わさず召喚する行為が、善となるわけがない。罪深いことだと理解したうえで行われる儀式だ。それを背負う義務を王族は持っていると話す苦々しい顔に、おそらく王族以外には漏らせないなにかもあるのだと感じた。

「帝国の召喚は失敗したと連絡が来た」

二十六歳のジョゼは安心と不安が混じる顔で告げる。生まれた世界から拉致されるという勇者の犠牲があってこそ保たれる国境線だ。個人的な思いと王位に就く者としてのそれが相容れなかろうがどちらも捨てられない。

「……情けない顔すんじゃないわよ」

明け方の雲みたいな赤毛ごと額を鷲摑みして小突くと、その手を緩く摑まれた。

「君おっきくなったなぁ」

「はあ？　元々あなたより年上ですけど？」

「なあ、王都に来い。ここよりも色んな奴がいるし、興味を持てるものだってたくさんあるはずだ。何よりいい女がひとりで引きこもってるのは世界の損失だ――って痛い痛い！　抜ける抜ける！」

前髪を思いっきり引っ張ってから手放す。彼は涙目なくせにからりと笑って見せた。勧誘の口上も呆れるほど色々と増やしたものだ。その頃にはもう私は豊かな曲線を描く肢体を持っていた。ジョゼが言うところの成熟したラインに勝るとも劣らないほどくらいには。

「エルネス、君なら次の勇者たちを迎えられる。頼むよ。そのときの私の子孫たちとともに勇者を守ってくれ」

この国での召喚は百年後。自分でやりなさいよなんて言える時間じゃない。

「来たわよー」

「おー、変っわらないなあ。やっと荷造りできたか」

「したわよ。死ぬかと思ったわ。あなたは老けたわね！」

「ヒト族の五十なんてこんなものだ」

初めて訪れた王城の奥の宮、王族が住まう場所なんてなかなか平民が入れるものじゃない。ましてや王の寝室だ。けれど私はすんなりと招き入れられた。天蓋から下りる薄絹は脇に寄せられて、ふかふかの布団に埋まるように横たわるジョゼ。赤毛には白いものが交じってピンクに見えた。骨と血管が浮き出た手の甲はかさかさに乾いている。触れようと指を伸ばすと、くるりと手を返してそのまま緩く握られた。

年齢だけ見れば寿命だ。だけど王族は魔力量もあるし平民よりも健康的な生活を送っている。だから理屈の上ではもっと長生きしてもいいはずなのだ。実際この五十年でヒト族も含めて平均寿命は延びつつある。なのにジョゼを含め王族の寿命はなかなか延びない。つないだ手がおどけるように揺らされた。

「いい女が私のためにそんな顔をするのは、なかなかにいい気分だ」

ははっと笑う声も掠れている。

「妻も先に逝ったし、子も三人向こうで待ってる。そろそろ、うん、いい頃合いだ。エルネス」

「なによ」

「せっかくこっちに来たんだし、恋とか色々しろよ」

「はあ？」

「だって君、ずっと綺麗だったからなぁ」

ずっと綺麗でいてくれだとか、もう勧誘の口上なんて必要ないでしょうに。

「いくら力があったって知らなきゃ使いこなせないし。和葉は絶対また怪我するし。今度はもうあんな立ってるだけしかできないなんて絶対ならない！」

薄茶の瞳を力強く輝かせて宣言したアヤメの、だから弟子にしてくれとの懇願に応えた。

回復魔法の発動には適性が必要なのだけど、その効果範囲は本人の資質が大きく関わってくる。アヤメの回復魔法は勇者陣の中でも頭ひとつふたつ抜けていた。国一番の魔法使いの弟子として不足などない。

今日の講義も実り多いものだったと優秀な弟子を思い起こしたところで、執務室の壁に据えられた大きな仕掛け時計（マリオネットクロック）が終業時間を告げた。その甲高く耳障りな鳴き声は研究所所員一同に不評なのだけれど、我が王は外すことを許さない。不快な音じゃなきゃ君たちはみんな気づかないだろうですって。

目を通していた書類の束や資料の本を広げたままで立ち上がった。深くかぶっていたフードを撥ねのけ、緩くまとめてしまいこんでいた髪をほぐしながら襟元を留めるブローチも外す。補佐を務めるコーバスが恭しい手つきでそれを受け取った。

カズハの体調もすっかり良くなり今はもう日常に戻っている。こちらもようやく詰まっていた仕事が落ち着いてきたところだ。

「店はどこ?」

「ぶどうの季節ですし、サンセベリアを」

「いいわねー」

豚、いえ、今日は鳥肉の気分だわね。あの店のぶどうソースは絶品。ローブを脱ぎ捨てながら、執務室とつながる私室のクローゼットを開ける。見覚えのない色のドレスに選ぶ指を止めると、背後から覆いかぶさるようにコーバスがそれに手を伸ばした。ホルターネックのスレンダーラインドレスは光沢のあるウイスキーカラー。ふむ。やはり覚えがない。

「お似合いだと思いますよ」

「あら、まあ」

そういえばこの子との食事は久しぶりだったか。補佐として日中ずっと一緒にいるからうっかりしていたかもしれない。

「ありがと」

軽く落とされた口づけを受けて鏡台に向かえば、彼は執務室に戻っていく。後片付けをしてくれている間に、手早く顔をつくった。アヤメが調合した化粧水や美容液は実に具合がいい。思い通りに色づいていく鏡の中の自分に頷いた。よし、今夜も私が女王。隙のない優雅なエスコートで、城の広い廊下の真ん中を進んでいく。

「まさか貴女が弟子をとるとは思いませんでした」

コーバスの腕に軽く乗せた私の手をそっと撫でた指は、細くとも骨のある男らしいものだ。優し気につつく仕草に見上げると、ほんの少し拗ね気味のようだった。かわいらしさに目を細めていれば、背後から追いかけてきたまだまだ張りのある低い声。

「そうだぞ。私があんなに頼んでも弟子にしてくれなかったのに」

「あら陛下。御機嫌麗しゅう」

我が王が神出鬼没なのは幼い頃から近衛につきまとって技を習得したからだ。御年五十六歳が口を尖らせる姿もまたかわいらしい。好奇心旺盛でその身分をものともせず身軽に動き回る明け方の雲みたいな赤毛。最近ほんの少し白が交じりはじめた。

この子の私を見る目が、歴代の王の中で一番ジョゼに似ていたと気がついたのはいつの頃だっただろうか。

ヒト族の寿命は短くて、その恋もまた短く儚いものだけど、だからこそその美しさを私はいつから気に入っていただろうか。

アヤメとは向こうの世界では花の名前らしい。凛と背すじを伸ばした美しい花だとカズハが教えてくれた。

まだ恋を知らないとうつむくアヤメはどんな花を咲かせるのか、特等席で見守る師匠の肩書はきっと誰より私がふさわしい。

あとがき◆ラーメンとやきそばがすきでした。ソフト麺のやつ。あと牛乳かん。

はじめまして。豆田麦です。はじめましてさんでなければいつもごひいきありがとうございます。豆田麦です。

普段は小説家になろうという投稿サイトでお話を書き散らしております。

あとがきってむずかしい。何を書いたらいいのか。しろ46先生万歳しておくのは当然として。今このあとがき書いてる時点で表紙が仕上がっています。あっ、好き。担当編集Tさんにファイル送られてきた瞬間に興奮してｌｉｎｅアプリ落としました。

口絵もこれから！　挿絵もこれから！　絶対すばらです！　安心のしろ46先生。好き。なぜこれほどまでに安心しているかといえば、小説家になろうで連載中もＦＡを送ってくださっていたからです。もういつ私の脳内見ちゃったの？　ってくらいに感動しましたよね。なので書籍化のお話をいただいたときに挿絵はしろ46先生がいいのぉおお！　っておねだりをしたわけです。願望は叫んだ者から叶えられる！　叶えられた！　やったー！

あとはなんでしょうか。このお話ができた所以的なそういう？　そういうの需要があるのでしょうか。わからない。アース・スタールナの先輩作家であるところのただのぎょー先生はネタを仕込めと無茶ぶりするんですけど。あ！　本書の発売一か月前に発刊された『追放された公爵令嬢、ヴィルヘルミーナが幸せになるまで。』面白いです。今度うちのあとがきも書いてください。

とても身近だったはずなのに、改めて思い出すとどんな人たちだったか具体的にはわからない。小学生のころ、給食室がある学校に通っていたなら納得できるイメージだと思います。給食のおばちゃん。語感は強いのに。私自身も思い返してみればそんな感じです。給食当番で大きな寸胴鍋を下膳口に返すときに、ごちそうさまでしたと声をかけると、はーい！　って返事はすれども姿は見えずな給食のおばちゃん。

すごく遠い昔ですけど。今どうなんでしょうね。給食センターとか外注が多いという話は聞きます。ぐぐって出てくる質問サイトなんかではどや顔で公務員ですとか回答あったりしますけど、ちゃんと求人情報なんかを確認すると未経験者・無資格者歓迎がほとんどです。おそらくその回答は栄養士さんと混同してるのでしょう。リテラシー大事。多くの求人情報のキャッチコピーは「お子さんの生活に合わせて働けます」です。

このお話の主人公和葉も、そういう感じの「給食のおばちゃん」でした。なんて書き始めるとちょっとヒューマンドラマが始まるっぽいと思うでしょ。特に考えて決めたわけじゃないです。ええ。思えば短編ばかりを書いていまして、長編にチャレンジしてみるぞ！　ライトノベルってどんなのなんだ！　これか！　小説家になろうで流行ってる異世界転生とかそういう！　よしわかった！　多分こんな感じ！　って書き出したのがこのお話です。

そうして細々と書き続け、僥倖なことに楽しんで読んでくださる方が増え始め、途中で息切れして連載が止まりかけるも待っててくださった方に完結はさせるからと言い張り続けて三年かかって書き上げました。そしていただいた書籍化のお話！　ありがとうございます！　応援してくださってたみなさまありがとう！　やったよ理恵（リア友）ちゃん！　豆田はやりました！


さて、このお話。書籍化にあたり担当編集Tさんと相談したのですけど全部で56万字あります。普通のこのサイズの小説では一冊当たり12万字が平均でしょうか。どこで一巻区切るの？　と当然なります。無計画に書き始めましたし当然書籍化に合わせたストーリー展開などさせていません。えー、でも、ザギルは一巻で出さないとあれでしょーとなりまして。加筆と書き下ろし閑話合わせて17万字です。この紙価格高騰のご時世で！　いいの!?　ほんと!?　Tさん大丈夫!?　となりましたけど、大丈夫でした。やった！

そんなわけであんまり加筆量は多くありません。二巻以降はもうちょっと加筆分量増やしたいです。けれどもそれは一巻が売れなくてはいけない！　売れないと二巻出ない！　この一巻をお買い上げくださいましたみなさまにおかれましては、ぜひご感想とか続刊希望とか巻末にあります編集部へお送りいただけたりとか、ちょっと広大なインターネットで叫んでいただいたりとか、そんな感じなことをなさってもらえたらきっといい運びになるんじゃないかななんて思ってます。はい。

ありがとうございます！

ではでは、しろ46先生、担当編集T様、本書をお買い上げくださった皆様、小説家になろうで応援し続けてくださった皆様、書籍化に携わってくださった方々に感謝を。

今後ともよろしくどうぞごひいきに。

どうか二巻でお会いできますように。

書籍化
おめでとう
ございます！
カズハちゃんたち＆
ザザさんたちそしてザギル
描けて嬉しいです!!
Sino46

EARTH STAR
LUNA
異世界の荒野に転移していた元ＯＬの宮瀬木乃香(みやせこのか)は、
最上級魔法使いラディアルに拾われ魔法研究所に居候することになった。
なんとなく研究所で過ごすうちに召喚術に適性があると判明する。
〝大きい〟〝強い〟〝外見が怖い〟の三拍子そろった
使役魔獣が良しとされるなか、木乃香はペット感覚で
ちいさな使役魔獣を次々と召喚していく。
使役魔獣の能力だけではなく
木乃香自身の魔法力も規格外、
――という自覚もなく
色々とやらかしてしまい……!?
こんな異世界のすみっこで
ちっちゃな使役魔獣とすごす、ほのぼの魔法使いライフ
シリーズ
好評発売中!
1巻
特集ページは
こちら!
いちい千冬
Illustration 桶乃かもく

尋常ではない召喚陣の輝き——
子鬼、子犬、小鳥、子猫、ハムスター。
ちっちゃいけど能力は桁違い!?
ほのぼのするけど、
いろんな意味で

規格外!?

給食のおばちゃん異世界を行く ①

発行 ―― 2023年7月3日　初版第1刷発行

著者 ―― 豆田 麦

イラストレーター ―― しろ46

装丁デザイン ―― 山上陽一（ARTEN）

発行者 ―― 幕内和博

編集 ―― 筒井さやか

発行所 ―― 株式会社アース・スター エンターテイメント
〒141-0021　東京都品川区上大崎 3-1-1
目黒セントラルスクエア　7F
TEL：03-5561-7630
FAX：03-5561-7632
https://www.es-luna.jp

印刷・製本 ―― 図書印刷株式会社

© Mameta Mugi / Siro46 2023 , Printed in Japan

この物語はフィクションです。実在の人物・団体・事件・地域等には、いっさい関係ありません。

本書は、法令の定めにある場合を除き、その全部または一部を無断で複製・複写することはできません。

また、本書のコピー、スキャン、電子データ化等の無断複製は、著作権法上での例外を除き、禁じられております。

本書を代行業者等の第三者に依頼してスキャン、電子データ化をすることは、私的利用の目的であっても認められておらず、著作権法に違反します。

乱丁・落丁本は、ご面倒ですが、株式会社アース・スター エンターテイメント 読書係あてにお送りください。

送料小社負担にてお取り替えいたします。価格はカバーに表示してあります。

ISBN 978-4-8030-1802-8